中公文庫

掌の読書会

柚木麻子と読む 林芙美子

林 芙 美 子
柚 木 麻 子 編

中央公論新社

林 芙美子
（1939年11月ごろ撮影　提供／朝日新聞社）

❖目次

掌の読書会

柚木麻子と読む
林芙美子

はじめに

柚木麻子

「作家あるある」かもしれないが、単行本が文庫になる時の解説文、または発売前の単行本の書評を引き受けた時、ゲラを読んでいると「すみません。著者の方が内容を直したので、解説ないし書評も、それに沿って少し訂正していただけますか」と編集者から声がかかることがたまにある。「え、あそこを直しちゃったの？　良かったのに！」と驚いたりもする。訂正前、訂正後、比べると、もちろん後の方がまとまっていて巧みになっているが、前の方が荒々しくともすっと心に響いてくる表現であることが多い。それがよくないとか覚悟が無い、といっているのではない。なぜなら私もたくさん直して、解説や書評を引き受けた方を戸惑わせることがあるからだ。同業者で話し合っていると「え、書き直さなくていいじゃん！」「いやー、自分が書いたものはアラが目立ってさあ。そういうアナタも文庫であの箇所を変えてましたよね？　私は好きだったのに」と押し問答になることも多い。小説に限らず、表現に携わる人は多かれ少なかれ、みんなそんなところがあるのかもしれない。どんな人も自分の初期作品を前にすると決まりが悪そうだ。有名ミュージシャンに聞いたところ、録音の時、のびのびしたファーストテイクがえてして一番良かったりするのだが、歌い手当人は、録り直し後のお行儀がよいものを好むという。

ただ、林芙美子までがそうとは思わなかった！

なにしろ、『放浪記』からして、改稿を重ねた魔改造日記である（戦中の検閲など、外的要因もあり、芙美子だけのせいではないが）。時系列がめちゃくちゃなせいで、読みづらいと脱落する人も多い。大抵の林芙美子愛好家がそう言うように、改造社から出版されたゼロバージョンの『放浪記』が、いちばんみずみずしく、香りや湿度が立ち上ってきて、その世界にすっと飛び込める。野心的でへこたれず、まだ何者でもない、芙美子に自然と寄り添える。

大正末期から昭和にかけての東京を舞台に、デビュー前のアルバイト生活を綴ったこの作品は、貧乏生活や失恋の辛さを嘆きながらも、きらめくような希望に満ちている。ユーモアとバイタリティなら誰にも負けない作家志望のフリーター女性がカフェの女給や女中の職を転々としながら、詩や童話を書きまくり、成功を夢見てひた走る姿が大衆をとらえ、一躍ベストセラーになった。私も、この前向きな「ふてぶてしさ」に何度も元気付けられてきた一人だ。

しかし、国民的作家となった後の芙美子はそんな自分の素直さを拙《つたな》さととらえ、どうにも直視したくなかったようだ。直しを重ねた結果、成功した後の芙美子視点のつっこみが入っていて、なんだかよくわからないマルチバース的な作品になってしまっている。『放浪記』が売れすぎたせいで、その後のハードルが跳ね上がってしまったことも影響しているだろう。

それは小説にも言えることだったようだ。林芙美子というと「浮雲」「晩菊」といった男女の心理戦を巧みに描いた晩年の作品が有名で、まぎれもなく傑作と呼べる。しかし、田辺聖子も『ゆめはるか吉屋信子《よしやのぶこ》』で指摘していたが、そういった作品はあまりにもうますぎる。日本人全員が読むべき名作という感じがして、私のための物語という感じがあまりしない。それは芙美子が、歯をくいしばって必死に書き続けた結果だ。カフェの女給を物語のネタにすることが多かった男性中心主義の文壇で、その女給自身がなんと自分の言葉で書き始めたのだ。ストリート出身、当事者の存在は脅威だったのだろうと思うし、歓迎されなかったのは想像にかたくない。文壇でバカにされまい、認められるぞ、と良くも悪くも芙美子は、愚直に努力する。同業のシェアを独占するために、信じられない速度で執筆する。時に体制側に付く。しかしながら、そうまでしても得られたものは平穏ではない。本書収録の「椰子《やし》の実」でも「私の死と同時に、私の書いたものすべてはその日から絶版と云う事に交番へでも税務署へでもとどけておきたいものだと思う」とあるから、これは謙遜《けんそん》でも自虐でもなく、本当に自信を持っていないのだ。

ただ、これだけ短期間のうちにアップデートを繰り返せるのは、野心ばかりではなく、自己批判精神が強烈だからだ。成功しても、成功した気がまったくしない。すべてを手に入れても、やっぱり何ももっていないような気がして、そわそわしてしまう。いくつになっても、心がめまぐるしく変化してしまう。書いた先からそれが古くなるのがはっきりわかる。それはもうSNS時代を生きる我々そのものではないか。もしかすると、芙美子の登場は早すぎて、その真価が問われるのはこれからなのかもしれない。

今年は林芙美子生誕一二〇年ということだが、『放浪記』が出版された一九三〇年と、二〇二三年の今は驚くほど似ている。景気は悪く格差は拡大、戦争の気配も濃厚で、自殺者が急増する。そんな中、労働階級の女の書き手、リアルタイムで恥も成長も発信してくれる芙美子のデビューはさぞ、多くの読者を救い、明るい気持ちにさせたことだろうと思う。

今回は編者として、林芙美子があまり気に入っていなさそうな作品をあえてチョイスしてみた。それはすなわち私自身が「私の林芙美子」と思えるものばかりだ。実際、芙美子が自分でめちゃくちゃにけなしている作品も入っている。戦争協力への反省と読める文章もいくつか見受けられ、私の中のふてぶてしい芙美子像も少しだけ変わった。

「いやだ、こんなの読まないでよ！　もっといいのがあるから！」という芙美子の悲鳴が聞こえてきそうだが、いや、それこそがあなたの最大の良さなんです、と私は全力で言い返したいと思っているのである。

母娘

母親が久しぶりに上京して来たが、初めて逢わせる良人《おっと》は不愛想であったし、家のなかは赤貧洗うが如しで、とり子はちぐはぐないまの世帯を、どのように云《い》うて、田舎者の母親になっとくさせてよいものかと、台所に立っては思いまどうのであった。――母親は、小石程ないくつもの風呂敷包《ふろしきづつみ》から、黒砂糖や、小麦の粉なぞを出して、台所の板の間へ並べている。立ったまま呆《ぼん》やりとその母親の皺《しわ》だらけの掌を見ていると、とり子は瞼《まぶた》の中が熱くなって来て、長年の不孝さが、いっぺんに霜のようにきびしく身を責めて来るのであった。

「貴方《あなた》、少しは……こんな状態なのですから、母親へ何か優しい話だけでもしてやって下さいな……」

母親が庭口の方へでも出ていると、とり子は机に向っている良人の後から、そっと哀願してもみるのであったが、「俺は自分の親にだって此《こ》の状態だよ」と云って、一向に取りあわないのである。で、自然、母親も、娘の婿《むこ》の気むずかしさに、何となくまぶしいものを感じたのか、二三日も居ると、「もう早帰ろうか喃《のう》」と云い始めた。

旅費としてやるべき金は一文もなかった。それどころか、せめて賑やかな所を見物させてやりたいと思いながらも、その電車賃さえもいまは工面がつかないのであった。

「何も知らせないで来るんですもの、吃驚《びっくり》するじゃないの……」

そうも、母親へ向って不平も云って見るのだったが、母親は、いまでは自分の娘にさえも額の上をまぶしそうにして、「つい、来とうなったもんじゃけに……何さ、わしの着替えでも工面すれば旅費なぞ出ようぞい」

と云って叱られた子供のようにしおれている。

「何も、旅費を造ってあげないと云ってるのじゃありませんよ。……せめて、方々見物させてあげたいんですけど、人手がなくて急がしくてねえ……」

「何さ、お前の顔を見に来たのだもの、私は見物に来たのじゃないから……」

見物に来たのじゃない、お前の顔を見に来たのだと云われると、とり子は、余計に親心がうれしかった。——その反対に、自分の仕事が大切だと云った容子《ようす》で、平然と一人で飯を喰い、平然と机に向っている良人がとり子には憎らしかった。

「そう、どうしても、明日は帰るの？」

「ああ長うおっても仕様もないけに、ま、明日あたり帰ろう」

「じゃ、今晩、これから、賑やかな所へ行って見ましょう。ぬくぬくと着込んでゆけば寒くはないでしょうからね」

とり子はそう云って、母親へ支度をさせ、自分は一寸《ちょっと》と云って裏口から出て行った。母親の愛情と、男の愛情をてんびんにかけるわけではないけれどもああと云った溜息も出て来る。

風の激しく吹く黄昏《たそがれ》で、小さな郊外の町は如何《いか》にも金物屋の店先のように吹き荒れて見える。とり子は歩きながら帯をほどいた。此の帯を金に替えれば、往復の電車賃位は出ようかと行きつけの質屋の軒《のき》をくぐったが、その、くたびれた繻子《しゅす》の鯨帯《くじらおび》は四十銭がやっとであった。

だが、いまのとり子にとって、その四十銭は何とない富楽安穏のお札なのでもある。その四十銭を手に握って不図《ふと》頭をかすめる思いは、悪い事ではあったが、別れた昔の良人に逢って金を無心する思いつきであった。

「そうだ、あの人に逢って、何とか云ってみよう……」

気も浮々《うきうき》として、質屋を出ると、とり子は急いで家へ帰った。

母親は支度をして、寒い風に吹かれて庭口に立っていた。その眼には、「大丈夫かい」

と云って念を押しているところが見える。

「大丈夫よ、それよりもうんと着込みましたか、母さん……」

とり子は、台所へ這入《はい》ると、夕飯の支度をして、一人で食べる良人の膳をととのえ、机へ向っている良人に、

「一寸、母を連れてその辺を見物させて来ます」

と云った。

「ああ」

「御飯はちゃんとしてありますから、済みませんがお一人で召上って下さい」

「……」

もう、何の返事もない。とり子は、かえって平気であった。細帯一つで羽織をひっかけ、よれよれの肩掛けで胸を隠した。

表へ出ると、風はいっそう吹きつのっていたが、それでも、母と子と二人きりで晴々と話の出来る事は愉しい事である。

「さて、母さん何を食べる?」

「うどんでもよかろう……」

「お腹を空かしてからうまいものを食べましょうね」

とり子が黙ると、母親は、「お前は安楽じゃないのであろう」と何気ない風で云った。「仕方がないわよ、何時《いっ》も苦労ばかりしてるもんだから、これが本当の暮しのような気がする位よ。運だわねえ」

「運だと云っても、まだ二十五だものさ、可哀そうなもんじゃ……」

可哀そうな者だと云われると、耐えていた悲しみがいっぺんに噴き溢れそうであった。

「まるきり、不愛想な人で、仕事も中途半端だし……別れようかと思うのよ」

「ま、別れても仕様がない。女子はあんまり婿さんを替えぬ方が立派だから……」

とり子は、母親の何気ない言葉にひいやりとしたものを感じた。——電車へ乗ると、母親はまるで子供がするように窓の方へ向ってこちんと坐った。


来る者にも歓喜することなく、去る者にも亦《また》憂ひかなしまず。染まず、また憂ひなし、二つの心ともに寂静なり。とり子は不図、昔、阿含経《あごんきょう》で覚えた、経の一句を想いおこしていた。前の良人に去られた折、此の、経一章を心に焼きつけるようにして、身の苦しさを耐えていたのであったが、もう別れて日もたち、早二度目の結婚生活に這入って丁度一年にもなる。責めるべき勝目はありながら、自分から日のたった今、みすぼらしい姿で尋ねてゆく事は、段々家が近くなるにつれて、心臆《おく》して来るのであった。

電車から降りると、とり子の住んでいる郊外の町よりも華やかな通りがひろがり、活動小屋では、沢山の幟《のぼり》が、波のような音をたてて勇ましく風にはたかれていた。

「母さん！」

「何じゃの？」

「あなた済みませんけれど、一寸、この活動小屋の前で待っていてくれませんか、一寸なの、用事を済ましてすぐ出て来るから待っていて下さいな」

母親は不安そうな顔色で、「ちっとの用事なら待とう」と云って、活動小屋の横へずんずん這入って行った。

「喃、風が強いのう、この露地で待っておるけに……」

そこは暗くて、風が吹かなかった。コンクリートで固めた露地なので、浸みるように寒い場所であった。

「じゃ、すぐ来ますから、そこから、そこからあんまり動かないでいらっしゃいね」

兎《と》に角《かく》、何でもいいのだ。早く金を借りて来て、母親へ熱いものを食べさせたいのが一心であった。母親から小走りに去って行くと、恥も何もない気持ちになって、何年か前まで、毎日のように尋ねて行った、別れた良人の実家の灯を探した。

とり子は、二十二歳の秋、初めての良人秀一と結婚をした。結婚と云っても、華々しい結婚式一つしたのではないが、秀一の実家に、秀一の親兄弟達と住むことは、長い間、孤独であったとり子にとって、華々しい結婚式をしたよりも安心なことなのであった。

　秀一は図案家で、月々百円近くの収入を得ていたし、とり子は同じ図案社の女事務員であったが、その頃を思い出すと、歩きながらも、とり子はなつかしさに涙のにじむような気持ちがするのであった。

　一ヶ月もすると、何彼につけて不便なので、良人の実家から離れて、図案社に近い所へ間借り生活を始めたのだが、その間借生活が二人を別れさせたようなものと云える。――六畳に三畳の二階を秀一が見つけて来て越したのであったが、階下には出もどりの美しい芳子と云う女がいて、二ヶ月もすると、秀一は何時の間にか此の芳子と恋愛関係に陥ちていたのであった。

　秀一の苦しむ想いを見ているのはたまらなかったし、自分の身の苦しさはなおさら、とり子は長い間、秀一の実家へ手伝いに行っては気持ちをまぎらしていたのであったが、二十三歳の若さでは、流石《さすが》に、秀一を取り返す根気もなかった。情熱はあったが、その情熱は娘らしい情熱で、芳子とはくらべものにもならない。

「憂ひかなしまず、染まず、また……」

　と、気はしゃんと突きたてたつもりでも、しめしあわせて、二人に旅行でもされると、とり子は子供のようにしゃっくりも出た。

「早いものだわ、あれから何年になるかしら」

心のうちに、そんな事を考えながら、昔、見馴れた牛乳屋のかどを廻って、露地の溝板《どぶいた》を踏んで這入って行くと、台所口で秀一の母親が、七輪の上で魚を焼いていた。魚を焼くのが上手なおばあさんで、団扇《うちわ》をばたばたつかいながら火を煽《あお》って、小魚を焼いていた。

「今晩は……」

「誰？」

「わたしです」

「……」

「とり子です……」

「まア！　おとりさんか、どうしたの、ええ？」

魚をあわただしく皿にうつすと、台所から首を出して、とり子の容子を眺めるのであった。だが、その眺める眼の中には、昔の親身さは少しもなかった。赤の他人の眼なのであった。「お上り」ともいってはくれない。一目見れば、とり子のいまの暮しむきも察しがつく。どうせ、何か無心には違いないのだ。そう、此の、秀一の母親の眼は語っている。ひがみかも知れぬ。そう、とり子は考えて見たが、ひがみだけでない水臭さも正直に、このおばあさんはむきだしなのだ。

「秀さんいますか？」

「秀さんはいま風呂へ行ったが、お芳さんがいるわ」

とり子は、何と云うむごいことを云う人なのかと黙ってつっ立っていた。部屋の灯は障子の奥で如何にも温かそうに明るかった。弟達も芳子達と一緒に食卓を囲んでいるであろう。

「何か用事？」

「ええ一寸……」

もう金の話に違いないと思ったのだろう。

「あれもよく働くのだけど、お芳さんが派手なひとだから、一文も残りやしないし、いっぱいいっぱいでねえ……」

そう云われると、とり子は、金を借りる気持ちもなくなってしまった。こんなところで恥を晒《さら》すよりも、自分の羽織をぬいでも、母親へ何とかしてやれるはずだと、

「一寸、そこまで来て思いついた用事で、別に逢わなきゃならないのでもないのだし、私、……失礼しますわ」

「まァ、いいじゃないの」

「皆さんによろしくね……」

障子の中から、誰かが「おばさん誰？」と声を掛けて立ちあがって来そうであった。とり子は周章《あわ》てて小走りに歩いたが、出逢い頭に、背の高い秀一と、露地の表で顔をあわせた。愕《おどろ》いたのはとり子よりも秀一の方で、「やア！　どうした！」と、濡れた手拭《てぬぐい》を肩からおろした。

久しく見ない間に、秀一はよく肥っていて、灯影の射した耳朶《みみたぶ》なんかも、少年のように艶々《つやつや》としていた。——こんな幸福そうな人達に馬鹿にされてはたまらないと思った。

「いま、一寸そこまで……」

そう云っているうちに、とり子は、不図、寒気に待っている母親のことを思い出すと、恥も何も忍んで、やっぱり助力を乞うより仕方がないと思った。

「そこまで、母を連れて来て、一寸買い物を思いついたものだから……」

秀一は、疲れているとり子の容子を見て、呆やりと立ちつくしていたが、その表情の中にはとり子に対して一片の愛情すらもないのだ。

「僕も、いま、一文もないのだけど、一寸待っている？」

そう云って、つかつかと露地へ這入って行った。その待っている間が、とり子にとって汗の出る程な辛さであった。何度か駈け出そうかとも考えたが、それもなし得ず、母親がとり子を待っているような姿で、とり子も亦、秀一を待って呆やり立っていた。

別にいくら借用したいとは云わなかった秀一から二円の金を掌へ受けた時は、とり子は自分の身のおちぶれを感じ、何にともない憤りを感じるのであった。すべてが、自分に冷いのだ。それがあたりまえと思えと、何かが叫んで嗤《わら》っているようなのだ。

活動小屋の横まで小走りに走って行くと、母親は涙を浮かべて、小さくしゃがんでいた。

「待ったでしょう!」

「ああ、もう、お前は戻らぬかと思うとった。見物になぞ、来るんではなかったよ」

「御免なさい。中々向うのひとが帰らぬので待っていたの……」

「まア、それでもよかった。寒うて寒うて、年寄は冷えるのが、いっち芯にさわるで、歩いて見たり立って見たりしよったが、もう軀《からだ》が痛うなって、しゃがんでしもうて、ここでいもらしてしもうたぞい」

見れば、露地の塵芥箱の横に、母親のもらした尿水が凍っていた。それを見ると、とり子がたった二円でも、借りてこられたことは大出来なのだ。

「まずまず、温かいもの、さ、早く歩いて下さい。悪かった、悪かった……」

しなびて冷くなった母の手を取って、とり子は温かいものを食べさせる飲食店を探して歩いた。

秀一の家のまわりで、物を食べるのは気が進まなかったが、母親を歩かせるのは可哀想なので、一町ほども活動小屋から離れた、小さい食堂へ這入った。

牛なべ。二十銭。

鶏なべ。二十銭。

はまなべ。十五銭。

よせなべ。十五銭。

これらの温かい文字が、まるで霰《あられ》のように、とり子の脳天を射す。

「何にしましょう?」

母は、「もう何でもいいとわぬ」と云って、椅子の上にこちんと坐った。寒い風に吹きさらされていたお蔭で、部屋の中はパン屋のように温かい。手焙《てあぶり》に手をかざして、母親は子供のように涙や鼻をすすった。

とり子は牛なべを一つずつ注文して、酒を一合ばかりつけて貰《もら》った。熱燗《あつかん》にして貰って、まず母に差し、自分も手酌で一二杯あおったが、酒は冷えた食道を伝わって、軀の芯に沁み込むようであった。

「ああよう燗が出来とる」

機嫌のなおった母親を見ると、とり子はかえって涙が出そうになるのであった。さっきまでの、厭《いや》な気持ちは、酒で吹き飛んでしまったが、反対に色々な思いがこみあげて来て、何か男性への復讐をしてやりたいようなざんにんな心にもなる。

鍋のものが、ぐつぐつ泡をこぼして煮え始めた。支那蕎麦《そば》を食べている苦学生のような青年が一人で、食堂はしんとしていた。

「お母さんは、本当に、田舎へ帰りたいの？」

「田舎へのう……」

「戻りたいと尋ねてるのよ」

「別にもどりとうもないが、お前の所におるよりはましじゃ……」

「そうね……」

田舎と云っても、小さな藁屋根《わらやね》が一軒あるきりで、近所の畑を手伝いながら食べて行っているのであった。とり子には四つ違いの兄があったが、満洲へ行っているとかで、早十年近くも音信がなかった。

「ねえ、いっそ、帰らないで、私といっしょに暮しましょう……」

「そうすれば、わしも安心だけど、そうもなるまい」

巾着《きんちゃく》のような口をすぼめて、紅いかまぼこを母親は美味《おい》しそうに噛《か》んでいる。酒は大半とり子が干してしまった。頭から上は、どこかへ置き忘れたようにいい気持ちであった。吸物と飯を食べ、六十八銭払った。

やっと温まって外へ出ると、母親は、もう、どこも見たくはないと云い出したので、とり子は、一世一代の思いで円タクを呼び止め、郊外の町まで、自動車を走らせるのであった。――お金さえあれば何と楽しい浮世なのであろう。バックミラーに写る自分の顔のやつれにとり子はつくづく梟《ふくろう》のようにちょこなんとなるのだ。

いまの良人と別れてしまうことも考えるのであったが、それも別に悲しくはなさそうだ。愛していないのかも知れぬ。良人の愛情は、まるでまるで女中のような愛しかたなのであった。

良人は小説を書いていたが、少しも売れなかった。月々三十円も這入れば、何とかやりくりの方法もあったが、月々十五円がむずかしいのであったから、夫婦の生活はまるで綱渡りのようなものなのであった。

食えない者同士が、お互いに寄りあって暮していると云うきりで、あんまりみじめな月日が続くと、愛情も、動物と変りがなくなって来る。毎日毎日、喧嘩のようなことが続いた。

「ねえ？」まだ、中々道程《みち》がある。

とり子が、気持ちよさそうにしている母親に話しかけると、

「生まれて、こんな気持ちのええものは初めてだぞ、わしは、はア、さっきから吃驚して
しもうて……」

「そんなに、いい気持ちですか？」

「ああ、とてもゆっくりして喃《のう》、それにぬくい、いけに……」

とり子は子供のような母親を見て、くすくす笑った。

酒も飲んだり、温かいものを食べたり、自動車にも乗ったりで、その夜は、母親は鼾《いびき》を
たてて眠っている。極楽の夢でも見ているのであろう。寝床と云えば、座蒲団《ざぶとん》を四枚並べ、
あるだけの着物をかぶっているきりだった。――良人の寝床は、それでもまだ、寝床らし
い満足な蒲団で、枕元に電気をつけたまま本を読んでいる。
俺は威張っててやるぞと云った、太々しい良人の容子を見ると、とり子は静かな血が、
いっぺんに逆流して来て、その枕元の灯を蹴ってでもやりたいような荒々しい気持ちにな
った。
「貴方は、私の母親が来たのが、そんなに不平なのですか！」

「不平？」

「ええ不平でなくちゃ、こんなに可哀想なこと出来ないじゃありませんか！」

「俺は亭主だよ。何もぺこぺこする事はないよ」

「ぺこぺこして下さいとは云いませんよ。だけど、せめて蒲団の一枚位は貸して下すってもいいでしょう！」

「求めた客ではなし、そんなことを云えば、なおさら貸したくはないね」

意地悪く歪めた唇は、これも長い間の貧乏のさせるわざだと、充分、良人のひねこびれた心は判りながら、それは他人に用いていい意地悪さではないかととり子は心に泣くのであった。

「私の親は貴方の親じゃありませんか、しかも貧乏な田舎のひとなのですよ。肉親へ向ってまで意地悪くしないでいいでしょう！」

良人は、急に形相《ぎょうそう》を変えて立ちあがった。立ちあがるやいなや、蒲団を引きずって、玄関の母親の寝ている部屋へ投げこむと、自分はマントを引っかぶって「お前もあっちへ行ってくれッ」と云って横になって眼をつぶったが、流石に寒いのかまた立ちあがると、マントを引っかけ、飄然《ひょうぜん》と戸外に出てしまった。――孤独で貧乏で半生を暮した、良人のひねこびれた心のうちに、いまでは、とり子はつばきをしてやりたくさえなった。

「どうしたんかや？」

眠っていた母親は、いまの騒ぎで、吃驚してしまったのか、哀れな寝床から首を出して、うなだれている娘を心配そうに眺めた。

「いいのよ」

「わしは、これで沢山なんだぞ喃、田舎者は蒲団なぞいらんぞい、ええ？」

「いいのよ！　もう、私も覚悟しました。あんまり私も卑屈になりすぎていたんですよ。とてもこんな生活は墓穴を掘っている様なもんです」

「出て行きなさったようだが、行って呼んでこいでええのか？」

「いいったら！　ほっておいた方がいいのよ。私が、何時も負けすぎて、呼びにばかり行っていたから、あんな我がままになったの、でも今度の場合は他人よりも酷いじゃありませんか！」

とり子は、荒々しく立ちあがると、玄関にしっかり錠をおろした。その手つきには、

「かまうものか」と云ったところがある。

「さア、母さん！　たった二人きりよ。蒲団を敷きなおして、二人で温かく寝ましょう。ねえ、さア、一寸起きて頂戴」

「まア、呼んで来んさい。あのひとは寒かろさ……」寒いにちがいないのだ。此のひどい

風の中を歩いている姿も見えるが、遠くの町通りを、火事のサイレンがぶうううと唸《うな》って走っている。とり子は、頭を振り払うようにして、良人の書斎に蒲団を敷き、厭がる母親を引きずるようにしてその寝床へ寝かせた。

「ねえ、母さん。明日は、私と二人で此の家を出ましょう。このありさまで、一生ゆけるものでもないし、星の悪い二人が結びあっていたら、どっちか殺されてしまうわ……私、ねえ、働きますよ、まだ若いのですもの……」母親は、始めて、声をあげて小さく軀を縮めて泣いた。

「此の様子では、婿さんも、仕合せそうではないが、それじゃと云うて、安穏にお前と二人で楽をしよったら、婿さんも気の毒ではないかの？」

「そんなことを云っていたら、誰も仕合せになれる人はないじゃありませんか。私は、つくづく平和に、安穏になりたいんですよ。毎日毎日睨《にら》みあいでは、あのひとも仕事が出来ないし――私、どこへでも当分勤めて、産婆にでもなってみようかと考えるのよ。ねえ……」

ごおうっと風が唸って軒を吹く。

眠りながらも、とり子は、良人が戸を叩きはせぬかと冷々した。母親はもう眼がさえて眠られないのか、呆やり寝床の中から燈火を見ている。まるで魚のように気力がない。

「お母さん」

「…………」

「お母さん、どっか悪い？」

「いいや……どこも悪うはないが、お前の身を考え、わしの身を考えて、呆やりしてしもうた。あああ」

「大丈夫！　これから、仕合せになれますよ」

とり子は起きあがると、火鉢に紙屑《かみくず》を燃して、部屋をあたためながら、家出してゆく荷物を造り始めた。荷物と云っても何もないのだが、そうしている気持ちは、何だか、甲斐性のない自分をりりしくしてくれるようであったから。――


（『泣虫小僧』昭和一〇年 改造社刊／「婦女界」昭和一三年八月号）

悪闘

一

準急で汽車は満員だった。熱海《あたみ》からあつ子は汽車に乗った。

このぶんだと、東京は大変な雪だよと誰かが云《い》っている。熱海は朝から牡丹雪《ぼたんゆき》が降っていた。

二等車の箱をずっと歩いてみたが、腰をかけるところもない程満員で、まア、この非常時に、二等車が満員だなンて……あつ子は身勝手な不平をもらしながら、とみこうみ、列車のなかを見渡していると、軈て《やが》、発車のベルが鳴った。ごとんと、汽車がゆるぎ出すと、列車へ乗りこんでいた見送りの客や、宿屋の番頭たちが、あわててホームへ降りて行った。

ヴェールをさげた帽子をかぶった、洋装の女の前の席が一つ空いた。

「ここは、どなたかいらっしゃいますンでしょうか？」

ヴェールの帽子の女は、細い眼をしていいえと云った。

あつ子はすぐ、その席の背中のもたれをぎいとかわしてひとりでそこへ腰をかけた。ゆるく汽車が動き始めた。

牡丹雪が窓硝子《まどガラス》へくっついて来る。くっついた雪は、すぐ、キララのように硝子戸へ針のような線を並べて凍りついた。

あつ子は肩掛や、駱駝《らくだ》のコートをぬいで網棚へあげた。群青《ぐんじょう》のお召《めし》に、黒い縫紋《ぬいもん》の羽織が、いかにもふっくらとしてみえる。あつ子が小豆縮緬《あずきちりめん》の手さげのなかから煙草を出すと、トイレットへ行く扉がガラガラと開いて、二人連れの頭巾をかぶった老けた男が這入《はい》って来た。

「おやおや、ここも満員だ……」

眼のギョロッとした方の小柄な男が扉の処につっ立って席をみわたしている。

もう一人の方は、ひとりで、列車のなかを、空席をみつけて歩いて行った。

あつ子と、眼のギョロリとした男とは、ふっと視線が合った。

「おや！　どちらへ？」

あつ子は、雪崩《なだれ》の前に立ちすくんだように、きゅっと肩のすぼまるような思いだった。

そのおもいと同時に、間髪をいれないで、すぐ長いあいだ、溜めに溜めていた、しんらばいいいんしょうをこめた怒りが眼の前の須藤に噴きあげて来た。(どちらへ？ ふふん、何がどちらへなの……) 皮膚一枚めくれば、様々な表情がカメレオンの如く、青赤に光っているくせに、あつ子は、動じない姿で、いかにも堂々と、

「畑毛《はたけ》」

と云いすてた。

「あ、そう、——大した人だなア、これは……じゃア……」

須藤は軽く帽子を頭の上でつまんで、すぐ眼の前の空いているらしい狭い席へ行って、

「ここは、空いてるンですか？」

と、たずねている。さしむかいの席へ、白い着物を着た僧侶が寝転んでいたが、すぐ、二人とも起きて席を空けてくれた。

「おーい、ここが空いてるよ」

須藤が、席を探しに行った連れの男を呼んでいる。男はすぐ戻って来た。あつ子は須藤と真向いになったが、椅子の背中で、お互いの額の上だけしか見えない。

あつ子は、何と云うこともなく、ふちなしの眼鏡をはずした。俺は、眼鏡をかけた女はきらいだなア……昔、あつ子と須藤がまだ交渉のあった頃、いつか、須藤がそんなことを

云っていたのをあつ子は覚えていた。

あんなに、お互いの、墓を掘るような、生ぐさい、いやらしい別れかたをしておいて、しかも、もう、いまでは二十年も歳月が過ぎているのに、なおかつ、男の云った言葉が、急に、湯のように噴きこぼれて来るのは、いったいどうしたことなゝだろうとあつ子は、膝の上の眼鏡のつるを、たててみたりたたんだりして、窓外の牡丹雪をじっと見ていた。

須藤の方も、何気なくあつ子を見ているようだった。もう何の関心もないと云った素ぶりでもなく、また、それかと云って、いまだに、君のことは考えていると云った弱い視線でもなく、平地を馬上ゆたかに乗りまわしてゆくような、そんな、何気なさで、時々、須藤の視線が、あつ子の額には感じられた。

二

あつ子は、汽車がトンネルへ這入ると、暗い硝子窓にうつる自分の顔が、艶《つや》も脂気もないようにぱさぱさに感じられた。帯のあいだからコンパクトを出して、それを膝の上に置き、じっと、自分の顔をのぞきこんだりもしてみた。年輪のように、表情のあっちこっちに皺《しわ》がより、柔らかい皮膚ではあったけれど、もう、老いつかれた絹のハンカチのようなもので、光沢はあっても、肉体の弾力には、欲も張りもない。

さて、須藤の方はどうだろう……額だけしか見えないけれど、ぬけあがった広い額には、生活的な、岩のようなものが血みどろにぶらさがっている、「男」の脂気がギラギラ光っていた。まるで、菰《こも》かぶりの酒樽をでんとすえてるようだわ……あつ子はいまいましくなって、巻煙草に火をつけて口に咥《くわ》えてみた。

あつ子が、須藤に逢ったのは、二十四の年だった。晩春の頃で、あつ子が中耳炎で荒木町の病院へ通っている頃だった。

お座敷を休んで、〔有島〕武郎《たけお》の『カインの末裔《まつえい》』なんか読んでいた。須藤は京都の男で、財産家の養子だときいていたが、別に誰が相手と云うでもなく、あつ子の家へ、二三人連れでよく遊びに来ていた。

はじめて逢ったのは、下の渡り廊下の真中だったが、狭い中庭の卯《う》の花が、むらがるように、雪か煙のように咲いていたものだ。二三日たってから、女中の糸子から、須藤の手紙を貰《もら》った。

深海魚よ

お前はこんな広々とした海を知っているのか。
水平線の向うは時雨だ
水平線の上は雲の舞いだ
自由と無限と変化と
バルト海カスピの海
北氷洋インド洋
マゼラン海峡オホーツクの海
皆つづいているではないか
星よりもっと数多い海の水は
潮騒い　海鳴り　泡だち
波たち　凪ぎ　うねり
水脈は藍青に紺碧に
深海魚よ
なぜお前は光を浴びようとしないのだ。
あつ子は、待合《まちあい》の娘に生れて、小さい時から、踊《おどり》だの長唄だのと習わせられていたが、踊や長唄よりもっと好きなのは本を読むことだった。

女中の糸子が、須藤に、あれがこの家のあつ子かいとでもきかれて、文学好きな娘ですよとでも紹介したのかも知れない。

こんな詩のようなものを書いた、酔っぱらいのような手紙を貰って、あつ子は、それについては返事も出さなかったのだ。

あつ子は自分の家の商売がきらいだった。芸者商売さらりとやめて、と、唄の文句にもあるように、中耳炎でしばらく座敷を休んでいたのを幸い、ふっつりと芸者をやめてしまって、三鷹の下連雀《しもれんじゃく》に隠居している祖母の家へ転がっていった。

二十四で、芸者としては年増だったが、あつ子は、女学生気の抜けない、さばさばした気性で、月のうち、二三度は芝居観に行ったし、ひとりで町を歩いてくることもあった。町を歩く時も、昔の芸者姿で出掛けてみたり、時には、三鷹村のかたぎの若奥様然とした姿だったり、祖母は、ぶらぶらしているあつ子に呆《あき》れ、

「お嫁さんに行くでもなし、芸ごとをみっしりやるようでもなし、本を読んで、ぶらぶらしているなンて、全く、もったいない話じゃないの……」

と、小言を云う時があった。

「ええ、いいのよ。家の方は、誰か気に入った養子を貰ってもらうの——私は、このまま

で、おばあさんみたいになるのよ。このあいだ、『可愛い女』って小説を読んであげたでしょう? あんな女のひとになるのよ、——年をとって、寒いときは南縁で日向ぼっこしてるし、暑い時は、涼しい北側の窓で呆《ぼ》んやりしてるし……」

「呆れたあっちゃんだよ、——若い時は二度とはやって来ないのですよ。元気を出して、何でもみっしり勉強をしておかないと、年をとって困りますよ」

「だから、こんなに勉強してるじゃありませんか……」

祖母はそれでも、一人娘で、たった一人の孫だったので、口小言もいつの間にか、日向の氷のように、ぼそっととけて流れてしまう。

五月にはいって、おついたちの日だった。あつ子が赤坂の家へ出掛けて行くと、庭に突き出た楓《かえで》の間で、障子を開けひろげて須藤が、たったひとりで足の爪を剪《き》っていた。まんざら知らない間でもないので、廊下のこっちから、一寸《ちょっと》膝をつくと、須藤は鈴のついた鋏《はさみ》を畳に投げて、

「やア、随分かわったじゃないの」と挨拶をした。

「そう、かわりました? 野暮ったいでしょう?」

手紙を貰っていたせいか、あつ子も気軽に応えて、母の部屋へ這入《はい》って行った。

「おお暑い、サイダアか、水頂戴よ……」

「連雀さん元気かい？」

「ええ、とても元気よ、——このごろ、小唄なンか御勉強で、歯のぬけた渋い唄声も意気なもンですとさ……」

「へえ、それはまア、大した元気だ……」

「須藤さん、いつ来たの？」

「二三日前から……」

「そう、誰？　相手の妓《こ》は？」

「うん、それが、たったひとり……養子も解消で、さばさばしたって、——今度はずっと東京住いで、新聞社に勤めるンだって……」

「まア、解消？　へえ、それで、新聞記者になるンですって？」

その夜、あつ子は久しぶりに赤坂に泊って、須藤と二人で四谷のきよしへ落語をききに行った。紀の国坂を二人はぶらぶら歩きながら、

「須藤さんは、新聞社へお勤めになるンですって？」

あつ子が、御所の塀側を歩きながらきいた。須藤は帽子もかぶらないセルの着流しで、新しい下駄をかくんかくんとふんづけて歩いていたが、思い出したように煙草を咥え、

「二三日したら、いよいよ御出勤だ、勤まるかどうかねえ……」

「あら、勤まりますよ、須藤さんは秀才型だから……」

「へえ、秀才型と新聞記者と、どう云う関係があるンです?」

三

須藤はやがて、神田の神保町にある、茶舗《ちゃほ》の二階を借りて丸の内のN新聞社に通いはじめた。社会部に席があったのだそうである。

あつ子の中耳炎は一進一退でなかなかなおらなかった。夏になってからもまだ繃帯《ほうたい》をしているのが暑くるしい感じだった。

六月にはいった或る雨の晩、あつ子は下連雀の家で呆んやり蛙の啼く音をきいていた。まだ、この辺は、田畑の多い新開地で、時々裏の川のあたりに蛍が飛んでいた。吉祥寺の林のなかを抜けている流れの早い川の瀬音が、耳を澄ますと、そうそうときこえて来る。

あつ子は須藤と四谷のきよしへ行った晩のことを思い出していた。

「あつ子さん、お客様でいらっしゃいますよ」

階下から女中があつ子を呼んでいる。(おや、私にかしら……)

あつ子が階下へ降りて行くと、須藤が、人力に乗って来て、玄関で小銭を俥夫《しゃふ》に払っている処だった。

「まア、あなたですの……誰かと思ったわ」

階下の座敷へ須藤をつれて行った。酔っているのか、ぷんと酒臭い息がしていた。床には白い牡丹の花が活けてあった。はじめ、あつ子は牡丹の花粉の匂いかしらとおもっていた。

「いい家じゃないの……」

「そうでしょうか、――でも、ちゃちな建物なンですよ。まるきり小舎《しょうしゃ》同然で……」

「いや、中々こじんまりしてていい」

女中がぬるい茶を持って来た。むし暑いので、あつ子が障子を開けると、蛙の啼く音が、いかにも田舎へ来たようなそうぞうしさで、須藤はこれはいいなと云った。祖母もいける口なので、やがてビールが出たり、酒が出たりして、祖母も須藤の来訪をよろこんでいる様子だった。そして、その晩、須藤は祖母にすすめられて泊って行った。

客間にあつ子が蚊帳を吊りに行くと、須藤は床《とこ》の間《ま》の〔小林〕古径《こけい》の水墨の絵をつっ立ってながめていたが、後で、ちりちりと蚊帳のかんの音をさせて蚊帳を吊っているあつ子の、紐へのびている白い腕を不意につかんだ。

あつ子も、それが不意だったので、いやに落ちついて何の気もなかった。二人は、長い間の恋人同士のような、堂々とした気持ちでいたのだ。一瞬のことだったが、あつ子は蚊帳を吊り終ってから、はじめて部屋の外で早い動悸がうちはじめたのだった。

二人はそれから、いろんな処で逢った。

須藤は、あつ子のお母さんや、おばあさんにあつ子を貰いに行くとも云っていた。お互いに独身者だし、まア、急がなくても、そのうち、折をみて、結婚式をしようと二人は話しあっていたのだ。——須藤の二階住いには、炉が切ってあって、時々、階下の主人が二階へ茶をたてに来てくれたりした。

秋になるまで、あつ子は須藤と愉しいおもい出の数々をつくった。朝晩のないような勤人なので、夜ふけて、連雀の家へたずねて来ることもあったが、あつ子には、須藤が新聞記者だと云うことが、何となくうれしかった。ただ金持で、芸者を自由にしている男は、あつ子は虫が好かない。

秋になって、中耳炎もなおり、始めて、つぶし島田に結って、あつ子は須藤を驚かせてやろうと、新聞社へ電話をかけると、二三日休んでいると云う返事だった。

病気でもしているのかしらと、あつ子が、神田の須藤の下宿さきへ行ってみると、

「あら、御一緒じゃなかったンですか？」

と、階下のおかみさんが吃驚《びっくり》した表情で、二三日仙台へ遊びに行って来るとお出掛けに

なったのだと教えてくれた。

「仙台って、まア、ひとりかしら？」

「私は、あつ子さんとお一緒だと思ったンですがねえ……」

あつ子は二階へあがってみた。たとえ、何にしたところで、一寸も知らせないで、身勝手な旅行をするなンてひどいとおもいながら、机や、押入れをあけると、蒲団《ふとん》の上に、紫縮緬の風呂敷につつんだ小さい包が眼にはいった。あつ子は不安な思いで、それを開いてみた。

女名前の手紙が十通ばかりと、女の写真が二枚出て来た。

（おや、これは、雪葉のじゃないの……）

あつ子はがたがた肩が震えて、めまいがしそうだった。雪葉が、パラソルを持っている写真と、雪葉を真中にして、二三人の男があつ子の家の喜楽で写している写真とはいっている。二三人の男の真中に、須藤が、眼と眉のつまった、西洋人のような表情ですましていた。

手紙はみんな雪葉からので、急速に、二人の間に交渉が出来たらしく、手紙の日づけは七月の二十日すぎから始まっていた。どれもこれも、須藤と逢ったあとの本意ない別れがめんめんと書いてある。

あんなに、小説を読み、待合の娘として生れていても、さて男の心と云うものは……あつ子は呆れかえってものが云えなかった。俗に云う、男心と秋の空どころではない、あつ子は座敷につっ立ったまま呆んやりしていた。

(ふふん、何が深海魚よだわ……)

あつ子は赤坂の家へ行って、雪葉のことを女中に訊いてみた。

「いま、雪ちゃんいるのかしら?」

「一寸きいてみましょう……」

女中が雪葉の家へ電話できいてくれた。

「ねえ、雪葉さんは熱海へ遠出だそうですって……」

「へえ、熱海へ?」

二三日、熱海へ行っていないのだときくと、とんだ仙台だったと、あつ子はすぐそのまま熱海へ発って行った。二人を前にして、云いたいだけのことを云って別れて来る。これが、あつ子のせいいっぱいだったのだ。

四

あつ子が、熱海へ着いたのは夜だった。

停車場の前の土産物屋《みやげものや》で電話をかりて、有名なホテルや宿屋をかたっぱしからきいてみた。五回目にかけた玉の井に、須藤が女連れで本名で泊っているのがわかった。

あつ子はすぐ出掛けて行き、海の見える、狭い部屋をとって泊った。女中に少しばかり包んで、須藤の部屋のことをきいたが、お酒ばかり召しあがっている二人づれと云うだけで、雪葉のことはあまりよく知っていなかった。

風呂を浴びて、食事をすませると、あつ子は手紙を書いて須藤の部屋へ女中に持たせてやった。すぐ須藤がひとりでやって来た。

女中が襖《ふすま》のそとへ去って行っても、あつ子は黙って籐椅子に腰をかけていた。須藤はしばらくして、あつ子の前の籐椅子へ腰をおろすと、

「いつ来たの？」

とたずねた。

面皮《めんぴ》をひっかいてやろうと力んでいた気持ちが、妙に淡々しくなってきて、あつ子は涙

があふれそうだった。じっとみすえると、唇の辺がやせていて、歯の黄いろいのも卑しく見える。私は、このひとの眼から上だけに惚れてたのかも知れない……好きな弱味で、こんな貧弱なあごだったのを知らなかったのかと、あつ子は、ここまで須藤を追っかけて来た自分がいとしかった。

「もう、いいのよ」

「何が？」

「ううん、何でもないの、このまま私帰れる……」

「よくわかったね？」

「わかっていけなかった？」

「いや、そうじゃない、——おこってるンだろう？」

「ええ」

「どうしたらいい？」

「どうもしなくていいわ。——私、ひきさがりますよ……」

自分も、偶然とは云え、久々でつぶし島田に結って来たことが、須藤には、くすぐったい感じなンじゃないかと、あつ子は自分のかみかたちがとても厭《いや》な気持ちだった。

「ひきさがるなンて、厭だ……」

「厭ったって、私だって厭よ……あんな商売をしてたって、――私は、今日まで清浄潔白で、その清浄潔白もあなたに泥んこにされてしまえば、もう、これ以上、私の力みようもないし、――結構、ひきさがって、私、これから莫迦《ばか》々しい生活をするから……」

「行きがかりなンだよ、――引きずられて来たようなものだ」

「何よゥ云ってるのよ、――ただ、一寸逢って、駄目を押しておきたかったの。もういいの……すっとしちゃったわ。――早くお部屋へ戻ってあげて、いまごろは半七さん、どこにどうしてだわ……まさか私が三勝だなンてうぬぼれやしないけどね……」

「君はすっとするかも知れないけど、僕はすっとしないよ……」

叩きつけるほど侮蔑してやろうと力んでいて、いろんな云わでものことを喋っているうちに、ふっとあつ子は悲しくなった。正直に涙があふれて来た。あつ子は袂《たもと》で顔をおおうて笑い出した。あはあは笑い声をたてて泣いていた。

須藤が立って来て、あつ子を抱きかけたが、あつ子は立ちあがって、

「おお厭だ。いやな匂いがするから、寄りつかないで……」

と、須藤の軀《からだ》を力まかせに障子の方へ押しやってしまった。

須藤は畳にごろりと寝転がり一時間位も呆んやり天井をみていた。

その日から、およそ二十年あまりの歳月がたっているのだ。須藤と雪葉が結婚したこともきいたし、雪葉と結婚していながら、時々芸者や、職業婦人と浮気のようなことをしている風評もきいた。

あつ子は二十七の時に、世話をするひとがあって、能代《のしろ》の材木屋へ後妻で嫁いで行ったけれど、五年ほどいて別れてしまった。子供はひとりもない。

たった二人の男しか知らなかったが、それでも、あつ子は、千万人の男を知ったような、はかないものを男に感じていた。

能代の嫁入りさきの男は、子供が二人あって、四十を過ぎた男だったが、宴会へ行っても、旅行をしても、さっさと早目に戻って来る堅人で、一日黙っていても平気だと云うような無口な男だった。

一度も喧嘩をすることもないし、子供は、二人とも男だったが、二人ともひとみしりをしない性質で、楽隠居をしたようなのびのびした家庭だった。——別に、どうしたこうしたと云う註文があるわけではなかったが、あつ子は東京へ戻りたくて仕方がなかったし、こんな退屈な結婚生活を死ぬ迄《まで》やってゆくのはたえられないことだと、仲人《なこうど》にも自分の気持ちを話して、一年越しの話あいで、あつ子は能代の家から東京へ戻って来た。

あつ子が三十になった時、母が亡くなった。母の保険で、借金を始末してしまい、待合も人にゆずって、あつ子は熱海のさきの畑毛に、小さい別荘を買って、祖母と女中と三人暮しになった。連雀の家は売ったところで大したこともないので、古くからいる女中を留守に置いて、畑毛と東京を行ったり来たりしていた。

あつ子が三十六になった時、須藤は新聞記者をやめて、いまは通俗小説を書いて暮しているようだと、友人にきいた。

「読んでごらんなさいよ。脇坂篤志って名前なの、一寸、面白いものを書いてるわよ」

「へえ、脇坂篤志……読んでみましょうかね……」

さっそく本屋から取りよせて読んだが、どれもこれも芸者もので、大したものではなかった。雪葉の若いときの面影がちらちらしているので、どの小説の主人公も雪葉のような気がして憎らしかった。

もう、雪葉も三十二三にはなっているはずだのに、はたちのころの若い褄《つま》をとった雪葉の姿が浮んで来る。

あつ子は四十になってはじめて、連雀の家を二束三文で売ってしまい、赤坂丹後町に小さい借家をかりて住んだ。能代の子供が大きくなって大学へ行くようになり、東京の下宿生活は心もとないからと、子供の方からあつ子を頼って来て、男の子二人ともあつ子の二階へ下宿をするようになった。兄は三田へはいり、弟は明治学院へ這入った。

能代の家では、あつ子の去った後、能代の近くの田舎から嫁を貰ったそうで、あつ子のいた時と同じような可もなし不可もなしの生活が、ずっと続いているようであった。男の子たちは二十と、十七だったが、あつ子にはどっちも可愛かった。なかでも、上の兄は、おもざしが妙に須藤に似ていて、あつ子には愉しい気持ちだった。よく見ていると、そんなに似ているのでもなかったけれど、口の利きかたに何となく須藤の癖があった。あるいは、あつ子は、自分で、似ているようにこじつけて考えているのかも知れない。

そのころ、新聞や雑誌で、須藤の文名は揚っていたが、根が酒好きでなまけものときているので、あつ子が四十すぎた頃には須藤の名はぽつぽつしか見られなかった。

あんなに口惜しい別れをした男だったけれど、あつ子には最初の男であり、恋らしい恋であったせいか、寝ても覚めても、二十年近く、須藤のおもかげは忘れたことはなかった。もしも二人きりで逢えたら、両手をついて、どうぞまた再び相戻って下さいましとたのんでもいいなンかと、そんな他愛のないことを考えるときもあった。——つばきを引っかけてやろうとか、泣き疲れるまで泣いて、とりすがってやろうとか、須藤を憶う様々の気持ちが浮きつ沈みつして、あつ子の生涯を今日まで老いさしてしまったと云ってもいい。

鏡に向って、ああ、随分、私も年をとったものだとおもう時もないではなかったけれど、さしあたり、好きな相手があるわけのものでもなく、まア、二階の若い子供たちに、みぐるしいおばさんだと云われたくない程度のおしゃれになまけてしまって、この頃、あつ子は老眼鏡を買って来て読書をするようにもなっていた。

五

段々、硝子窓が暗くなりかけて来ている。

あつ子は（ああ二十年ひと昔だわ）と、椅子の向うに見える須藤の抜けあがったような広い額をちらちらと見ていた。

「何処へ？」

あのひとは、さっき、昨日逢った女へ云うような口のききかただった。「畑毛」とつれなく云いすてたけれど、二十年の恨みがこりかたまって、「畑毛」とより云えなかった自分に、あつ子は椅子の蔭で苦笑するのだった。

汽車は横浜へ着いた。

ヴェールのついた帽子をかぶった女は、からからと窓を開けて、大きい声でしゅうまい、しゅうまいを二箱買っている。あつ子も男の子たちへしゅうまいを買いたかったが、須藤は横浜が来ても超然として連れの男と話しているので、何となく立ちそびれて、洋装の女の方をちらちら眺めていた。洋装の女はしゅうまいの折を、すぐ風呂敷に包んでいた。その風呂敷の模様は、自分もどこかで貰っておぼえのある色あいで、あつ子にはこんな風呂敷さえも何かの縁があり、人生はまったく考えようによっては味わい深いものだと、袂の底にあるハンカチを手さぐっていた。

（あのひとは、新橋で降りるかも知れない……）

あつ子は、東京駅までの切符を買っていたし、ひょいとしたら女中と息子たちが迎えに来ているかもわからないと思ったけれど、自分も急に新橋で降りたくなった。汽車は新橋へ着いた。

もう、街には燈火がキラキラついて、四囲《しい》は暗くなりかけている。あつ子はゆっくりと立ちあがった。心では大あわてにあわてていながら、動作だけは、幾山河越えて来た逞《たくま》しい女の落ちつきぶりで、ゆっくりと、コートを羽織り、コートの紐をむすんだ。須藤はもうブリッジの方へ出かかっている。一寸、帽子をつまんだだけの眼の挨拶だったが、その眼は、二十年の何かを語っているようにも取れたし、また、妙に素気ない風にも考えられた。

あつ子は肩掛けを手に持つと、四五人目の乗客のあとから、ゆっくり新橋のホームへ降りて行った。須藤はすでに地下鉄の方の階段を降りる処だった。

夜はかなり積るとみえて、大きな雪が霏々《ひひ》と降っている。あつ子は人目がないならば、走って袂をつかみたかった。そのくせ、自分の足は、規則正しく人と人との間の距離を正確においている。

このまま別れてしまえば、また、あの男とは虚空の彼方になってしまう。——あつ子は階段へ一歩足をおろしかけながら、ゆっくり肩掛けを肩に羽織った。芯を入れて厚めな束髪に結った前髪に、雪がようしゃなく降りかかって来る。

汽車は動き始めた。

洋装の女が、あおむいて網棚から荷物をおろしている姿が、走って行く汽車の窓に見えた。須藤は後もふりむかないで改札口を連れの男と出ている。あつ子は何と云うこともなく、その後姿をみおくり、階段の上へよろよろとたおれそうなめまいを感じた。

（「婦人公論」昭和一四年三月）

寿司

一

電気をつけたのと、季吉が飛びおきたのと一緒だった。わあっと怒鳴《どな》るような大きな声をたてて起きあがると、季吉は四囲《しい》をじっとみつめている。すず子は吃驚《びっくり》してしまって、

「まア、驚いた……うたたねしていらっしたの?」

そう云《い》って、呆《とぼ》けたような季吉の姿をみていると、急におかしくなってきて、すず子はくすくす笑い出した。

「不意に電気をつけるンだもの、何だとおもった……」

「だって、私だって、まさかあなたがそこにいるとは思わないもの……」

「ああ驚いた、戦争の夢をみていたンだよ……」

「道理で何だか、いまの顔ったら怖い顔だったわ」

風呂から戻ってきたすず子は、金盥《かなだらい》を畳の上において、鏡台を電気の下へ持って来ると、鏡の上をふうっと口で吹いて散紙で鏡のおもてを丁寧に拭《ふ》いた。

「おなかがすいたでしょう？」

「いや、別にすかない。何だか、朝から晩まで食べてばかりいるようだな」

「そう、でも、随分、いろんなものたべたいって云ってたじゃないの？」

「うん……」

「もう、ほしくなくなったの？」

「あんまりいちどきだから、呆《ぼ》んやりしているンだ」

「そう……でも、何でも召しあがるようになったわね」

季吉は火鉢の処へ蹲踞《しゃが》んで煙草に火をつけながら、いかにも美味《うま》そうにふうっと煙を吸いこみ、すず子の横顔を珍らしそうに眺めていた。すず子は化粧水を掌のくぼみにうつして、両手でもむようにして顔へ持って行ったが、化粧水が眼にでも沁みたのか、いっとき両手で顔をおおうていた。

「どうしたンだい？」

「何だか、急にかなしくなったのよ」

「何がかなしくなったンだ？」

「あなたがそこにいることが不思議なの……」

「ふうん、――全く、俺もここにいるのが不思議だな……」

「ねえ、そうでしょう？　昨夜あなたは、二年位何でもなかったなんておっしゃったけど、やっぱり、二年って、相当長いものだと思うわ、随分長いと思ったわ……」

「そうだなア、長いには長いねえ……家にいるものは、変化がないから、なおさら長い気持ちだったろう……」

「ええ、平凡なだけに苦しかったわ。でも、考えてみると嘘みたいな気もするし、歳月っておかしなものね……」

クリームをつけて、パフで粉白粉《こなおしろい》を頬に刷《は》いて、唇紅をうすくつけて、鏡台をもとの場所へ戻すと、すず子は季吉のそばへ並んで子供っぽく蹲踞みこんだ。

「何だい、莫迦《ばか》だなア」

「だって、珍らしいンだもの……つくづく独りって厭《いや》だとおもったわ。初めは勇ましくって威張ってたけど、二年もたってくると、何だかしょぼしょぼしてくるのよ……」

二人は並んだままお互いをみつめあっている。

「変な気持ちだよ、俺は……」

「私も変な気持ちなのよ……」

すず子は季吉の手をとって、掌へ大きくバカネと書いた。季吉は煙草の吸殻を灰につっこむと、急にすず子の両手を強く握りしめて、

「何だい、ぷんぷん白粉の匂いさせて……」

と、すず子のひたいに自分のひたいをぎりぎりと押しあてている。

すず子は遠慮もなく涙がこみあげて来て、そのまま季吉の胸に凭《もた》れて泣いていた。良人《おっと》の胸があると云うことは、すず子にとって、岩に凭れているようなたのもしさであり、色々なものがいっぺんにこみあげて来るような切なさだった。

「ねえ、あなたは、お寿司がたべたいだの、畳がなつかしいだの云っていらっして、お寿司だってあんまり美味そうじゃないし、畳にいらっしても、何時《いつ》もこうして蹲踞んでいらっしゃるのどうして？」

「うん、徐々に坐るようになるだろうさ、いっぺんに坐るのはもったいないじゃないか……」

「まア、もったいなくなんかないわよ、そんな蹲踞んでるの厭よ、ちゃんと坐って頂戴……」

すず子は火鉢の前へきちんと坐った。季吉も胡坐《あぐら》を組んで坐った。すず子の長い睫毛《まつげ》に

粉白粉がついている。季吉は親指ですず子の睫毛をなでてやりながら、

「明日、田舎へ帰ってもいいかい？」

と何気なくたずねた。

すず子は季吉に、明日、田舎へ帰ってもいいかいと訊かれると、ぬくぬくとあたたまっていた気持ちが急に冷たくなり、思いがけなく激しい動悸が打って来た。

「すぐ戻って来るよ、一週間もいれば、用が済むんだし、一応は挨拶して来なくちゃねえ……」

「ええ……」

すず子はしばらく黙っていた。四五日位は何も彼も忘れて季吉と二人で静かな愉しい日を過したかったのだけれど……。

「だって、昨日と今日とたった二日よ……」

「うん……」

「私、会社の方はお休みにしてあるんだのに……」

季吉は癖なのか、また火鉢のふちへ凭れて蹲踞んだ。すず子は立って、炭籠《すみかご》を持って来ると、炭を火鉢につぎ、火鉢のそばに食卓を出した。見覚えのある茶碗や箸や、小皿がならび、すず子が風呂へ行く前につくったのであろう手料理の数々が、茶簞笥の硝子《ガラス》の中に

並んでいる。その手料理をすず子は黙ったまま、一皿ずつ食卓の上へ並べて、鯛ちりの小鍋を火鉢にのせた。

「召上るでしょう？」

すず子はそう云って、火鉢からおろした熱い鉄瓶の中へ萬古焼《ばんこやき》の徳利をつけている。すず子は黒いリボンではちまきをしているので、顔が小さく見えた。季吉はすず子の今までの一人の生活が可哀想でたまらなくなっている。菊の模様のついた紫色の羽織が、季吉には清純に思えた。すず子は食卓の支度が出来ると、炭籠に炭を入れておこうと硝子窓を開けたけれど、刺すような風が吹きこんでいるのに首をすくめて、あわてて空を見上げた。

「あら、雪だわ、雪が降ってるのね」

出窓の上に置いてある小さい炭俵の上に、雲挨《ふけ》のような雪がたまっていた。火鉢の上の鍋は、ごとごと煮立っている。

季吉は青いほうれん草だの、小鯛の頭だの、豆腐だのの煮えて動いているのをさっきから呆んやり眺めていた。

田舎へなんか少しもかえりたくはなかったのだけれど、無事帰還の報告を早く済まして来なければ、少しも落ちつかない気持ちである。硝子戸を閉めて、すず子が火鉢のそばへ坐ると、季吉はふっとあわてて橙《だいだい》を小皿の中へ絞った。

二

翌日、季吉は信州の田舎へ帰って行った。珍らしく雪が積っていて、うそ寒い日である。すず子は上野の駅まで季吉を送ってゆき、帰りに新宿のIデパートで同窓会があるので、すず子は少し早いめだとおもったけれど会場へ廻ってみた。会場の食堂のサロンには、なつかしい見覚えのある顔がもう四五人並んでいる。

「まア、よくいらっしゃったわ、さっき、貴女《あなた》のおうわさをしていた処なのよ、いらっしゃればいいって……」

「雪が降ってるンで、どうかしらとおもったのよ……でも、みんな元気ね……」

同じクラスのものが二人いた。一人は映画女優で、あとの一人はもう奥さん。その奥さんである日夏貞江は、すず子とは大の仲良しで、いまでも一ヶ月に一度位は逢っている。

「会社へ電話をしたのよ、そしたらお休みだって……」

「ええ、一週間お休みをとったのよ……」

すず子はコートをぬいで、とけている羽織の紐を結びながら二人の間へ腰をかけた。

五人はさっきの話のつづきらしく、女優の相川笛子が、

「それで本田さんは、とうとう離婚してしまって、いま長野へ戻っていらっしゃるンだって。赤ちゃんもあるのよ。旦那さまは戦死なすったンですってね」

話題になっている本田弓子は、すず子達の一級上の生徒で美人で有名だった。

あんな美人も、幸福にゆかないものかと、すず子は女の運命を不思議なものにおもっている。

相川笛子は、T撮影所の女優だけれど、まだ端役級で、相当辛い生活であるのだと、何時か彼女の告白をきいた事があった。小柄で痩せた顔なので、そばへ寄らなければ美しさのわからない女だった。

すず子の仲良しの日夏貞江は、長野の銃砲店の娘で、いまは会社員に嫁《か》して平凡な幸福な家庭をつくっていた。学校を出て四五年にしかならない若いすず子達の同窓生のうちでは一番正直で率直な女だった。大柄で、美人ではないけれどもあたたかい表情を持っている。

いま一人の貞江と並んでいる奥さんは、すず子より二級上の卒業生で、すず子は顔見知りの間だったが、あまり親しくはない。何時も両手に指輪をはめている女で、此《こ》の非常時にまさか金の指輪もはめられないと見えて、今日は宝石入りの銀の指輪を両方の手にはめていた。出歯で、笑うと正面に金歯が光っている。

ぼつぼつ若いのや、年をとったのの同窓生達が集り始め、食堂の女ボーイが、紅茶と菓子を長い卓上へ並べ始めた。

相川笛子は、すず子や貞江をさそって三人で隅の席へついた。若いのは若いもの同士、年をとったものは年をとったもの同士で、席を並べあっている。

「ほら、宇都木さんよ、代議士令嬢で威張ってるあの人よ、随分下品な絵羽羽織《えばばおり》を着てるじゃないの？　肩から大きな鳳凰を張りつけてさ……、何なの、あの趣味は？」

笛子は苦々しそうに入口を眺めている。宇都木秋子は黒地の背中いっぱいに鳳凰の模様のある羽織を着て、女中を連れて会場へ這入《はい》って来た。

すず子とは学校時代に席を並べていた事もあるし、季吉の大学の費用は、この娘一家から出ていると云う事もすず子はよく知っていた。しかも、季吉が出征する前には、秋子と季吉との間に結婚話すらあったと云う事も知っていたし、すず子は、季吉とは未だに内縁関係にあると云う自分が悲しく、今日、帰還報告に帰って行った季吉の一身には、また秋子との問題がむしかえされるのであろうと、秋子の派手な姿をみて不安におもわれるのであった。

秋子は三人の前を通って行ったけれど、すず子を見ると、不意に立ちどまって、

「ねえ、季吉さん戻っていらっしたのあなた知っていらっしゃる？」

と不意にきいた。

笛子も貞江も、すず子と季吉との事はよく知っていたけれど、秋子が季吉の名前を知っているのが、二人には不思議だった。

すず子は不意だったのでどぎまぎしている。

「今夜、私、夜行で田舎へ行くンですけど、……季吉さんに、もう、お逢いになった？」

「いいえ……」

すず子は自然に秋子から眼を外らしていた。秋子は生々とした表情で中ほどの席へ歩いて行った。

やがて、定刻より一時間もおくれて会は始ったけれど、何の興味もない、まるで紋付の品評会のような味気ない、つまらない、同窓会だった。

一番若い卒業生で、まだ学生だったと云う娘たちがはきはきしているだけで、誰も彼も犬のように会場の誰彼の生活を嗅ぎつけようとしている。

すず子は、長い卓子《たくし》を挟んで坐っている四十人ばかりの女の顔を眺めて、幸福そうな顔は見当らないとおもった。東京へ転任して来ている教師達も、今日は二三人集っていたけれど、みんな近郊の学校とか、小さい私立の学校に勤めているのらしく、服装も態度も古色蒼然としている。

秋子は中央に腰をかけて、二三人の同窓生達とさかんに話しこんでいた。

すず子達はこの同窓会がつまらなくなってきたので、記念写真を撮るときには三人とも云いあわせて会場の外へ出てしまっていた。

「だんだん厭になる会ね。みんな田舎者ぞろいのくせに、急にあそばせ言葉なんかつかって、おお厭だわ……」

笛子が気持ち悪そうに外套の肩をすくめて笑っている。

三人は寒い戸外へ出たけれど、何処《どこ》へも行き場がなかった。

「私のところへ来ない、お菓子買って帰って、私のところで同窓会をやりましょうよ」

三

すず子は秋子に逢って厭な気持ちだったので、笛子のアパートへ行くことは賛成だった。貞江も二時間位はいいと云うので、渋谷の猿楽町にある、笛子のアパートへ出掛けて行った。

ドアの内側へ男の名刺が一枚落ちていた。笛子はそれをひろうとすぐ細かく引裂いて、モロッコの女のように、名刺の屑《くず》を指ではじいて火鉢の中に捨てている。

「宇都木さんねえ、季吉さんを知っているのかしら？」

コートをぬぎながら、貞江が思い出したように、すず子にたずねている。すず子は硝子戸の外の廂《ひさし》にぶらさがっている笛子の白い足袋《たび》を眺めながら黙っていた。もう、いまごろは季吉は軽井沢あたりを行っているかも知れない。今日から一週間だと云うのが、すず子には、二年間の出征よりも長いものに思われるようだった。

今度帰ったら話をして、二人の結婚を何とかしようと季吉が幾度も云ってくれたけれど、季吉は大家族の息子なので、両親や兄達の反対が大変だろうと考えられる。いまになって見れば、籍のことなんかもどうでもよくなっていて、季吉さえ戻ってくれれば、自分はそれで満足しようと思うのであった。

「宇都木さんて、東京で何してるのよ？」

笛子が炬燵をつくりながら貞江にきいている。

「さア、何だかしらないわ。お金でもあるンで花嫁学校にでも行ってるンじゃないの？」

「へえ、花嫁学校にねえ……、私、あのひと学校当時から、大嫌いだったわ。なんだか調子が高くて、デコラチーブでねえ……」

「学校時代から、野球の選手だの何だのって色々風評があったじゃないの……さっき、何なのよ、あの態度ったら、私達に挨拶もしないで、季吉さん戻っていらっしたの知ってるって、まるで、貴族気取りじゃないのさ……」

笛子が失礼な奴だと怒っていた。

すず子は学生時代には季吉を知らなかったのだけれど、東京へ出て来て姉の家へ手伝いに行っている時、弟の滉三の中学時代の先輩だと云うので、弟から季吉を紹介された。季吉は丸の内のM礦業《こうぎょう》会社へ勤めていたし、すず子も京橋のD保険会社のタイピストになった許《ばか》りの時であった。二人は知りあって二年位もすると、お互いの家族達には黙って二人きりのささやかな同棲生活にはいっていた。季吉と秋子の家との関係は、すず子は季吉によく聞かされて知っていた。

今夜、夜行で信州へ帰ると秋子が云っていたけれど、秋子はきっと季吉に逢いに帰るに違いないのだ。秋子はどうして、自分が季吉に逢う逢わないを知っているのかがすず子には不思議だった。

笛子は寝転んだままポータブルを引寄せて、暗い日曜日〔曲名〕のレコードをかけていた。

「ねえ、すず子さん……」

「なアに？」

「なアにって……私、いま、人生上、とても困った事が出来ているのよ。貞江さんにも話したンだけど、私ねえ、近いうちに神戸に行かなくちゃならないのよ。あなた一緒に行ってくれないかしら?」

笛子が大きい眼をくるくるさせて、すず子の眼をのぞきこんでいる。

「いつ?」

「それが、今夜なのよ……さっきから考えていたンだけど、私一人で行く勇気がないの……」

「何さ? 重大事件らしいわねえ……」

笛子はポスターのモデルになった神戸の酒造会社の社長から招待を受けていると云う話をした。四五日前に、ニューグランドでその社長に招待された時に、遊びに来るようにと云われたのだそうである。

「まア。それで、神戸にいらっしゃるつもりなの?」

「ええ、だけど……何だかあとが怖いわ……私には恋びとがあるンだし、あんなお爺さんきらいよ」

「そんなにお爺さんなの?」

「え、はいいいからなひとだけど、もう五十位かしら……」

「お、厭だ、そんなの……」

暗い日曜日をもう一度かける笛子に、すず子は、

「でも、そのひと、よっぽどお金持ちで、笛子さんが気に入ったのよ……」

「そのひとはねえ、有名な女優はきらいなンですって。新しいひとを、大きくそだててゆくのが愉しみなンだって……ニューグランドの帰りに、服部《はっとり》で時計を買って貰《もら》ったのよ」

笛子は、少々得意そうにグリーンのビロードのケースからプラチナ台の時計を出して二人にみせた。

「……だから、さっきから、笛子さんに、いったいどうするつもりなのよって、私、云ってるの……いくらお金持ちだって、慈善心だけでこんな散財は出来ないとおもうわねえ……」

貞江が時計をのぞきこんで心配そうに云うのだった。

「だって、私は何も云わないのに、勝手にくれるンですもの。……でも、この時計だってもう一二ヶ月腕にはめてて、そのうち売りとばしてしまおうかと思っているのよ……」

「だけど、それで、今夜の神戸行きはどうするつもりなのよ?」

すず子が時計を自分の腕にはめてみながら、神戸行きを心配している。

「そりゃア、どうしたって、お礼にだけでも行って来なくちゃアいけないと思うのよ。もう切符も買ってあるの……すず子さん、一緒に行ってくれない?」

「あら、私は駄目よ、季吉さんが戻って来てるンですもの……」

「あら驚いた！　何時の事なのよ、それ？」

「二三日前だわ、今朝、田舎に帰って行ったばかりなの……」

四

その日から、一週間はすぎたけれど、季吉は戻って来なかった。すず子は会社へ出勤していても気持ちが重たくて、一日じゅう動悸がしているような不安な気持ちである。電報を打ったり、幾度か手紙を書いたりしたけれど、季吉からは何の音沙汰もない。二年も待っていて、その挙句、こんな淋しいおもいをするのは厭だと思った。

季吉が田舎へ帰って丁度三週間たった或る夜、笛子がすず子のアパートへ自動車を乗りつけてたずねて来た。

数週間前の笛子とはすっかり様子が変っていて、着物や持ちものが豪奢な感じである。古代朱《こだいしゅ》の羽織はさやがたの総絞りで、黒地にグリーンと朱の大名縞《だいみょうじま》のお召の着物が、昔のおもかげもないほど笛子を立派に引きたてていた。

「まア？　どこのお嬢様かと思ったわ……」

「驚いたでしょう？」

「どうしたってわけ？」

「私はもうこのごろは何も彼も流れるままの気持ちだわ……あれから神戸に行って、十日位もいたのよ。そのひとには芸者の妾が二人もあったの……」

すず子はハッとして、何か自分の軀《からだ》を汚されたようなどぎまぎしたものを感じた。

自分には考えも及ばない世界であり、自分の仲のいいクラスメートが、そんな世界へ安々と溺れていっているのが不思議だった。

「でも、どうして、そんなひとをあなたが好きになるのか不思議だわねえ……」

「あら、好きでなんかあるもンですか、厭で厭でたまらないのよ、私は長い間の貧乏に敗けてしまったンだわ、それに丁度邦彦さんに恋びとが出来たりしていて、私、何だかやけな気持ちになっていたのね……」

笛子は、ろくろく十円札すらも持ったこともないみじめな生活に、自分の若さや美しさを埋れさせるのは耐えられないことだと云うのである。自分には、いまのこの生活は間違っているかも知れないけれど、此の世の中に間違いのない正々堂々とした生活があるだろうかとも云うのであった。兎《と》も角《かく》、長い間苦しめていた父や母を、どうやら安楽にもする事が出来たし、自分はこれから一生懸命映画の方を熱心にやるよりほかに道はない。これからは、それだけを力だのみにして生きたいと云うのである。

すず子には、笛子の焦躁がわからないではなかったけれども、何だか夢の中にいるような気持ちだった。笛子の商売のように、若さや美しさを歳月とともに数え去るような焦々《いらいら》しさはなかったけれども、季吉との事を考えると、自分の青春の侘《わび》しさ味気なさも感じられてくる。

だけど、笛子さんは笛子さんだ、自分には生れかわっても笛子のようなことは出来ないことだと、すず子は怖ろしいばかりな笛子の生活力に押されている。

「邦彦さんの事は大丈夫なの？」

「あのひとは、恋びとが出来ているンですもの、少しもみれんはないわよ。いまごろになって、何だの彼だのって云ってくるけど、もう、私に何のみれんもないンですもの、――すべては金銭でどうにでもなるものなのねえ、人の魂だって何だって……」

「あら、そんな事はないと思うわ。金銭というものは、そりゃア、一面、非常な働きを持っているものだし、血液のように大切なものだけれど、人間の魂までどうこうするってことは出来ないと思うわ。お金がなくったたって、純粋な世界ってあると思うの。――ただ、私は、笛子さんの環境がそんな風になっているンじゃないかと考えるンだわ。私だったら、女優をやめてしまうところねえ……」

「すず子さんだったらそうかも知れないわねえ……二年間も季吉さんをじっと待っている人だもの……」

笛子はそう云って、何も彼も汚れてしまった自分には、すず子や貞江のような清らかな友達を失いたくないと、子供のようにすすりあげて泣くのであった。

その夜、二人は新宿へ出て映画を見て、笛子の案内で築地の粋《いき》な料理屋へ行った。すず子がいままでに食べたこともないような、おいしい料理が出た。床《とこ》の間《ま》には可愛いカアネーションが活けてあり、渋い茶掛けの軸には「竹有上下節」と云う枯れた文字が書いてあった。

「これ、なアに？」

「これ？　鯛のお刺身に玉子の黄味をおとしてあるのよ」

「ヘエ、随分洒落たものね、おつゆもおいしいわ……」

紫のふかふかした羽根座蒲団《はねざぶとん》に坐って、大きい春慶の食卓に凭《もた》れているのが、すず子には落ちつかない気持ちである。

「こんな高い店を御馳走になったりして悪いわねえ……」

すず子はサイダーのコップを唇もとに持ってゆきながら、まぶしそうに四囲を眺めている。笛子は、床の間を背にして悠々と煙草をふかしていたが、おもい出したようにハンドバッグを拡げて、その中から沢山のきれいな十円札を出して食卓へ置いた。

「ほら、随分あるでしょう？　千円位あると思うの。これ、みんな神戸のから貰ったお金なのよ。皺《しわ》一つついてないから、何だかレッテルみたいだわねえ。困ってる時は、皺くちゃの十円札が随分尊いと思ったけど……」

すず子は怖くて、卓上の札束がみられなかった。女中が料理の皿を運んできて、卓上の札束に驚いている。笛子はわざと札束を卓上に置きっぱなしにして食事をしていた。すず子は何だか侘しい気持ちである。自分を自分で苦しめているような、けわしい表情で、笛子はまずそうに食事をしているのだった。

その夜、笛子を送りがてら、すず子は青山高樹町の笛子の新居へ行ってみた。

神戸の酒造家のひとが買ってくれたと云う数寄屋造りの粋な家のなかは、何も彼も新しい調度が運ばれていて、広い廊下や座敷には、まだ荷造を解かない荷物がいくつもあった。笛子の部屋は、箪笥も鏡台も横笛の模様が散りばめてあって、人形棚の横には三味線箱までもそろっている。女中が二人、笛子の両親も三人の妹達もいた。一陽来復と云った如何《いか》にも賑やかな一家であったが、笛子以外は、此の家の造りとは氷炭相《ひょうたんあい》いれざるひどい相違が見えて、すず子には何となくうそ寒い感じがされた。

これだけの家族を、笛子一人の手で支えてゆくのは大変なことであり、笛子の行き詰った気持ちもすず子にはわからないではなかった。

五

二月にはいった或る日、すず子のアパートに季吉の兄がたずねて来た。すず子はすぐ季吉の苦境を察しることが出来たけれど、じっと相対して坐っていると、膝が震えてきて仕方がなかった。

季吉の兄は、よく整理されたつつましい部屋の中を眺めて、好人物的な微笑をただよわしながら、

「季吉が大変お世話になっていたそうで……」

と云った。

すず子は、どんな意向で季吉の兄が来たのか、おぼろ気にはわかるのだったけれども、心の中ではいやいやと頭をふって、神様に両手をあわせて祈る気持ちであった。

茶を淹れながらすず子は、季吉の兄の宣告を待っていた。――兄の話によると、季吉は大学を出るまでの費用を、ほとんど宇都木の家から出して貰っていて、内々では、季吉が

宇都木の家に養子に迎えられる事になっていたのだそうであったけれども、季吉は、いまになって、どうしても宇都木の家へ養子に行くのは厭で、何とか秋子との問題を解決してしまいたく、再三自分みずから宇都木の家へ出向いて行って、学費の金は月賦にしてでも返済したいと話したのだそうであった。宇都木の家では、非常に季吉が気に入っていて、是が非でも季吉を養子に迎えたく、戦地から戻ったら、すぐ結婚式を挙げるつもりでいる気持ちであったそうだ。今度、初めて、すず子との問題を季吉から聞いて吃驚した兄は、一応も二応も考えあぐねて東京へやって来たのだと云った。

すず子は、季吉の兄の素朴な話しぶりに好意を持ったし、季吉と宇都木の家の相談を受けた事もうれしかったけれど、相談を受けたからと云って、季吉と別れる気持ちは少しもないのである。

「季吉さんは、どんなお気持ちなのでしょうか？　手紙を出しても返事もないものですから、少しもあのひとの気持ちが判りませんけれども……」

「いや、それは、あいつも、今日帰る明日帰るで、つい返事もそのままになっているのですが、季吉の意向では、宇都木の家に養子に行く気は全然ないのだし、東京へ戻ることばかり云っていますよ。――どんなに宇都木に恩を受けても、どうしても養子に行く気はないのだと、先日も、宇都木の娘さんが二三度見えたのですがねえ、逢いもしないありさまで、毎日青年団のもの達と兎狩りに出掛けて呑気《のんき》にしていますよ……」

すず子は急におかしくなって来た。何時だったか、電気をつけると、わっと飛び起きたあの単純な表情がたまらなくなつかしかった。山へ兎狩りに行った季吉の姿が眼に浮ぶようだった。

「宇都木さんの娘さんと、あんたは同じ級だったそうで、それで一度、是非、あんたに逢って相談すると云っておられたンで、私の方もおもいあまって、季吉には黙って出て来たのですよ……どうも困った問題で……」

冷えた茶をすすりながら、季吉の兄は刻み煙草を出して吸った。

「私の方では姉たちも、もう私達のことは許してくれているのですし、何だか義理知らずのようですけれど、季吉さんとは別れたくないと思います。いまのところ、私も働いているのですから、宇都木さんの方のお金を月賦ででもおさめるように出来ないものでしょうか？」

すず子は精一ぱいの気持ちで云った。すず子は、宇都木の家との義理に挟まれて悄然としている季吉を考えていたのが済まない気持ちだった。自分を信じ愛し、淡々としてくれる良人の愛情が沁みるばかりであったし、急に力の湧く思いであった。

その夜、すず子は姉や義兄や、弟の涚三にもアパートへ来て貰って、季吉の兄に逢って貰った。姉に少しばかり金を借りて、すず子は市場へ買い出しに行った。季吉の兄はよく飲むと云うので酒も買って帰った。

ぐつぐつと煮える寄せ鍋をつついて、酒のまわった季吉の兄は、大きな声をたて、

「金は天下のまわりものですよ、なアーに、季吉でも、そのうち身をたてンものでもありません。男一匹、養子になンぞ行くものではありませんよ、何しろ、私の親爺もおふくろも、田舎者のこちこちで、義理人情で子供をしばりつけるのですから困ったものです……」

と云うのである。

金は天下の廻りものだと云うのが、すず子には胸を打つおもいだった。そして何時かの夜、笛子が料理屋でみせてくれた札束や、皺一つない百円札がぐるぐる眼の前に浮んでくるのであった。笛子が金を憎み愛している気持ちがしみじみわかる思いである。あるところには、一人の女を玩具《おもちゃ》にする金が湯水のように溢れていて、ないところには、一人の男が、大学へ行く金にすら困っていると云うことが、すず子には、何だか不合理な気持ちがされて来るのであった。

季吉の兄は酔って来ると、平手で頬をなでながら、「季吉は戦地から戻って、悠々とした人物になりましたよ」と自慢するのであった。

六

季吉の兄は一晩ほど、すず子の姉の家に泊って帰って行ったが、いれちがいのようにして季吉から長い手紙が来た。

兄がそっちへ行った事と思う。非常にいい兄だから、遠慮をしないで逢うように、度々《たびたび》の手紙や電報を有難う。全く馬鹿々々しくて、君に手紙を書くのも厭だったのだ。田舎の人間はみんな正直すぎてかえって困ってしまうのだ。みんな悪い奴だったらどうにでもなるのだが、正直一途でどうにもならん。

心配をしていると思うが、二年も僕を待っていた怖るべき愛情に対して、一片の手紙を書くに忍びず、今日明日と帰る日のみ考えて、ついに、このような仕儀になった。僕が東京へ戻ると云うと、母の病気が重くなるのだ。要するに心配病気とでも云うのであろうか。

この間、畑へ出ていて、偶然に宇都木の娘に逢った。烏の孔雀に粧《よそお》える如き婦人なり、久しく見ざるうちに、東京スタイルになりて、中々の派手好みなり。二三時間、畑につっ立ってこの華麗なる秋子嬢と対談した。君と結婚をしている話をしてやった処、まだ籍のはいっていない結婚は結婚しているとは云えない由にて、そんなことは許すから今からでも遅くないだろうと云う事で苦笑した次第なり。君にいずれ逢うそうだ。逢ったところですず子と云う女は中々君に降伏する女ではないと云ったら泣き出してしまったよ。僕は至って壮健、いまのところ、僕の会社の姉妹会社である満洲礦業の方へ就職を頼んでいる。うまくゆけば二人で手に手を取って鞍山《あんざん》行きになるかも知れないね。

何事によらず、悠々と、急がずさわがず、現在の仕事に精を出していてくれ給え。まだ二週間位は帰れない。一切合切のことを解決して、一路鞍山へ行きたい計画をたてている。

これから大いに働いて、君にも楽をさせてやりたいと思っている。

季吉

すず子殿

すず子は手紙を読みながら、くつくつと泣き出していた。よく季吉が戦場から手紙をよこして、戦争をして、あらゆるものを崩してゆくのは朝飯前だが、これだけのものを以前にかえしてゆく建設の努力と云うものは一生の仕事であり、夫婦の間も、そんなものではないかと思うと云った事を書きおくって来ていたけれど。沁みるばかりの手紙であった。

日曜日だったので、すず子は東中野の貞江の家へ遊びに行ってみた。貞江の良人の太郎氏も在宅。貞江は赤ん坊に牛乳を飲ましていた。

「ねえ、笛子さんが昨夜遊びに来たのよ……」

貞江は薄陽の射している縁側へ座蒲団を持って来て、

「昨夜、とても酔っぱらって来て、私には結局何もなかったって泣いてるのよ、どうかしてるンだわ、あのひと……」

「あら、だって、あんなに幸福そうだったのにねえ……」

「やっぱり、何かしらあのひと淋しいのよ、満足がないのよ。さかんに結婚をして女優をやめたいって云ってたわよ。ねえあなた、そう云ってたわねえ……」

太郎氏は赤ん坊のそばに寝転んで、新聞を読んでいた。――貞江夫婦は見合結婚で、クラスでも一番早く結婚したのだけれど、いまは、この地味な夫婦生活もちゃんと板についていて、季吉の手紙ではないけれど、急がずさわがずの静かな生活である。

そうして、逢えば、物価の高くなった愚痴ぐらいのところで、夫婦生活の不満についての溜息をこの二人からきいた事がない。

「だって、私達、クラスのうちでも、あのひとは風変りで、学校を出てからだって女優になったりして、しかも此の頃は豪勢なパトロンがついたりして、何がいったい不足なんでしょう？」

貞江は、蜜柑《みかん》をむきながら、笛子の気持ちがわからないと云っている。

「笛子君も、前のようにのんびりしなくなったな……」

太郎氏が新聞をかたよせて、ぐっと果物皿へ手をのばして蜜柑をとった。

「ええ、ほんとうよ。来るなり帰ることを云ってたり、前は家で御飯出してもおいしいおいしいって云ってくれたのに此の頃は上の空なのよ、食欲もなさそうなのね。胃袋にお札の塊がつかえてる感じよ。だから、太郎ったら、あんまり持ちつけないものを持つもンじゃないって、笛子さんも、お金さえなきゃアもっと楽しくなっただろうって云うのよ」

すず子は、何時だったか、築地の粋な料亭で笛子に御馳走になった夜のことをおもい出していた。おいしい御馳走ではあったけれど、しみじみと礼を云いたいような雰囲気ではなかったことを、何から来たものかしらとすず子は長い間考えていたものだ。

いま、胃袋にお札がつかえているのだろうと云われてみると、貞江はうまいことを云うものだと、自分も、その言葉には合点がゆくのであった。

七

「結局は、お金のない私達の方が幸福なのね……」

貞江はそう云って、赤ん坊を抱きあげると、赤ん坊の手をしゃぶって柔かくしながら、小さい爪を切ってやっている。

「この間の同窓会の時だって、お金のあるひとらしいって云うのは、何だか、みんな剝製《はくせい》の人間みたいに見えたわねえ……」

すず子も爪剪《つめき》りを借りて縁側で爪を切った。笛子の生活、秋子の生活、貞江のこうしたつつましい生活、同窓生のそれぞれの生活をみていると、すず子は自分の生活も中々幸福なものと思わざるを得ない。世の中には煮ても焼いても食えない男も沢山いるだろうけれど、貞江の良人太郎氏のような好人物もいるし、季吉のような誠実のある男もいるのだ……。

すず子は、急に立ちあがって、ぱたぱたと膝をはらいながら、

「私、近いうちに満洲へ行くかも知れないのよ」

と云った。

「季吉さんが満洲に職がきまりそうなのよ、それで、もしかしたら、私も一緒に行くことになるわ……」

「へえ……遠いじゃないの、いったい、満洲の何処なのよ……」

「鞍山って処ですって、製鉄所のあるところなンですってよ……」

「随分遠いわねえ……」

「ええ、もう今度は戦争に行くンじゃアないから、私、何処までもついてゆくつもり。乞食したって二人でいる方がいいわ」

「おや、おや御馳走さま……でも、二年も辛抱したンだから、とても偉いわ」

「じゃア、あなたは、太郎さんがもし出征したら、そんなに待てないの？」

「あら、そりゃア待つわよ、あたり前じゃないの……」

「おやおや、うちの細君、そんな親切なところもあったのかね？」

太郎氏はにこにこ笑いながら、思い出したように赤ん坊を貞江の手から受けとって、高く赤ん坊をかかえあげている。

「おしっこ大丈夫かい？」

「ええ、いまおしめ替えてやったのよ」

太郎氏は赤ん坊を抱いて狭い庭へ降りて行った。貞江は満足そうに良人の後姿を眺めている。

「ねえ、学校の会報送って来たの見た？」

「ええ来てるわよ、笛子さんが、講堂改築募金の寄附を百円もしてるンで太郎は驚いてたわ……」

「ええ私も吃驚したのよ……あんな事しない方がいいわね、私、二円しか送らなかったけど……」

「あら、私だって三円よ。昨夜、笛子さんに怒ってやったの、そりゃア沢山寄附するのもいいけど、笛子さんの今度のこと色々風評されてるンですもの、軽蔑されて、沢山出すこともないじゃないの？」

「だって、少しだと又何か云われてよ、宇都木さんとこだって三十円ね……」

「ああ、それはそうと、本田さん亡くなったの知ってるウ？」

「へえ、知らない……どうして亡くなったの？」

「あら、新聞に出てたじゃないの、自殺なすったのよ、――御主人が戦死なさるし、せっぱつまった気持ちだったのね、女の気の弱いのもよりけりだわ……」

「本田さんの御主人戦死なすったの？」

すず子は、学校でも一番おとなしかった本田弓子の楚々とした姿をおもい出していた。

学校を卒業して、四五年もたたないあいだに、それぞれの生活がきまってしまい、型も出来、どうにか色もついて来ている。

女の苦労と云うものは、こうした戦争状態が長く続くほど様々なかたちで、汗のようにじわじわにじんでくるものであろうか。支えてゆく力をなくした時の女のせっぱつまった自滅する気持ちは、これはどうして、何で喰いとめてよいものなのか、世の中と云うものは、案外冷淡なものであり頼りにならないものだとすず子は思うのであった。笛子のように泥にまみれるのはたやすい事だけれども、地味な家庭の支えになって生きると云うことは、中々むつかしい事であり、人も馴れっこになっていて、親切には、地味な女の力をみとめてくれないものだ。

帰還の日を二年も待っていた女心を感謝してくれるのは、結局は良人以外には一人だってありはしない、季吉の自分を愛してくれる気持ちも、二年の感謝があればこそ、何ものにも動じないのだと、すず子は蜜柑の酸っぱいのにむせながら、涙を眼のふちにためているのであった。

「本田さん、可哀想ね……」

「ほんとよ、正直ないい方だったわ、私達、そばにいたンだったら慰めてあげたンだのに……」

「旦那さまが出征したあとには、奥さんたち、随分、いろんな苦しみもあるわけねえ、――季吉さん、無事に戻ってくれて、私は感謝しなくちゃいけないわ……」

八

その日から二三日してである。

すず子の会社へ宇都木秋子がたずねて来た。

「しばらく……」

秋子は洋服を着て、毛皮の外套を着ていた。

すず子は同窓会の時のようにどぎまぎした気持ちではなく、しゃんとした表情で、狭い応接間の椅子に腰をかけた。グリーンの短い事務服も、眼の前の毛皮の外套と同じ位置にあるプライドで……。

「季吉さんに色々あなたの事をうかがったのよ……」

「…………」

すず子は微笑していた。

秋子は、ハンドバッグの口金を、開けたり閉めたりしていたが、

「それで、私の家では、父なんかもとても怒ってるンだけど……あなたも知っていらっしゃるように、私と季吉さんの問題は、季吉さんが大学へいらっしてる頃からきまってたンだし、あんまり安心してててこんな事になってしまったのよ、ほんとにまさか、あなただとは思わなかったのですもの……」

「…………」

「同窓会があったでしょう？　あの一寸《ちょっと》前にひとにきいて、私とても吃驚してしまったのよ……お金の事を云い出すの変だけど、季吉さんのとてもお出来になるのを父が見ていて、中学校だけで止めさせるの可哀想だって、大学へ入れてあげたンですって……大学を出るまで大変なのですものねえ。それに、私の家へ来て戴くお約束も、季吉さん御自身御存じなのよ、それを今になって、こんな事だからっておっしゃっても父が承知しないし、私だって、もう皆さん、季吉さんと結婚するって知っているンですもの、とてもとても困ってしまっているの……」

すず子は頭の中じゅうを、金貨がピカピカ光って渦をなして流れてゆくのが見えるようだった。早く季吉と二人で鞍山とやらへ行きたいと思った。

「季吉さんのお宅はうちの小作のひとなのよ、だから、季吉さんだって非常に無責任だ、とおうちの方々に叱られていらっしゃるようなンですし、私はあなたとは同じ学校だったし、まるで小説みたいだとおもって、とても私、煩悶しているの……だから、季吉さんにも、私からあなたに御相談してみるって云ったのよ……」

「ほんとに、私達済まないと思いますわ……」

「私だって、あなたに済まないって思っているンですけど……」

すず子は変な気持ちだった。秋子はしばらく黙っていたが、ふっと思い出したように、

「それでね、うちの父の意向なんですけれど、あなたも私のお友達だし、不幸にするのは悪いからって、そのつぐのいとして、あなたを幸福にするだけの事をしたらいいじゃないかって、私、ここに父からあずかって来てるンだけど、受けて下さるかしら？」

そう云って、秋子は、水色のふくさに包んだものをそっと卓子《たくし》のはじにのせるのであった。すず子は、そのぼってりした縮緬《ちりめん》のふくさ包みを、じっと眺めていたけれど、握りしめている自分の指と指の間に、にちゃにちゃした汗がたまるような厭な気持ちを感じていた。

「それ、何ですの？」

「失礼なのですけど、五百円あずかって来たのよ……」

流石《さすが》に秋子は五百円と小さい声で云った。

「五百円？」

「ええ……」

「私が季吉さんと別れる為に戴くのかしら？」

「…………」

「私、そんなお金いただいたって、いまのところ何一つ買いたいものもないし、別に不自由もしていませんのよ。──かえって、私たちの方から、季吉さんの拝借してるお金を返そうって相談してる位なんですもの……」

すず子は腕時計を眺めて立ちあがった。友情のない仕方ではあったけれど、女の友情とか何とかで、感傷的になっている時ではないと思い、

「季吉さんから、おききになった通りで、私は、いま、あなたに何も云うことは出来ない気持ちですの……勝手かも知れませんけれど、私、これからまだ仕事もありますし……」

そう云って、すず子は廊下の方へ行きかけた。廊下の外には秋子の女中がつくねんと待っている。秋子はむっとしたのか、ふくさ包みを外套のポケットへ入れると、そのまますず子にはものも云わずに扉を押して、エレベエターの方へ勢《いきおい》よく出て行った。小さい女中は驚いたようにあとを追っている。

すず子はトイレットへ這入って、洗面所でキシキシと手を洗った。

水は激しく、白いタイルの洗面台の中へ溢れている。信じあっている、満ち足りた幸福

の味わいを、すず子はしみじみと感じ、鏡の中の自分の顔にありがとうを云った。

太いけれど優しい眉、大きい茶色の眼、厚ぼったいけれど小さい唇、頬の艶《つや》の美しさ、額は狭いけれど、まるで子供のように柔かい生えぎわ、すず子は舌を出して悪戯《いたずら》ッ子のように鏡の中へ首をすくめた。

九

相川笛子の名前が小さく新聞の広告に出ている。

「女主人公の友達になって、一寸テニスをする場面があるのよ、それっきり……」

「だって、こんなに新聞に名前が出るようになればしめたもンじゃないの……」

「うん……」

笛子はアイスクリームをなめながら、それでも不満そうな表情だった。洒落たスーツを着て、外套は濃い茶のホームスパン、帽子も茶のベレーで、今夜は笛子はつけ睫毛をしている。夕暮から降り出した雨は、中々やみそうにもない。寒い夜だ。

笛子は丁寧に新聞をたたんでハンドバッグにしまうと、ふうと溜息をついて、

「ああ、こんな生活もつまらなくなっちゃったわ……今日も神戸のと一緒に御飯たべる約

束してたンだけどすっぽかしたの……芸者ばっかり相手にしてたンで、先生、勝手がわからないらしいのね。私をどうしたら可愛がれるかって焦々してンのよ……」

笛子はそう云って煙草をふうっと吹かしていたが、あっと小さい驚きの声をあげて、入口の方を眺めている。

「私の恋びとが行くわよ、邦彦さんよ、ほら、あの女を連れて……」

すず子がその方を見ると、昔見覚えのある笛子の恋びとが、映画女優らしい女を連れて二階へ上ってゆく処だった。落ちつきをとりもどした笛子は、ふふんと唇尻を曲げて笑いながら、いっときにやにやしていて、

「あの女、よっぽど邦彦に惚れてるわね。自分でみんな荷物持ってるじゃないの、幸福そうだわ……」

「へえ、そうかしら……」

すず子は心のうちに、同じ女学校を卒業した者同士が、卒業して、お互いに生活が変って来ると、その道によってかしこしで、女が買物を持っているだけで、男に惚れてるとか惚れていないかがわかるものなのかと、すず子は一人でつくづく感心している。

やがて二人は喫茶店を出て、雨の歩道を歩いた。すず子の傘へはいって、笛子は何気ない風に鼻唄をうたっている。

「ばしゃばしゃっと、このまま自動車か何かに轢《ひ》かれたいわ……もう、生きているの厭だ！」

「いやねえ……何故《なぜ》、またそんな事を考えるのかしら、一番いま幸福そうじゃないの……」

「ふふん、あんた、腹じゃわたしを軽蔑しているくせに。ねえ、すず子さん、これからあんたお寿司おごってよ」

「ええ？」

「お寿司おごって頂戴って云うのよ。昔、時々、月給日に私に何かおごってくれたじゃないのよウ……」

「何だか、冷かされてるみたいね、馬に喰わせるほどお金のあるひとが何云ってるのよ……」

「こんなきたない金なんか、いまつかいたくないの……今夜は、きれいなひとの働いた、きれいなお金で御馳走になりたいわ……」

二人は銀座裏にはいっていって、安そうな寿司屋をみつけて歩いた。

「ねえ、一寸待ってよ……」

「どうしたの？」

「この傘持ってて……」

俥屋《くるまや》の車夫だまりのある街燈の下で、すず子はハンドバッグから財布を出して中味をしらべた。

笛子は、すず子の金をしらべている素朴な女らしさに参ったものか、急にぐつぐつと声をつまらせながら、笑っているような泣いているような表情で、すず子の汚れた財布の中をのぞいている。

「あるわ、大丈夫……ほら、三円一寸あるわよ……」

「みせてよ……」

「ほら、あるじゃないの……」

「うん、あるある、大丈夫だわね……」

二人は寿司屋へ這入って行った。

縄のれんをくぐって、狭い腰掛へ腰をかけると、笛子は頬づえをついて、指の先きで時々涙を拭いている。

「どうしたの、急に黙りこんだりして……」

「どうもしないわ、昔みたいに、貧乏になった気持ちを味わってるのよ、——ふっと、昔をおもい出したら泣きたくなったの、でも泣くと睫毛がとれちゃうから、こうしてつっぱってるの……」
「莫迦な笛子さんねえ……」
すず子は大きな番茶茶碗をふうふう吹きながらくすくす笑った。
あなご二ツ
生いか二ツ
こはだ四ツ
あかがい一ツ
まぐろ四ツ
玉子二ツ
きれいな字で、すず子がメモの紙片に註文を書きつけている。あかがいはすず子が好きだった。註文の紙を小僧へ渡すと、すず子ははれやかな顔で、
「貞江さんがいるとなおいいわね、あのひと、とてもあわびが好きなのよ……」
と、寿司台の方を愉しみそうに眺めている。
「ねえ、あんた、満洲へ行くンですって？」
「ええ、貞江さんにきいたの？」
「そう、相当うらやましい話だって……」

「そうでもないけど……」

すず子は宇都木秋子に逢った話はしなかった。もう何も話をしなくても、季吉はちゃんと戻って来るのだし、これから愉しいことはいっぱいなのだ。

やがて寿司が出来て来た。

二人は黙って味わいながら寿司を食べた。店の寿司台の方では、「おい、これは何分搗《なんぶづ》きの米だい？」と酔っぱらってたずねている客がある。雨は小やみになったのか、往来で女の笑う声がした。

寿司を食べてしまって、すず子が勘定をしてくださいと云うと、小僧は勘定書の小さい紙を、立派な服を着ている笛子の方へ持って行った。笛子は知らん顔をしてにやにや笑っている。

すず子は笛子の前の勘定書をきまり悪そうに取って、勘定書の上へ、財布から皺くちゃになっている五十銭札を出して、丁寧に二三枚そこへ並べて置いた。


（「オール讀物」昭和一五年一月）

フローベルの恋

感情

十月にはいってからは、夜中の二時三時まで机の前にすわっていることが多くなった。夜更けてじっと風の音を聴いていると、落葉の音や、竹の葉ずれの音がしているけれど、その音のもっとむこうには、さまざまな人の深い寝息がきこえて来るようである。本の頁《ページ》をめくるでもなく、人に手紙を書くでもなく、それかと云《い》って、何か仕事をすると云うでもなく、私は燈火の下にただ呆《ぼ》んやり坐っているのだ。そろそろ、私の頭の中に花火が揚る時刻になって来る。私の感情演習が始まるのだ。白い馬に乗ったナポレオンが血相を変えて燈火の上から走って来る。おやと思って眼をあげると、この寒い夜更けに白い蝶が天井でひらひらまっていた。

夜は早く眠って、朝は早く起きて、よい生活をして下さい。夜中までだらだらと起きているひとはいい人達ではありません。こんなことを或る名流の女流教育家が座談会で語っていた。すると、或る高名な日本画家が面白いことを云ってこたえている。「それは、あなたは云いすぎとは思いませんか。この時代に誰も彼も、朝早く起きて、夜は早く寝る人ばかりでは、世の中は正常ないとなみをつづける事は出来ませんよ。夜中に走る汽車の罐《かま》焚《た》きの人のあることをごぞんじですか。夜中に守備をしている兵士のあることをごぞんじですか。いまは工場も夜の活動がさかんかも知れません。学者も夜更けていい考えをねっているかも知れませんし、私も真夜中の静けさでなければいい絵を描く気になれないのです」私はこの日本画家の心のなかをじっとみすえて考えているうちに、心のなかがぽかぽかとあたたかくなって来るような気持ちになっていた。沙漠で泉を発見したような、人間の本当の心の残映に出逢ったおもいで、私はその日本画家をこよなく善いひとだと思った。問題のおきどころは早く寝たとか寝ないとかのことではなくて、生活の成就について純粋に考えられなければならないはずであろうから。

毎夜、こうして呆んやり起きていることについて、私は私自身に清らかなものを感じている。燈火さえもわずらわしくなって来ると、私はその燈火を消して、じっと闇のなかで眼を瞠《みは》っている。

私の頭の中では、いろいろなものが飛び散り飛びみだれて響きと音をたてはじめる。私の心のなかにはそろそろ熱い火の粉が燃えはじめて来る。窓を開けて暗い庭を眺めていると、時々星が光っていたり、黒い樹が風にゆれたりしている。自然だけが人間をとりのこして悠々と流れて行っているような孤独なものを感じて来る。

どうにもならないで、その景色のなかに森閑とうずくまってしまう。――さっきのナポレオンは何処《どこ》まで走って行ったか知らないけれど、私はふっとウクライナの草茫々《ぼうぼう》とした土地を心に描いていた。

私の古い日記の五月二十三日のところをめくってみると、この日は晴天で、白いかきつばたの美しさにみとれている。今日の独ソ戦はハリコフで激しい砲火を交えた。広いウクライナの北方にあるハリコフも、もうこのごろは雪解けの頃であろうか。ドイツ軍の指揮官はフォン・ホック元帥、ソ連側はチモシェンコ司令官、この両国きっての二人の智将が、昨夏の中部戦線以来、再びハリコフで大軍をひきいて相まみゆるこの戦いは、ドネツ盆地を境にして、相当長期にわたるのではないかとも考えられる。ウクライナの大耕地を中央にして、東にドネツ川、西にドニエプルの大河をひかえて、このごろの麦の収穫はどのようになっているのだろうとそんな事を空想してみたりする。両国の動員兵力、武器弾薬は破天荒の数量にのぼり、その勝敗は今後の全作戦に影響するところがかなりあるにちがいないのだ。独軍は主力をイジュームとバルベンコヴォ（ハリコフより南方へ百二十キロ）の二つの市街攻略に向けていると云うことだ。生きるということはなかなか大変なことだ。だけど、何と云う自然の美しさであろうか。雲の去来は悠然として豊年のきざしを示しているし、この美味《うま》い空気の中には、本当の硝煙の匂いはみじんもまじってはいないのだ。――この日記から幾月かの歳月が、またすぎてしまっている。記憶の油はこうして、歳月の燈心のなかで少しずつ燃えていっているのだ。私は私であると云うことに馴れてしまっていることに、このごろ卑しいものを感じて来ている。自分を保護することに汲々としていて哀しいばかりだ。何かがきっと来るだろうし、何かいい事があるにちがいないと云った空だのみが、いくらかずつでも心を甘くしてくれていて愉しいのではあるけれど……。恋愛においては信じてもらうことが必要であり、友情においては見抜いてもらうことが必要だ、と云うボナールの言葉を私は時々思い出すのだけれども、その言葉の強さ美しさも、何となく、いまは空疎にさえひびいて来るのだった。

それにしても、日本の秋の夜の美しさは、心耐えがたいばかりに清澄で、生きている幸福を感じて来る。この美しい夜を、おぞましく唇をあけていびきをして眠るには全くもったいないほどの綺麗さである。冷々と指が冷くて、机も畳も香ばしい匂いがしている。部屋の中まで秋の匂いであり、その夜更の光芒の中にぼんやり坐っている自分の後には、生きているしるしに黒い影法師が一つくっついている。その影法師には何の説明もつける必要はないのである。昔はいろいろな考えもあったのだけれども、いまはただ自分をこの場所に静かに置いて眺めているだけだ。もうじき夜も明けて、また明日の活発な営みが始まるのだけれども、私は木のようにじっと坐って奇妙な演習をつづけている。

フローベルの恋

堀切菖蒲園《ほりきりしょうぶえん》の停留所では百舌鳥《もず》が甲高く鳴いていた。花の茶屋では古い陸橋の下に新しい家がいくらも建っていた。青砥《あおと》で降りたのは二時ごろであったけれど、空がよく晴れていて、舞台裏のペンキ塗の町を歩いているような、気取りのない土地であった。荷風《かふう》の葛飾情話《かつしかじょうわ》の世界も、いまはすっかり変ってしまって、四ツ木辺までも行かなければ、葛飾の昔のなごりは見られないのかも判らない。私は葛飾のハイカラな区役所で、若い娘達に中国へ従軍した時の話をした。講堂には西陽が射し込んでいて、娘達は赧《あか》い顔をして私をみつめていた。西側の前の席の方に十三四の少女がいて、時々赤い箱から昆布を出してしゃぶっている。私は話していることから解放されたような気持ちになって、その娘の方を時々眺めていた。円顔《まるがお》で無邪気な顔だちだった。が大人のような地味な洋服を着ている。

昔の葛飾は、朝早く、女給を送ったかえりの安い円タクが通っていたり、肥料車がごろごろ通っていたかも知れないけれども、このごろは、そんなおもかげは青砥あたりでは何処にも発見する事は出来ないという話だ。青砥の京成電車の切符売場には、青いブラウスを着た娘が硝子窓《ガラスまど》の中に派手な恰好で腰をかけていた。

私の話は二三十分で済んでしまった。

昆布を食べていた娘はにこにこしながら廊下で丁寧にあいさつをした。区役所を出ると、埃立《ほこりた》つような秋の風が吹いていて、遠足がえりの国民学校の生徒の群が広い新開道路を走っている。

私は青砥から二つさきが柴又の帝釈さまだと云う事を聞いていたので、行ってみようと思った。電車は空いていた。窓に人がいないので、全部の窓に青い空がうつり、森や家が白い光りのなかに消えては現われ、消えては現われて、電車は海の上を走っているようだった。私は空いている席に腰をかける愚をしないで、窓辺に立って、走ってゆく景色を眺めていた。走ってゆく窓外には、ところどころ、荷風の葛飾情話がまだ残っているような、そんな風景に出逢う。その景色はまるで恋のような気持ちで眺める事が出来る。人になんか打ちあけられない悲しみも、こうした無心な景色にだけは判ってもらえるような人間の淋しさが、景色の鏡の中に夕映のように反射していてなつかしい。釣堀だの、炭置場だの、藁屋根の家、トラックの煙、神社のある林、そんなものが近々と走ってゆく。柴又へ降りると、私は空家ばかり並んでいるので不思議な気持ちだった。狭い道を挟んで、両側の店々はみんな雨戸をかたく閉ざしていた。

露店のような家でうなぎを焼いている男がいて、制服の田舎の女学生が四五人行列をして待っている。空家の並んでいる往来に、松葉を焼くようなうなぎの匂いが流れていた。小魚料理と書いた看板も空しく風に吹かれて、雨戸を閉ざした家々は人一人いるでもなく歳月に晒《さら》されているかたちだった。

帝釈さまは、思ったよりも小さい建物で、古色蒼然としている。帝釈さまは沢山の空家をかかえて、これからはもっと淋しいお暮しなのだろうに、御手洗で手を清めながら、さっき店先きで焼かれていた鰻《うなぎ》の馬鹿さかげんを考えていた。

ぬるぬるしてすばしこくて、そのくせもっくりとかまえている鰻殿も、柴又の帝釈さまの門前で焼かれて、今夜は田舎の女学生の胃の腑にはいるのかと思うと、ふっと何と云うこともなく、おかしくなってきて、アベル・ボナールの云った、吾々《われわれ》の憎悪は吾々の愛の高さを示す時に美しいと云う言葉を思い出すのである。

生きていることは幸福だけれども、時々、風に吹かれて二三歩よろよろと急ぎ足に前の方へ運ばれてゆくような、そんな淋しさ苦しさが押しよせて来る場合がある。私は歩きながら、帝釈さまとの遭遇をたのしいものに思い、暫《しばら》く本堂の前に立っていた。

私は何か考えてみようと思って立っているのだけれど、何も彼も茫々たる彼方に私の若い思念は船出をして行ってしまったせいか、何一つ考える事もなく、只《ただ》そこにぼっと立っているだけである。私の長い髪の毛が頬へ吹き寄せているし、スカートが風にふくれあがっているだけだ。このような気持ちでは熱心に人を愛する気にもなれなくなっているのだと、私は落魄《らくはく》の底に沈んだ人のように、何も彼も無力な自分であることに涙を流すのであった。

かえり、一軒の茶店へはいって、私は寿司を注文した。私の前には大きい鏡があった。鏡の中の私は疲れた顔をしていた。平凡で何一つ取り柄のない自分の顔を見ていると、こんなつまらない女が小説を書いたり旅をしたりしたのかと厭《いや》な気持ちだった。至ってつまらない女で、見苦しくて、哀しい存在でしかない自分にやりきれなくなっている。私は汚れた卓子《たくし》に頬杖をついてみた。何と云うつまらない女だろうと眺める。つまらない女だと思うと、なおさら痛々しくて見ていられなくなってしまう。鏡に背をむけて寿司を食べた。向うの松の植込みを前にした座席では、若い女が二人で大きい風呂敷包みのものを分けあっては笑っている。

このあたりに旅館でもあれば夜までやすんでかえりたいと思った。昔、女友達大勢で、川甚《かわじん》と云う料理屋へ行った事があったけれども、あの家はどの辺りだったろうか。私はあんなに好きだった煙草もやめてしまって今日で二十日ばかりになる。手もちぶさたではあるけれども、卓子の上に置いてあるマッチの箱をみると、つい引きよせてマッチの箱を耳もとで振ってみるのだ。何となく賑やかなあたたかなものを感じた。私は男のひとのように酒をのみたいと思った。けれども、それはただのみたいと思うだけの事で、私は寿司の金を払って、空家ばかりの柴又の町を歩いて駅へ行って切符を買うと、私は急に早く吾家へ復《かえ》りたい気持ちで一生懸命になっている。混雑した電車の中では、もう、黄昏《たそがれ》の葛飾風景を賞でることも出来ず、私は焦々《いらいら》しながら電車の隅に立っていた。どうして、あのおいしそうな鰻殿を求めて来なかったのかと残念で仕方がない。茶店の鏡の前で、つまらない女の姿を見た気持ちわるさで、何も彼も一切合財が厭になってしまっている。そのつまらない女が自分だと思うと、世界中の女の悪さを自分一人が背負い込んだように軀《からだ》が固くちぢこまって来る。

息がつまって、誰も知らないうちに消えてしまえないものかとも考えるけれど……。

夜になってフローベルの書簡を読んでみたけれども、少しも今の気持ちにぴったりして来ない。フローベルが莫迦《ばか》な老人であり、ジョルジュ・サンドがまるで飲食店の女のようにしか考えられないのである。私がつまらない女のために妬《ねた》み心を持って読むのかも知れないけれども、フローベルの友情にはまるで芯がない。サンドを莫迦にしてしまっている。けれど、ここに出て来るサンドはまるで冬の女のように自分だけぬくぬくと暖まっていて、フローベルに退屈な手紙を書かしているにすぎないのだ。無邪気で優しい師よと、フローベルはサンドに呼びかけているけれども、本当に心からフローベルはそう思って書いたのだろうか。

皮膚

せきは朝から顳顬《こめかみ》のへんがずきずきしていた。こまごまとした荷造りが済んでからも、雨の霽《は》れ間《ま》をみて、風呂に水を汲み込んだり、軒《のき》の下で洗いものを手伝ったりするので、祖父が出て来て、茶碗や膳で散らかった框《かまち》の上からせきを叱ったりした。

「嫁に行く女が、そう、のんびりと洗いものなぞ何時《いつ》までもしておってよいものか」

せきは黙って桶《おけ》を片よせると、顳顬のあたりを指のさきで押しながら、裏の割木小屋の方へ鶏を追って行った。

麓《ふもと》の国民学校へ行く子供達の声が、割木小屋の後で聞えている。湿った暗い空あいからは時々また雨が降り始め、栗の木の林のなかから匂いの籠《こも》った風が吹いていた。黄いろい粒々の花をもった栗の木の梢《こずえ》に、墨で染めたように小鳥が群れて騒がしく飛んでいた。

「これさ、何時までお前は家のことしてる、莫迦な娘だよ。——はよう神酒《みき》でものんで、町さ行く支度しなさいよ」

割木小屋の軒にすれすれに突き出ている、母屋の便所の泥の窓から、せきの嫂《あによめ》の顔が覗いている。せきは眼を染めて笑っていたが、すぐばたばたと土間の方へ走って行った。

「私ね、まだ、山を下るには早いでしょう……」

せきは手伝いの女衆にたずねてみた。

「早いも、遅いも、まあ、ゆっくり化粧でもして、別れの挨拶をせんことには、——何時までも家のことをしていたとて埒《らち》はあくものでもないし、早く顔でもつくりなさいよ」

手伝いの女衆はそう云って、せきを押しあげるようにして框の上へ上げて、奥座敷へせきを連れて行った。

せきの家では、せきが今日は婚礼してゆくので、朝から奥座敷は村の小さい子供達で賑やかであった。せきは薄暗い鏡台の前に坐って、濡手拭《ぬれてぬぐい》で顔を拭いた。子供達は面白そうにせきのまわりに坐っている。嫂はびんつけを掌にのばして、せきの白い首筋へのばしてやった。軈《やが》て化粧が済んで、せきが座へつくと、祖父や女衆達から一つずつさかずきをさされて、せきはのぼせてしまい、顳顬が破れるようにずきずきしてきた。

何時の間にかまた、山の尾根が明るくなって、流れ雲が光って来ると、せきはみんなにせきたてられて着物を着た。湿気で黴臭《かびくさ》くなっている娉の嫁入りの時の着物が、せきには何となく肌になじまない。髪は、このへんに結ってくれるひとがないので、せきは何時ものように襟《えり》もとにぐるぐると巻いて、町で買って来た白い花の簪《かんざし》をさした。もう一度鏡の前に坐ってみた。細い眼尻にほんの一寸《ちょっと》紅をさしてあるせいか、眼が吊ったように見えた。白粉《おしろい》をあまり濃く塗ってもらったせいか、ふだんのせきの顔はかくれてしまって、違う女のひとが鏡の前に坐っているようである。

遠くの山で閑古鳥が啼いていた。せきは鏡を眺めながら、勃然《ぼつぜん》と哀しみがこみあげて来たけれど、黒子《ほくろ》のあるぼってりした唇をつぼめて、顳顬を両の親指で強くおさえてみた。

軈て支度が出来ると、せきはぬぎすてた着物や肌着を風呂敷に包んだ。子供達は美しくなったせきの遠くをかこんで、時々はやしたてている。

せきはみんなのところへ別れの挨拶に行った。女衆は白粉をつけたせきにみとれていた。せきはつむぎで織った、赤い縞のはいったよそゆきのもんぺをはいていた。

庭には薄陽が射していて、また雨は霽《は》れている。濡れてきたなく散っている躑躅《つつじ》の花の上を、雀が花を蹴散らしてあわただしく飛んでいた。庭に降りた人達はみんな酔ってぎらぎらした赧い顔で空をみあげていた。せきの支度が出来ると、せきを麓まで連れておりてくれる炭焼の勇蔵が雨傘と山藤の根を包んだのをさげて、新しいわらじばきで台所から出て来た。

「いい藤じゃねえかね、勇さん、それをどうするんだね」

「ああ、復《かえ》りにね、由さんの処へ寄って、これで借金のかたなしてくるのさ」

「ほう、いまどき実直な話だなア。俺なら、その藤で一両がとこ晩に飲んじまうが、勇さんじゃそんな芸も出来めえ」

祖父がきげんよさそうに勇蔵をからかっている。

せきが番傘を持って「では行って参ります」と挨拶をすると、行って参りますと云うのがおかしいと云って女衆は笑った。せきは赧くなっていた。

「達者でなア、時々はたよりをよこしな」

口々にそう云って、大人も子供も、畑の小径《こみち》までせき達を送って来た。麓のバスの停留所の荒物屋で、さきへ行った兄の康雄が迎えに来ている手はずになっている。祖父と嫂は貯水池の上の栗林のところまで二人を送って降りて来た。

「それじゃ、ま、勇蔵さん、せきを麓までお願いしやすよ」

祖父は大きい声で云った。せきは祖父の声があまり大きいので、吃驚《びっくり》してくすくす笑い出した。長雨で重たく湿気をふくんでいる栗林の梢は、水刷毛《みずはけ》でぼかしてゆくように、ざわざわとゆるく風に動いていた。勇蔵は口のうちに、この分じゃ傘はいらなかったかな、西が明るくなって来たぞと云いながら、水のたまった小径を音をたてて歩いていた。空が明るくて、久しぶりに霽れ間《はま》をみせたせいか、あっちの山かげ、こっちの畑の上にと、馬や人の声がちらほらしていた。

「おおーい」

山彦《やまびこ》がかえって来ている。子供達が何時までもせきを呼んでいるのだ。せきのかわりに、時々勇蔵が「おおーい」と返事をした。遠くの麦畑の方で虫のように小さく人が見える。霽れ間を見て耕作に来た百姓なのであろう。

勇蔵は去年の暮に中国の戦地から戻って来ていた。働きもので、まだ嫁を貰《もら》ってはいなかったけれども、この秋には裏山の種屋の娘を嫁に貰うのだと、勇蔵の母親が話していた。まるまった背中のような畑道を降りると、すぐ眼の下に真青い貯水池が見えた。貯水池の上には風があるのか、青い水の面は、こまかい小波を描いて岸の方へ静かによせていた。貯水池をかこんで、繁った雑木林は鮮かな新緑を輝かせている。鶯や閑古鳥がかわるがわる近くで啼いていた。貯水池の番人小屋のスレート屋根が白く光っていた。

「雨で、貯水池は水がいっぱいですね」

小さい鼻に膏《あぶら》をためて、せきがさきへ行く勇蔵に話しかけると、勇蔵はびっくりしたよ

うにせきをふりかえって、

「草臥《くたび》れたかね」

　と赧くなってきいた。

「いいえ、とてもいい気持ちで、頭の痛いのなどなおってしまった」

「今夜は、兄さだけかね」

「いいえ、町の嫂さんもおばさんも見えます」

「そうかね、そりゃ賑やかでいいな」

　風呂敷包みを濡れた草の上へ置いて、ゆるくなった結びめを固く結びなおしながら、せきは霽れてよかったと思った。

　勇蔵は水たまりを飛んでいる羽虫を手で払いながら、せきの方を呆んやり見ていた。赤い塗り下駄をはいているせきの素足が、子供の足のように小さかった。うすぐろくなった襟白粉の白さが勇蔵には気にかかって仕方がない。八ツ口〔着物の脇のあき部分〕からみえるせきの脇の皮膚が、眼に沁みるように白くて、勇蔵は胸苦しいものを感じていた。

「せきさん」

「はい、何ですね」

「俺は今日たべた赤飯のうまかったのにはたまげた。久しぶりだもの、四皿もたいらげてしまったよ」

「ああ、あれは嫂さんのとっておきのもちごめと小豆ですもの、——私は一口もたべなかった」

せきが小さい声で云った。

「何故《なぜ》たべないんだね、とてもうまくて当分忘れられないね」

勇蔵は、せきの風呂敷を持ってやりたいと思ったけれども、黙って歩き出した。せきの八ツ口の皮膚のいろが、眼の前いっぱいに大きく雲のように拡がって来て、勇蔵はほんの少しの間、歩きながら息がとまりそうであった。

蟬《せみ》

銀座に会があっての帰り、一寸知りあいの家へ寄りみちをしたりして、市電で新宿へ着いたのは十一時近い時刻であった。伊勢丹の横まで行けば、高田の馬場行きのバスがあったはずだけれど、もうないかもしれないし、また、ひょっとしたらあるかも知れないと云った、あいまいな気持ちで、わざわざ伊勢丹の横まで引っかえしてみたけれど、もう、バスはないのか停留所のところには誰も立ってはいなかった。夜露の深い晩で、歩いているには気持ちのいい夜であった。私はこうした夜を、何か一人で勝手なことを考えて歩いているのが好きであった。どこまで歩いて行こうと気ままであったし、木枯しの吹きすさぶ夜道とちがって、風はすずやかで、街のなかにも、こおろぎが啼いていたりして、時々、思いがけない時に大きい星が家と家の間からぴかぴか光っていたりして立ちどまって眺めている時がある。

その夜も、私は何時までも歩いていたくて、暫《しばら》く、伊勢丹の横から、改正道路の方へ抜ける暗がりを歩いていた。もし、高田の馬場まで行くような空車でもあれば乗ってもいいと云った気持ちでもあった。このごろは街の灯も暗いので、何をあきなっているのか店屋の看板もよくわからなかったけれども、とある店屋の空箱の積み重ねてある横の方から、突然女が飛び出して来て小走りに私の前の方を泣きながら走って行った。私は吃驚して、暫く、暗がりを走って行く、女の白い帯のゆくえを眺めていた。女のひとは広い四ッ角へ来ると、「何とかさーん」とひとを呼んでいたが、私がだんだん近よってゆくと、その女のひとは大きい声で泣きながら、「そんな別れかたは厭です」と云った。時々ロータリイのところを人をのせた自動車が走って行っているきりで、あまり人も通っていないのに、女のひとは一生懸命に、広い道を眺めて、泣きながら、逃げて行ったひとを探している様子だった。

私はそのひとのそばに立ちどまっているわけにも行かないので、そのまま市電の車庫の方へ曲って行った。まだ若くて私のように小柄なひとで、何だか非常にとりみだしている様子だった。さっきの、そんな別れかたは厭ですと云った言葉が、私には何時までも心に残ってしまって、あんなに、若い女を街のなかで泣かせるほどむざんな別れかたの出来る男のひともいるものかと、私は子供のように声をたてて泣いている女のひとを哀れに思った。

省線で家へ戻ってからも、あの泣いていた女のひとはどうしたであろうかと何時までも気にかかって、書斎へはいってからも、私は机に向っていっとき肱《ひじ》をついて考えていた。何をすると云う思いもなく起きているのも、さっきの女のひとの様子が気にかかっての事だろうと、女の身がしみじみと淋しいように思えて、好きな友達の手紙なんかを出して来て思い出したようにあれこれと開いて読んでみるのである。私は何と云うこともなく、人間に生れて幸福だったと思った。淋しいときは昔の友達の手紙を出して読むことも出来たし、いい本を読むことも出来る。朦々《もうもう》とした気持ちのなかにも、いろいろな思いと云うものは幻燈絵のようにちらちらしていて、苦しかった事も、愉しかった事も、結構、何とかきれいな思い出の中に吸収してしまえるものである。

そんな別れかたは厭ですと云った女のひとの正直なとりみだしようが、私には羨《うらや》ましくさえ思えて仕方がなかった。

二週間位してまたのっぴきならぬ会があった。時間は昼間で、会場は赤坂の星ケ岡であった。朝早く出て、買物へまわったかえりで、一時間ほどははやかったけれども、私は誰もいない部屋へ通って、暫く縁側の柱に凭《もた》れて庭の木を眺めていた。煙草を吸うたのしみもないので、呆んやり庭の松の木をみあげていると、十月も中旬だと云うのに、松の梢《こずえ》で蟬が一匹鳴きはじめた。私は吃驚して、梢を透かして暫くあっちこっち眺めていたけれども、眼が近いので、蟬の姿はみえなかった。蟬の声をきいていると、何時かの晩、新宿であった女のひとの事を思い出して、あれから二週間もたっているのだから、あの女のひとはもう泣いてなんかいないで元気よく働いているのだろうと思えた。二週間もたてば、どんなに悲しい別れかたをしていても、少しは心がおさまり、あきらめの心も出来ているに違いないと、私はその女のひとが幸福であればいいがと念じていた。

夜の街を泣いて歩くほどとりみだしている女のひとの事を考えると、世の中にはいろいろな事があるけれども、歳月がたてば、その女のひとも少しは心が鎮まっていることだろうとほほえましく考えるのであった。

蟬は時々鳴く声を休めている。松の向うの空はまるで海辺の空のように青くて雲一つない。此辺《このへん》が高台のせいで、こんなに空が青々とみえるのかも知れないと思った。

門の方で砂利《じゃり》を踏む沢山の人のあしおとがしている。飛行機が何台も飛んでいるようなかすかな音が遠くでしていた。松の向うのこんもりした植込みの上では百舌鳥が意地の悪いような甲高い声で啼いている。

床《とこ》の間《ま》には萩の花を描いた軸がかかっていた。広い部屋には塗りの卓が一列に並び、紫の座蒲団《ざぶとん》が幾枚か並べて敷いてある。暫くしてまた蟬が鳴きはじめた。死ぬるまで鳴きたてている蟬は哀れである。私はコンパクトを出して鏡をのぞいた。西洋のお土産《みやげ》に友達から貰《もら》った可愛いコンパクトを、今日はじめて帯の間へ入れて持って来たので、パフも固くて皮膚になじまなかったけれども、誰もみていないところで鏡をのぞいているのは愉しい気持ちだった。平凡なつまらない顔も気兼ねなく覗いてみることが出来たし、自分の顔をみるたびに、何も彼もあきらめてしまえるような坦々とした落ちつきもその鏡がみんな教えてくれるからであろう。

そんな別れかたは厭ですと、新宿の夜を、若い女が泣きながら歩いていたけれども、あの女のひとも、もう二三十年も何とか歳月が過ぎてしまえば、いいお母さんになり、南の縁側で日向ぼっこをするような平和な人になるのだろうと、私はそんな事をじっと考えていた。

蟬が鳴きはじめた。今度は枝を変えたのか前より大きい声で鳴いている。

（「文藝」昭和一七年一一月）

鳩

夜が更けて来ると、また、暗い廊下の方で毬《まり》をつくような音がしている。ごうっと庇《ひさし》を吹きあげてゆく風が、耳のなかへまで吹きこんで来るようだ。

鉄橋をゆく汽車の音がしている。いま、何時ごろかしら、耳を澄ますと、柱時計のなかから鉄亜鈴《てつあれい》がいくつも飛び出して来るようだ。まつは薄眼をあけてみた。部屋の中は暗くて何も見えない。

「ノブや、ノブちゃん」

仔猫のノブは、この風のなかを天井へ上って鼠でも取っているのか、まつがいくら呼んでも、まつの寝床のそばへはやって来ない。

まつは立って電気をつけてみた。

四囲《しい》には誰もいない。部屋の隅の風呂敷をかけてある籠《かご》の中から、山鳩が鳴き出した。急にじゅずかけが鳴き出したので、まつは背筋に冷たいものを感じて、すぐ燈火を消してしまった。

仔猫のノブが走っているのか、二階の廊下をはねてゆく小さい跫音がしている。

「おかあさん、おやすみですか？」

隣りの茶の間へ声をかけてみたが、よく眠っているのか返事もない。

こんな、厭《いや》な、淋しい晩を、もう、まる二年もの長い間続けて来たのだと、まつは思った。戦場を走っている良人《おっと》を空想してみようと考えているけれど、何だか、その空想も、いまでは妙に疲れてしまっている。

まつは、枕に右の頬を伏せて、暗がりに眼をあけていた。考えが、虹のようにくるくる舞い出して来る。

二年の月日には色々なことがあった。

良人が出征して行った当座は、身近のものが、みんな勇ましいことで湧きたっていたけれど、そうして、その勇ましいものにまきこまれて、まつ自身も、のうのうとしたものを感じていたが、このごろ、まつは、だんだん焦々《いらいら》して来ている。

説明のしようもないような軀《からだ》の苦しさが、生汗になって、若い軀ににじんで来た。通りすがりのどうでもいい苦しさとは云《い》いきれないものをまつはひそかに感じている。

雨戸に、ごうっと風が吹きつけていた。

自動車が時々往来を走っている。まつは、考えることにだんだん疲れて来ていたけれど、それでもなかなか寝つかれなかった。枕をはずして、じかに、蒲団《ふとん》へ頭を落してみたが、少しも眠れない。また、暗がりに鳩が鳴いている。――鳩は、まつが百貨店から買って来たもので、つがいだとおもっていたのに、とどけられたのは二羽とも雄で、鳩は毎日喧嘩ばかりしていた。首には黒くて細い輪があるので、この種類をじゅずかけと云うのだと姑《しゅうとめ》が云っていた。小麦色の柔い羽根の色が愛らしかった。

買って来て五ケ月になるけれど、まつは、いまではもう、この鳩をもてあましている。鳴いている時以外は、羽根を叩きあって、二羽は血みどろになるまで戦っている。戦っている時の羽根は、まるで錻力《ブリキ》のような色をしていた。羽根をぱたぱたと撃ち合う音をききつけると、まつは物差を、籠の中へつっこんで、強い方の頭や背中を、いやと云うほど強くなぐってやる。

この凄《すさ》まじい物差の剣幕に驚いて、しばらくは、二羽とも、あきらめたように小さく鳴いているが、一時間もしないうちに、また喧嘩を始め出す。姑は、鳩の喧嘩なんか、とても見ていられないから、一羽ずつどこかへやってしまえと云うのであったけれど、鳩を貰《もら》ってくれるような心当りがみつからないので、まつはそのままに放っていた。

一度なぞは、籠がひっくりかえって、二羽とも庭の木の上へ逃げてしまい、一羽はようやく、つかまえることが出来たけれども、あとの一羽は、どこか、遠くへ逃げて行ってしまい、かえって吻《ほ》っとした事があった。溝へ墜ちて死んでいたと云う子供もいたし、また、買いつけの餌屋では、このごろ、お宅と同じように、じゅずかけの餌を買いに来る奥さんがあり、何でも、ひろった鳩らしいと云っていたと教えてくれたりもしたが、まつは、ああよかったと、かえって、こっちから鳩の餌代をとどけたい位におもっていた。

一羽の鳩が逃げてから、丁度、一ヶ月位してからである。或る夕方、縁側の鳩の籠の上に、まつはまるで足袋《たび》がつっ立っているような呆《ぼ》んやりした鳩の姿を見た。

「まあ、おかあさん、鳩のお化けですよ……」

まつが大きい声でみんなを呼んだので、その足袋のような鳩が二三歩、籠の上をよちよち歩き出した。籠の中のじゅずかけは、これを雌鳩かと思いこみ、身も世もないように鳴きたてていた。

「まア！　うちの鳩が戻って来たのよッ」

まつが、静かに寄って行っても、帰って来た鳩はじっとしていた。逃げた当時よりも、とても羽並が綺麗になっていて、髯《ひげ》を剃りたての紳士のようにすっきりしてみえた。

二羽になった鳩は、初めの二三日は仲がよくて、二羽とも軀をすりよせたり、お互いに重なりあったりしているようであったが、何時《いつ》の間にか、二羽は、また、前よりも激しい撃ちあいを始め出している。

まつは、二羽の憎みあう激しい争闘を眺めながら、いまでは、だんだん鳩の喧嘩になれてきて、早くどっちか叩きのめされて、死んでしまうといいと願うようになって来ていた。――何時も、綿屑《わたくず》のような、小さい羽根が籠の外にふわふわ飛び散っている。水鉢はひっくりかえされるし、皿の粟粒は固い糞といっしょに、籠の中いっぱいに散らかってしまって、二羽の鳩はやっかい至極なものになってきた。

明日、あの鳩を、河の方へ捨てに行って来ようかしら……何時かは、仔猫のノブが食っちまうといいと、まつは考えたりしたこともあったが、仔猫の方が、ものすごい鳩の喧嘩に、かえっておそれをなしているようであった。――寝苦しいので、まつはそっと起きて蒲団の外に出て、暗がりにつっ立ってみた。良人と喧嘩をすると、まつは何時も自分の蒲団を、部屋の隅の方へ引きずって行く癖があった。いまもまつは、ふっとそれを思い出して、暗い壁へ凭《もた》れている。

往来を馬のひづめのような音がゆく。戦争は何時まで続くのか、まつにはわからなかったけれども、若いまつは、良人に逢いたくて仕方がなかった。新聞に出るような、烈婦や節婦でなくてもいい、どうしても早く帰ってほしい……まつは、頭をふって蒲団の上へ坐りこむと、紐で左の腕を固くゆわえてみた。肉体を苛めつけることは何となくいい気持ちだった。まつは急に思いついて、手探りに鳩の籠を引きよせると、籠の中へそっと片手を入れてみた。とまり木の上で二羽の鳩がぱたぱたと驚いている。まつは、電気をつけると、一羽の鳩をつかんで、籠から出してやった。急に明るくて広い場所へ出た鳩は、驚いたように蒲団の上をせっかちに歩いたり、障子の方へぱたぱたと飛んだりしている。鳩のすさまじい体あたりをくって、障子は大の男がぶっつかってゆくような、大きな音をたてた。

まつは、腕をゆわえたまま、蒲団の上に静かに横になっている。

籠の中の鳩は、青い風呂敷の下で、さかんに鳴きたてていた。よろよろと羽ばたきながら、茶簞笥の上の、花瓶を蹴飛ばして、あっちこっち飛び立っている鳩を、まつはじっと眺めていた。花瓶のアネモネの花は畳に落ちて、花瓶の水が茶餉台《ちゃぶだい》の上へざっとこぼれたようだ。

鳩はだんだん疲れて来たのか、尾を引きずりながら障子ぎわをよちよちと歩いていた。突き出た柔い胸毛が、人間のような激しい動悸をうっていた。まつがごろんと手をのばすと、まつの手は鳩よりも白く光っている。

まつは矢庭《やにわ》に這って行って、逃げる鳩を追った。鳩は他愛なくまつの手にとらえられると、しばらくもがき苦しんでいたが、一寸《ちょっと》した隙をみつけたのか、固い足を急にちぢめて、片羽根でまつの瞼《まぶた》を力いっぱい叩きつけた。生あたたかい風がつうと鼻をついてきた。激しい羽根の力で、まつは左の眼球を打たれ、眼が開けられなかった。涙が湯のように湧き出て来た。まつは怒って、鳩の尻尾の羽根を力まかせに二三本引きぬいて、鳩を畳へほうり投げてしまった。鳩は投げられながらも、羽根で空気を切って、よろよろと茶箪笥の方へ飛び立って行っている。まつは焼けるような眼の痛さで、蒲団へつっ伏していたが、しばらくして、思いがけない澄んだ声をして、夜明けに鳴きたてるような、平和なくみ声で、茶箪笥の上の鳩は、おじぎするような恰好で、るうんるうんるうんと静かに鳴き始めた。

（「改造」昭和一四年四月）

呼びとめられて、かの子はふりかえった。その人の顔をみた時、遠い波が急に身近に押しよせてきて吃驚《びっくり》したと云《い》った表情で、まアとかの子は二三歩引きかえした。

「どうしてこんなところへ。どなたかと思いましたわ。お元気で……何時《いつ》おかえりでございましたの？　吃驚しましたわ、ほんとに……突然で」

帽子をぬいでいんぎんに挨拶している千田の姿が、かの子には夢のようであった。千田も亦《また》驚いたという風に、顔を赧《あか》めて、

「いや、僕も、かの子さんに似てるけどこんな処で逢うはずがないと、さっきから暫《しば》く眺めて歩いていたンですよ。だってかっこうがまるきり変っているし、違ってやしないかと思って……」

「まア、でも、ほんとに珍しい方におめにかかりましたのね。でも、千田さんは少しもお変りにならないわ」

「そうですか」

「何時おかえりになりましたの、お元気そうですのね」

「ええ有難うございます。——去年の九月のはじめにかえりました」

「やっぱり内地？」

「ええ、熊本の方へ行ってました」

「まア、でも、内地でよかったですわねえ、あっちも随分ひどかったのでしょう？」

「ええ、九州も大分やられましたからね」

雪がちらほら降り始めた。戦いに敗れた街の姿は薄汚れていて、崩れたものは崩れたままに、道行くひとも、あわただしかった旅に疲れていると云った姿で、小雪まじりの街通りを往来していた。疲労と空腹が堪えられないほどの焦々《いらいら》しさで道行くひとの顔を無表情なものにしている。

二人も自然に肩を並べて何処《どこ》へと云うあてもなく歩きはじめた。かの子はお茶一つ飲むところもない寒い新宿の街を千田と歩きながら、さっきから自分の家に案内したものかどうか思い迷っていた。

「五年位おめにかかりませんね」

「ええ、もうそんなになりますでしょうね。早いものですわ。まるきり夢みたいで……」

「早いものですね」

「あなた、それで、ずっと軍隊？」

「いいえ、二年ほどかえっていて、また行ったンですよ」

「そう、でも、生きていらっして何よりだわ。生きていなくちゃァ嘘ね、陽吉みたいに死んでしまっちゃァ何もならないんですもの」

「惜しい事をしましたね。――不運な奴だったと思って……」

「ええ、有難うございます。こんな世の中になるなんて、思いもよりませんでしたわ。でも、まァこんなになるのが日本のしあわせかも知れませんね」

「僕は、かの子さんは広島でやられたンじゃないかと思ってましたよ」

「あら、そうですか、かえってその方が私の為には幸福だったかも知れないンですけれど、私三年ほど前に東京へ出て来て、東京で空襲にあったンですのよ。よっぽど広島へかえるところでしたけど、もう親類もありませんし、知人もなし、一人で生活するには、やっぱり東京がいいと思いまして。でも、あなたこそ東京へどうして……」

「兄がこっちにいるものですからね、おふくろや妹はあっちで亡くなりました、あの時にね」

「まァ、そうでしたの、お気の毒ですわ。――で、いま、千田さんどうしていらっしゃいますの」

「僕ですか、失業ですよ。兄貴の居候《いそうろう》をしています。まだ、ぼっとしていて方針がたたないものですから、それでも、兄貴が薬の方をやっていますから、その方でも手伝ってやりたいと考えています」

「そうですか、――相変らずお酒召上る？」

「酒なんかありませんよ。毎日、平々凡々ですよ。食べるのも居候では遠慮でね」

「ねえ、折角おめにかかったのですもの、よかったら私の家へいらっしゃいませんか、間借りなんですけれど、気のおけないところですよ」

「ええ有難う。じゃアお言葉に甘えてうかがいましょう。でも、一寸《ちょっと》、友人と二時に会う事になっていますから、それが済んだら、うかがいます」

かの子は小さいメモの紙片をさいて処書きをかいて千田に渡した。きっとうかがうと云うので伊勢丹の前で二人は別れた。

かの子は露店で魚を買って、すぐ家へかえった。一時からホールへ行くのだったけれど、気がすすまなかったところへ久しぶりに千田に逢ったのでホールを休みにして家へ戻ってしまった。寝床もたたみっぱなしで乱雑なのを片づけ、電気コンロのスイッチを入れて部屋をあたためた。

四時か五時には千田が尋ねて来ると云っていたので、乏しい配給のものでも二人の夕御飯には間にあわせたいと、とっておきの炭を出して七輪に火をおこした。自分のけばけばしい化粧をみて、千田はどんな風に思ったかしらと、かの子は鏡をのぞいて自分の顔をしみじみと眺めた。いつも自分と踊るジェームスは自分のことをマナ・ロイに似ていると云ったけれど、ほんとうかしらとかの子はひたいの巻毛をなでつけてみた。唇の紅が乾いていやな色をしていた。寒いので頰がむらさきばんでいる。かの子は何となく、いまの生活がその場しのぎで厭《いや》だと思った。雪は激しく降りはじめた。――五年間の歳月がすぎてゆくうちに、かの子は一人で生きてゆく苦しさに、不死身のような、ものを考えない女に鍛錬されていった。まァ何とか成行に任せようと云うのが、今日までのかの子の心境である。混沌たる世の中では、成行に任せようと云う事がかの子のような女の信条になってしまっているのだ。でも、何も考えないはずの心のなかにも、時々耐えがたいような淋しいものが甦《よみがえ》ってきていた。戦死した陽吉のおもかげではなく、不思議にまだ知らない男への愛慕の心である。遠きもの日々にうとしで、亡くなったひとは、亡くなった日から、もうそのおもかげは去年の落葉のように、土の下に消えてしまって、どんな葉の色だったのかさえおもい出すのにむずかしくなっている。自分はそんな性質の女なのだと、かの子はそう思う時があった。もしも陽吉が生きていて、どこかの女と暮しているとすれば、こんなに淡々とした気持ちではいられまいともかの子は思った。戦死と云う、まるでプッンと糸が切れたような死にかたではどうにもならない。かの子は、仏様になった男を天真な子供の死を哀れむような清浄な気持ちになるだけだと思った。人間の愛憎のなかで死ななかったのを気の毒に思うだけである。戦死した当座は、それでも、かの子は世の常の女のように泣き暮していた。世の中があまりあわただしくてかの子のような若い未亡人の涙は、もってゆきばのないままに月日が流れてゆき、もう、何時《いつ》の間にか、かの子は陽吉の戦死なんかは人のことのようにも馴らされ始めていたのである。全くうみつかれたような長い長い戦争の渦中には、人間のこころの明滅と云うものはふきとんでしまっていた。どのひとも自分のこころを置き忘れて暮していた。

かの子は階下のおばさんに頼んで魚のはらわたをとってもらった。

「これ、ひらめですね」

「ああそうですか、私はかれいもひらめも少しも判らないンですよ」

「奥さん、これはひらめですよ。随分高いンでしょうね」

「それで三十円よ」

「まアね。まるで、裃《かみしも》を着たような値段でさアね」

「一尾おばさんとって下さいな」

狭い台所に蹲踞《しゃが》んで、かの子はおばさんの魚を料理する手つきをみていた。小さいひらめが五尾で三十円、全く妙な事だと、かの子は一寸おかしくなっていた。

「私なんかにはとても手が出ないですよ、こんなに高くちゃア」

「ね、今夜は、お客様だから買えたのよ」

「外人さんですか？」

「まさか、……亡くなったうちの、友人なの、五年ぶりで逢ったンですよ」

かの子は鍋に魚を入れてもらった。かの子は料理はあまり上手ではなかった。千田が来たら、たずねて煮るなり焼くなりしようと思った。階下のおばさんはひらめのはらわたも貰《もら》いますよと云った。ぷんとなまぐさい匂いがした。その匂いは私は生きていてよかったと云った、何となく力強い生活の匂いをかの子に感じさせた。赤黒い血の塊や、薄黄いろいどろりとした袋のかたまりが俎板の上に気持ち悪く光っている。

千田が尋ねて来た時は、もう日がとっぷり暮れてだいぶ雪が積っていた。

「よく判りましたね。ここはとても尋ねにくくて……」

「すぐ判りましたよ。僕は昔から家を尋ねるのはうまいから……」

千田は蜜柑《みかん》を沢山風呂敷から出した。粗末な外套を着ていた。部屋はあたたかだった。

床《とこ》の間《ま》もない部屋だったし、壁に俳優のエハガキが張りつけてあるので、侘《わび》しい楽屋のような感じもする。押入れもないので積み重ねてある蒲団《ふとん》には唐草模様の大風呂敷がかけてあった。小さい安物の机と、赤い小さい鏡台、案外殺風景な部屋だ。かの子は派手な花模様の羽織を引っかけていた。

「お酒、すこしだけどあるンですよ。配給のですけど。盃《さかずき》もなくて」

野暮に小さい瓶ごとあたためた酒を、ジャムの空きコップに波々とこぼれるようにかの子はついだ。寒いところを来たので酒は舌に浸みておいしかった。千田は陽吉の写真でも飾ってないかと四囲《しい》を眺めた。陽吉を思い出すようなものは何もなかった。

「魚を買っといたンですが、これ、どうしましょう?」

にゅっと鍋ごと魚を出されて千田は驚いている。あたたかい部屋になまぐさい匂いがした。広島の魚どころにそだった女らしくもないと、千田は心で苦笑しながら鍋を受取り、急に胡坐《あぐら》を組んで、

「じゃア僕がやりましょうかね、バタ少しありますか?」

「バタ、ええありますわ、いいのが」

缶詰の木箱の中からかの子がオーストラリヤのバタの缶を出した。

「ほう、豪気だなア、いいバタじゃありませんか」

「ええ貰ったンですよ」

千田はふっと思いあたったような顔つきで、昔とすっかり変ってしまったかの子の派手な化粧の顔を見た。だが、すぐスプーンでバタをすくい、空いた鍋を七輪にかけてバタをとかした。

「皿ありますか」

かの子はふちのかけた西洋皿を二枚畳に並べた。千田はバタがとけるとその中へひらめを入れた。ひらめはそうぞうしい油の音の中で色がかわってゆく。

「おいしそうね。千田さんは随分器用だわ。うまい料理をごぞんじなのね」

「いいえ、これも男料理で、うまいかまずいかは食べての上ですよ」

ひらめが煮えると千田はそれを皿にとりわけて、持って来た蜜柑を輪切りにして魚の上に汁をしたたらせた。

「塩をかけて、熱いうちに食べるのですよ」

「まア、そうですか、とてもおいしそう」

かの子は塩を不器用に二つの皿の上にふりかけている。かの子は割合に富有な商人の娘だとかで、千田が陽吉の細君としてかの子に会った時は清楚で無口な女だった。陽吉とは遠縁のつながりだとかで、大学を出た仲間でも陽吉の結婚は早い方だった。結婚すると一年ばかり大阪の綿糸会社の支店へ勤めていたが、それから一寸の間東京の本社勤めになったという風評をきいているうちに支那と戦争が始まり、陽吉は出征してかの子は広島にかえっていると云うことを千田は耳にしていた。千田は大学を出ると、朝鮮の鉱山事務所に勤めを持っていたが、間もなく千田も出征して四年目に広島にかえった。陽吉の様子をききたいと思いながらも日常の忙わしさにまぎれて尋ねる事もないうちに、千田は陽吉の戦死のしらせをうけたのである。鉄砲町にある陽吉の生家をたずねた時のかの子は、いまよりもずっと老けていて、もうこのひともこの若さでしなびてしまうのだろうと思った位心身ともに参ってしまっている哀れなかの子を千田はおもい出すのである。女の肉体にはどのような作用があるものなのか、いま眼の前にみるかの子は三十歳に近い女とはどうしてもみえない程だ。頬の肉もふくらみ、かの子の一番美しいまるい眼は細く描いた墨にふちどられて、蒼味をおびたように底の方から光っていた。ただ、いままでの苦労をものがたっているものと云えば、彼女のしわばんだ手だけであろう。顔だけがあざやかな化粧のせいか、手だけが薄汚れてみえた。

かの子も亦同じように千田の現在の生活をこころの底で何となくおくそくして見ているのである。

外套の裏がほころびている。落ちつきのない現在の千田の生活がよく判るようだった。陽吉の葬式の日に尋ねて来た千田は今と少しも変ってはいないけれど、服装は案外よかったように思い出された。

二合ばかりの酒ではあったが、久し振りだったので千田はいい気持ちに酔った。戸外は少しばかり風も出て来た様子で、さらさらと雨戸に雪を吹きつける気配がしている。

「煙草いかが？」

「おや、フィリップモオリス、豪気だなア」

「貰ったのよ、ここのね、青いラベルをはぐと番号がついてて、キャデラックって自動車が当るンですってね」

「ほう、そうですか、洒落たもンですなア。ところで、かの子さんはなかなか幸福ですね」

「そう見えますか、まア、それぞれ何とかかね」

幾枚かの穴だらけの空白の頁《ページ》を越えて、再びめぐりあったあまり親しくもなかったこの二人の男女の上に、今宵《こよい》は何となく不思議な夜である。

この戦争はかの子や千田のようなゆきばのない漂流者を沢山つくった。戦いに敗れたみじめさはすぐれた若い魂まで朽ちさせてしまうような荒廃とした虚無感を撒《ま》き散《ち》らしにきた。

「陽吉が生きていたらどんなでしょうね。いい時に死んでいったのね。あのひと……冥土《めいど》では、まだ日本が戦争に勝つと思っているでしょうかしら」

「さア、もう自殺した軍人や政治家が報告しているでしょう」

「ほほ、……そりゃア嘘っぱちを報告してますわ」

千田は酔っているせいか、久しぶりに自分の本当の居場所をみつけたように吻っとした。かの子は煙草を喫《す》っている。煙のなかで、かの子の憔悴したような首筋をながめて千田はしみじみと亡くなった陽吉のおもかげを瞼《まぶた》に浮べていた。それと同時に激烈だった戦場のさまざまもちらちらと眼の前を走り去ってゆく。沢山の人間が戦場では殺戮されていった、残酷なほど苦しかった数々の思い出が千田の胸を締めつけてきて、何時の間にか鼻頭に熱いものが突きあげてきた。飛び交う砲弾のなかで、脆弱《ぜいじゃく》な兵隊の集合が一人一人負傷してゆく、そのなかに陽吉もいたであろう。

「戦争は厭ですなア」

千田が蜜柑を剝《む》きながら云った。

「全くですわ。戦争のおかげで私もこんなになっているンですもの……」

「でも、かの子さんは生活出来るンだからいいですよ。そこへ行くと僕なぞは、太平洋のまんなかで助け船を待っているようなもので、心細いことかぎりなしだなア」

「私だって若くはないンですもの心細いわ。でも、田舎へかえる気もしないし、当分どうにかこのままで行くつもりなのよ。このままでそっとね」

「女のひとには、いつでも最後になれば捨て身の力が湧くのだから羨《うらや》ましいな」

と、云ってはみたものの、千田は別にかの子の現在の生活を深く、ききただそうとはしなかった。年齢のせいもあってか、もうそんな事にはおっくうになっていたし、自分も亦仕事がきまるまではかの子の云うようにそっとしていたい気持ちだったからだ。楽しい事にも苦しい事にもいまは興味がなくなり、流れてゆくままに現在の生活を送り迎えていると云うのが千田のこの頃であろう。――いままでの風景のなかにはいつでも戦場があった。砲声が昆虫のように飛び散っている軍隊生活では、人間の生活は無意味であった。まだ腐敗していない戦友の死体のそばで、千田は内地の街裏で一杯の支那そばをたべる愉しい夢を見て、軍隊以外の人間生活は何というこまやかな美しいものだったろうと、少年のようにふっと涙ぐんだ思い出もあった。軍隊で沢山の苦痛を耐えて来た結果は、千田は忍耐強くなり、いけない事には何事にも驚きを持たない男につくりかえられていたのだ。

このまま食糧がとぼしくなり、若《も》し何かが起るとすれば千田はそれもうなずけるきもちであった。静かに眼をとじて最後に少しばかり残っているコップの酒を、千田は音をたててすすった。

四囲が静かなので、夜が更けてきたようだった。

「九時頃かしら……」

「まだいいでしょう。折角お眼にかかったんですもの、よかったら、泊っていらっしゃいませんか。——私は階下のおばさんのところでやすみますから」

「いや、初めてうかがって、無遠慮になっちゃア」

「厭ですわ、そんな固ぐるしくなすって……」

面白いことに、かの子はひらめを煮たバタの汁のなかへ飯を入れて、電気コンロの上で炒りはじめた。

「薬って云えば、千田さんのところ、クリームはありませんの？　私、クリームがなくて困っているンですのよ」

「クリーム、顔へつけるンでしょう」

「え、コールドクリーム」

「さあ、探してみましょう。昔は兄貴のところも外国品をあつかっていたンですが、気の利いたものはないかも知れないけれど、聞いてみましょう」

「ありましたらどうぞ……」

かの子は皿の魚の骨を片よせて、鍋の炒り飯をよそってスプーンですくって食べている。

「行儀が悪いでしょう。私、何時もおなかが空いているみたい、千田さん少し召し上る？」

「いや、もう沢山」

千田は煙草を一本貰って火をつけた。苦しい道をとおって来た人間は、眠るか、食べるか、歩くかの簡単な行動しか残っていない。戦争に敗れて自由が与えられたものの、その自由とは何か千田には判らなかった。深い傷口へ、いい薬をつけて貰ったようにこころよくはあったが、立ちなおるには仲々てまひまのかかるような気もされて、遠い何かに手をさしのべてみる気持ちでもある。

「千田さんはいまお独り？　奥さんいらっしゃるンでしょう？」

「独りですよ。貰うひまがなかったンだから」

「あら、そうですか。よりごのみなすっていらっしゃるのよ」

「そんな事はありませんよ。そんな機会がなかったものだからね。でも、女房なんかなくてよかったと思っていますよ。いまじゃア大変ですからねえ」

かの子は、この様な男と結婚をして貧乏をするのは怖かった。千田に対する興味がだんだん薄れてきた。かの子は若くはなかったので、燃えあがるのも早かったけれども、さめてゆく気持ちも正直にすなおである。かの子は千田の土産《みやげ》の蜜柑を二十円位も買って来たのかと、ちらと蜜柑の光りを眺めた。夕方、千田を待ちこがれたあの愉しさが遽《にわ》かにさめはてて、かの子は蛮力なぞみじんもないような、消極的な千田に少しばかり飽いてもいた。日本の男の顔には表情のないのがきわだってよく判る。結婚をすると、家の中で燻《くすぶ》っていそうな男の平板な無気力さが感じられて、かの子はやっぱりいまのままでそっとしていたいと願った。

汚れた鍋に白湯《さゆ》をさして蓋《ふた》をした。階下ではひそひそ家族が話している声がしている。

「サア、失礼しましょう」

煙草を途中まで喫って、消したのこりをポケットへ入れると、千田は坐りなおした。

「どうしてもおかえりですか。大丈夫ですの、夜歩きはあぶなかありませんかしら」

「馴れてるから大丈夫ですよ」

千田は蜜柑を包んできた汚れた風呂敷をたたんで外套のポケットへ押し込んだ。雪道は一寸おっくうだったが、泊る気は少しもない。千田はもう一度陽吉の写真でもないかと四囲を眺めた。いい男だったのに、惜しいことをしたものだ。亡くなったものが不幸か、生きているものが幸福か、それは判らないが、千田はほんの一寸の間、亡くなった陽吉を羨ましいと思った。心から羨ましいと思ったのではなく、「死」そのものの美しさが千田の心に束の間の羨ましさを誘ったのであろう。

「千田さんも早くいい方をおみつけになって、お家をお持ちなさいましよ」

「ははア、まア、前途はるかなりですなア、第一仕事の方からみつけてかからなくちゃア、居候も辛いですからね。——そのうちクリームをとどけましょう」

「ええ、何時でもいいンですのよ」

かの子は千田を正直な人間だと思った。この正直さは陽吉にも似ている。下手な床屋にかかったのか、千田の頭髪が職人のような刈りかたに似ていておかしかった。

千田を階下へ送ってゆくと、かの子は時計をのぞきに行ったようだったが、すぐ部屋から出て来て、

「まだ八時ですわ」

と云った。

「そうですか、随分遅いと思いましたが、雪のせいですかな」

「積ってますかしら……」

玄関の硝子戸《ガラスど》を開けると、案外な事に雪は消えて道は昏《くら》かった。

「霙《みぞれ》みたいね」

道がしゃぶしゃぶしていた。寒さが急に身に沁みて、かの子は戸外へ出て小刻みに足踏

みをしている。やっと靴をはき終ると、千田は帽子をまぶかにかぶって戸外へ出た。寒いと云って肩をすくめた。

「じゃアお気をつけて……」

「ありがとう。かの子さんも元気で……」

かの子は自然に手を出した。千田はとまどいしたようにかの子の手を握った。かの子はこのまままたこのひととも五六年は会えないのだろうと思った。千田も亦同じような事を考えていた。だが、千田の方は、もう一生会うこともあるまいと考えていたのだ。クリームを小包で送る位のきずなだけで、すみやかに過去へ送りこんでしまうフィルムの一コマのような別れである。

「じゃあ、さよなら、御馳走さま。……」

「いいえ、お気をつけてね」

背中でしずかにガラス戸を閉める音がしている。千田は寒さのなかに肩をすくめて歩いた。さっきのバタの美味《うま》さが舌にくる。焼きたてのパンに、あんなバタをこってりとつけて食べたいと思った。此辺《このへん》は家も焼けないで残っていたが、駅の方向が一寸判らない。千田はポケットからパイプを出して喫いのこりのフィリップモオリスをさしこんでマッチをすった。四囲の家々はもうみんな雨戸を閉じて眠っている。人通りもない道を歩きながら、千田はすべての市民が哀れなほど善良なあつまりのように思えた。

かの子は二階の部屋へかえると、まだ相当つかいでのあるクリームの瓶を出して、小さい鏡台のまえへ中腰になって顔へクリームを塗りにかかった。千田という男がどんなだったかも思い出せない位、今夜の来客はまるで影のようだったと、かの子は無心に、顔をマッサージしている。その影のような客が少しばかりの蜜柑を置いて行ったのだ。蜜柑の鮮麗な光りだけが現実的だった。——成行に任せて当分独り住いに溺れていてもいい、拋《ほう》り出《だ》されたマリのようにポンポンと土の上に弾みながら、しまいには弾みもなくなって、ころころとどこかへ転げてゆく、人の末もそんなものだと、かの子は妙な事を考えている。

霙は雨になったのか何処かで水の流れるような音がしている。かの子は顔のクリームを手拭《てぬぐい》で拭きとると、四囲を片づけもしないで寝床を敷き、頁のめくれた昔の婦人雑誌を出して枕もとへ置いた。

（「オール讀物」昭和二一年二月）

誰かが鉛筆を削り始めると、また、たれかがそれについて小さな音をさせて鉛筆を削り始める。もう、あと四五週間だとおもえば、その鉛筆を削る音も、運河を行く船の櫓の音のようにのびやかで、狭い教室のなかの小さい秩序も生徒達を何となく落ちつかなくしている。硝子戸《ガラスど》の外の自然は、散り敷くような日の光にめぐまれて温かだ。思い出が苦しいくらいによみがえって来るのか、誰も彼も教科書や教師に心をとめているものはない。

黒板には葉の作用に就いて、「発散作用の用」とか、「発散作用の盛衰」とか、そんな文字が四十人あまりの生徒の眼に写っていたけれども、何か愉しいことが、心に燃えあがっているようで、生徒達は鉛筆を削っていても、「葉」なんぞの盛衰は本当はどうでもよかった。理科の教師の仁科徳平は、生徒達の落ちつかない此様《このよう》な蔭の籠《こも》った眼を見ると、何か焦々《いらいら》したものを感じて、思い出したように黒板に向い、生徒達に教科書を閉じさせてチョークを握った。生徒達は小さな狼狽の声をたてて怪訝そうに、

「何？」

「試験？」

「考査かしらんね？」

とこんなことをささやき合っている。仁科徳平はチョークの粉を飛ばして黒板へ書いた。
一、葉の向日性に就て。
二、葉の運動。
三、切り花を永く保つに水を振りかけ、暗き処、箱、窖《あなぐら》の内などに置くはいかなる理由によるか。
四、発散流とは何か。——
「さア、少しばかり追試験をしてみよう、あと、丁度三十五分ある、やってごらんなさい」

黒板を眺めていた生徒達は、一斉に椅子や机をごとごと小さく叩いて試験に反駁《はんばく》しはじめていた。

「ひどいわねえ」

と隣り同士、前と後、ささやきあったけれども、仁科徳平はそんな反駁にはかまわないで、海の見える一番後の窓に向って、生徒達の反駁には背中を向けて応えようともしなかった。小さな試験は生徒達の間に、少時《しばら》く不安をもたらせたけれども、あと四五週間で卒業だと思えば、莫迦莫迦《ばかばか》しく真面目に怒る者もないのか、軈《やが》て、生徒達の鉛筆を運ぶ音が何かさくさくと掘っているように聞えて来る。

森《しん》として少しばかり時間が経つと、後の席から白い紙が飛び、その白い小さい紙片が瞬く間に四十箇の椅子の上を飛び交うと、一人一人擽《く》すぐったそうに軀《からだ》を揉《も》んで笑い始めた。窓に向いて呆《ぼ》んやりしていた仁科徳平は、ひそひそした笑声にむっとしたのか席の方へ向きなおると、時計のねじを廻わしながら席の間を縫うようにして靴音高く行ったり来たりした。どの娘の手の甲にも深い笑窪《えくぼ》があり、髪の毛色は底知れない柔らかい艶《つや》を持って、甘やかな匂を発散している。仁科は東側の窓に来ると、その匂いをふりはらうようにして、がらがらと窓を開けた。体操教師の熊坂の号令が中庭のテニスコートで校舎に木霊《こだま》して聞えて来る。水仙のような早春の植物の匂いに、不図《ふと》振子の止まる、そんな物憂い一瞬を感じたが、その反射はすぐ溶け去ってしまって、誰も彼も黒板の文字を眺めて一心に上気しているのであった。仁科徳平はこつこつ席の間を歩きながら、自分が段々残忍な気持ちになって来るのを覚えた。どかんと机を一つ叩きつけたいような激情を感じたが、仁科はそれらを自ら「老春」と名づけて、唇のはたに唾液を溜めて眼を閉じているのである。

生徒達は空まわりしている蓄音機のような弾みかたで、時々咳《せき》をしたりして合図し合っ

ている。仁科はそれを厭《いや》なものに思い、

「真面目でない奴は卒業させないぞ」

と一言、そんなことを云《い》ってみたくて仕方がなかった。仁科徳平は、東京の或る私立中学校から転任して来て、三年を此《この》海辺の町ですごした。最早五十歳に近く、黒い旗のようなものが始終眼の先《さ》きにちらちらしているような暗い人生感を持っていた。

「先生!」

箱崎かつ子が立ち上った。

「何です?」

と、仁科はゆるく教壇の上へ上って、椅子に腰をおろした。箱崎かつ子は四度だと云う厚い近眼鏡を膏《あぶら》で光った鼻の上にずりあげて、

「葉の運動に就いて、呼吸や温度の昇降も書くのでしょうか?」

と尋ねた。すると、仁科徳平が口を開く前に、生徒達は吃驚《びっくり》したように舌を鳴し合って、
如何《いか》にも余計な事だと云わんばかりに、

「そんなのまで書きよったら時間がないわねえ」

とささやき始めた。何かの暗示をもたらしたつもりであったのに、反対に皆の反感を呼んだとなると、箱崎かつ子は鈍い眼色を後へ向けて卑屈な微笑をしてみせた。誰もその微

笑には応えなかった。そうして少数の生徒の間にはお互同士仲のいい視線をたぐりあい、

「ふん、あれが秀才なのかしら」

と嗤《わら》いあっている表情が見えた。その嗤いあっている少数の生徒と云うのは、松本千代子だの、染井治代、久原花子、安井せん子、垣島さわ、河野春恵などで、木霊のように、何か響きあう太鼓を一つずつ彼女達は持ちあわせている。

「呼吸や温度に就いても書き込んでおいた方がいいでしょうな」

仁科徳平は無体な舌打ちに反撥《はんぱつ》して、箱崎かつ子の方に向っていった。箱崎かつ子は背中を曲げるだけ曲げて、腕がこいの中に用紙を隠し込んだ姿で、一心に鉛筆を動かしている。その円《まる》まった肩つきには逞《たく》ましいほどな自信があって、さっきのようなあいまいな表情は最早みじんもなかった。

垣島さわは、呆んやり黒板から眼を放すと、用紙の上に何と云うこともなく、呼吸と温度、葉っぱ、無頼漢、花びら、雪崩《なだれ》と書いてみた。莫迦々々しい気持ちで、一字一字真黒に消していったが、心が浮々してしまって、答案を真面目に書く気持ちにはどうしてもなれなかった。

「発散流なんて私たちのこと……」

そう書いて、またがりがり消して窓の方へ首を向けた。二月の空が白いほど晴れわたっ

て、遠望には光った海が見え、近景の山際の線路には上りの荷物列車が材木を積んでのろのろと走っていた。教壇の教師机の上の金盞花《きんせんか》がコップに首を乗せたようにして汽車の音にびりびり震えている。その金盞花の上に、灰色に衰えかかった仁科徳平の頭髪が見えて、何を考えているのか、彼は歩まない眼をじっと本の上へ向けていた。垣島さわは不図、横にいる染井治代に、

「早春に咲く花は何々？」

と紙に書いて見せた。赧《あか》らんだ顔を向けて、染井治代は首をかしげ、少時く天井を向いて考えていたが軈て返事を書いて紙片を投げてよこした。

「寒ぼけ、梅、アネモネ、福寿草、金せん花など」

さわはそれを読むと満足気に染井治代へ微笑してみせた。軈て空をついて中庭から休みの鐘が鳴り響いた。「ああ」と溜息をつく者や、舌打ちする者、紙を叩く者、波のようなざわめきが秩序を破って行くと、顔を赤く火照らした箱崎かつ子は、一枚一枚生徒達の答案用紙を集めて歩いた。垣島さわは、発散流に就いてだけしか書けなかった。葉っぱは葉じゃないか。自分の呼吸は自分の呼吸、と云った不逞さで、そそくさと箱崎かつ子の処へ用紙を持って行くと、がちゃがちゃと乱暴に筆箱を机の中にしまいこみ立ちあがった。窓下の前庭には早や下級生達があやめ畑のように黒や紫や紅い袴《はかま》や制服を散らして遊んでい

る。さわは首をのばして校庭を見降ろしていた。何時《いつ》の間に挨拶が済んだのか、さわが眼を挙げた時には、仁科徳平は答案用紙の束を抱えて廊下へ出る処であった。

久原花子は奇妙な声をあげて、

「ああ何時になったら、こんな学校から出られるんかしら!」

と両手を頭の上で輪にして弓のように伸びをしながら嘆息をした。腰が円くて首飾が似合いそうに胸が厚かった。椅子から離れかけていた生徒は、それを聞くとどっと鬨《とき》をつくって笑った。笑いながら、どの生徒の心のうちにも、此校舎から早く飛び立ってしまいたい気持ちをみせている。

垣島さわも、此様な落ちつきない日を、まだ四五週間も繰り返さなければならないのかと、教壇の上へ上って行くと、黒板消しで仁科の書いた試験問題を、一つ一つゆっくり消してゆきながら、そのあとへ、一、修学旅行　二、運動会　三、謝恩会　四、卒業式　五、社会　六、?　と大きな落書をした。前列の小畑きみ子などは胃袋がはみ出るような唇を開けて笑いこけながら、

「そこは結婚と書くんじゃないの」

と云った。四十人の生徒達は、ひとしきり此落書に面白そうに手を叩いていた。級長の箱崎かつ子はそれを苦味苦味《にがにが》しく眺めながら生徒の静まるのを待つと、教壇へ上って行っ

て、

「今日は放課後にクラス会を開きますから、三十分ほど残って戴きます」

と、さっさと教員室の方へ仁科の忘れて行った出席簿を持って行った。次は作法の時間だったので、誰も教科書など拡げるものはなく、試験を話しあう者や、窓の日溜りへ押しあって四五人一列に並ぶ者、校庭の花壇に哀惜の情をみせに行く者、ふっとぼおるの仲間に這入《はい》って行く者、のんびりした休み時間であった。垣島さわは小畑きみ子の肩を抱いて、割烹室《かっぽうしつ》の裏の薔薇園《ばらえん》の間を散歩していた。薔薇の茎は薄紅い艶を持って、折れば苦味い水滴がしたたりそうに元気のいい枝を張っていた。時々、寄宿舎の平屋の屋根を越してふっとぼおるがどおんと響をたてて弾んでいる。割烹室の横の車井戸の四囲《しい》には小さい下級生達が、手の甲を紫にして古障子の洗い方を若い女教師に習っている処であった。

「ほらブランコの処に干しに行ったンね、あの娘《こ》はいいじゃないかね？」

「あああの娘《こ》は乙組の都井さんが可愛がってるンよ。ダンテの神曲云うてね？」

「ダンテの神曲も古障子洗うのンじゃ可哀想な」

「世の中へ出て古障子ばっかり洗わんならん日って考えるだけでも心細いなア」

「私達も古障子を洗ってさ、三三九度の盃《さかずき》に到るんではつまらん――」

「だってあんたはこれから上の学校へ行くんだもん、うちの事を考えてみなさいよ、生花とお針は死んでも習わないかんのンよ」

　小畑きみ子は厚い唇を曲げて、生花と裁縫を習う辛さに閉口している表情をつくった。乙組の都井芳江が、そそり立った枯れたぽぷらの樹に凭《もた》れて、青い本を読んでいる。

「ふん、ダンテの神曲か」

　と、垣島さわは背の低い小畑の背中を押して、薔薇園の畝《うね》の横を、

「はいはい御免よ、御免なんしょ」

　と、痛い痛いと云うのをかまわずぐいぐい押して歩いた。きみ子は背中を押されながら、

「痛い痛い」

　と云っていたが、馴れてしまうと押される勢《いきおい》に冷い風を切ってゆくのがなんとも爽やかであった。講堂の裏手まできみ子を押して来ると、校長が大工のような男と巻尺で敷地を計っていた。講堂からはピアノがもれている。さわときみ子はこそこそと椹《さわら》の植え込みの小径を抜けて、講堂を一寸《ちょっと》覗いてみた。音楽教師の郡田《こおりだ》ゆい子が、謝恩会に出る二年の合唱団に冗談を云いながら、つれづれにピアノを叩いて見せている。ピアノは新しく買ったばかりで、教師の他には触れることを許されなかった。ピアノが来るまではオルガンで唱歌を習っていたのだが、グランドピアノが講堂へ置かれてからは、生徒達の間には急に音楽熱が熾《さか》んになって、町の書籍店へは楽譜を注文する生徒が多くなった。ピアノが買

われると同時に、上野の音楽学校を出たと云う郡田ゆい子が、長い袂《たもと》をなびかせて新任して来た。最早半年になる。頬がそげて、眼鏡を掛けていたが、色が白くて、生徒達とは違う染めのいい袴をはいているのが、女教師のなかでも並はずれてりりしく美しく見えた。生徒達は教員室の掃除に行くたび、争って郡田の机の上に、何時も新しい草花を活けておいた。どんな寒い日でも、温室咲きの花などが差してあったりして、郡田の机の上だけは何か都会的な特別なものが甘く漂っていた。

「郡田先生のうちへ行ったことあるな?」

小畑きみ子が白い空を仰いでまぶしそうに垣島さわへ尋ねた。さわは血色の悪い顔色をさっきの運動で、少しばかり上気させて、

「行ったことはない」

と答えた。

始業の鐘が鳴り響いた。運動場の生徒達はどやどやと下駄箱へ集って行った。下駄箱の前は土埃《つちぼこり》が巻きあげていて、上級生達はみじかい袂で唇をおおいながら、順番を待っている。下駄箱の横は雨天体操場になっていて、正面のがらんとした板戸の上には、地方巡りをして講演をして歩く或宗教家の、良妻賢母と云う字が薄手に書きなぐられて額になっていた。下駄箱の前には傘の置場があり、亜鈴や、競技用の、籠を芯にした紅白の樽のよ

うな毬《まり》が転がしてあった。そのまりを軽く本で叩きながら都井芳江が、

「松本さアん」

と呼んだ。もう四囲には四五人しか生徒はいない。麻裏の草履にはきかえて、階段を上りかけていた背の高い松本千代子は、額に少しばかり髪の毛を剪《き》りさげた円い顔をふりむけて都井のつんとした顔を見降ろしていた。都井は靴音を磨《す》るようにして、階段の下へ走って行くと、

「願書を何時出せばええの？」

と尋ねた。

「願書？　ああそれは郡田先生に御願いしとけばええのンよ。まとめて送るって云うてだけどねえ……」

「そう、何だか早く出した方がええ云うて訊いたもンだから……」

二人は肩を並べて階段を上って行った。垣島さわは、下駄箱の処から二階へ上って行く二人を眺めて、取り残されたような淋しいものを感じた。自分も上の学校へ進むとは云い触らしていたが、それは口の先のことだけで、学校を出て行けば生花や裁縫どころか、すぐ働く道をみつけなければならない家庭なのだ。

作法室に這入ると、箱崎かつ子が甲斐々々しく二組の白木の三宝を床の前へ並べている。

家鴨《あひる》のあだなのある背のずんぐりした作法の教師がにこにこして床を背にして坐った。今度の謝恩会では一番に表彰されるべき精勤者で、卒業生達は何か集合がある場合には、此作法教師池上りつを中心にして集って来るのであった。池上りつの良人《おっと》は市役所に務めていた。子供のないひっそりした家庭で、六十歳になると云う此老夫婦は、町の人達には大変な人望があった。学校に近い山の上に、小さい茶園を造っていて、そこに住んでいた。その茶園では、時々卒業生達が集まって、庭に赤毛氈《あかもうせん》を敷き野外で生花を習っていることがある。見晴しのよい庭で、海の上を走っている蒸気船の音さえ手に取るように聞えて来た。

池上りつは順々に四十人の生徒の名前を呼んで行った。出席簿の点呼が終ると、まず級長の箱崎かつ子が床の前へ坐って男役になるのである。順々に一人ずつ満遍《まんべん》なく花嫁になって埃のついた三つ重ねの盃を唇にした。何番目かの花嫁となった垣島さわは三宝の前に坐って盃を手にした。妙に物がなしいものを感じた。組で一番小さい安井せん子が錫器《すずき》を持って酌をする真似をしている。床《とこ》の間《ま》には先の市長の書いた「結髪してより善事を念うて黽勉《びんべん》たり五十四年」と云う品のない書がかかっていた。垣島さわが席へ帰って来ると、お白粉《しろい》を襟元《えりもと》へつけている大山のぶ江が立ちあがり、しなやかな手つきで盃を唇へあてた。沢山ある頭髪を涼し気な襟元へくるくるっと巻きつけて、メリンスの白い襟をかけているのが、何となくなまめかしかった。町の小針と云う置屋の娘で、袴を取ればそのまま三味線でも、弾けそうな身のこなしを持っている。縫いのある打ちかけかなんかの婚礼衣裳が、この大山のぶ江には一番似合いそうであった。

作法室の窓からは広い運動場が一面に見降ろせる。正午に近いので、運動場の隅のぽぷらの並樹が、薄いながらもくっきり影をつくって、四囲は温かな景色であった。久原花子は、さわの膝をつついて、

「大山さんが一番早く花嫁さんになりそうじゃないかね?」

と云った。さわは黙って笑いながら、眼をつぶって自分と盃を交わすべき男の顔を心に描いてみたが、大きく写って来るのはおかしなことに図画教師の横山修二の顔位であった。汽車が通るたび、教室がびくびく揺れた。

「さア、これだけ芽出度く済めば、皆さんは何時でもよいお嫁さんになれますね……来週の火曜の生理の時間には妊婦の心得に就いてのお話ですから、お帳面を用意していらっして下さい。それから、組長さんにお願いですけれども、油紙とガーゼを三米《メートル》位用意しておいて下さい」

生徒達は、胸の中がじんとするような気持ちで、肩を打ちつけてくすくす笑いながら、

池上りつの唇もとを見ていた。

正午の鐘が鳴ると、足袋《たび》をぬいで黒い靴下にはきかえるものや、生花の時間割を池上りつへ聞きに行く者などで少時く作法室はざわざわしたが、さわは羽織の八ツ口へ手を入れて、一番早く作法室を出ると、

「姉いもうと、めでてつくるおおなじ衣のいろにも……」

と、一人うたいながら自分の教室へ帰って行った。がらがらと教室の戸を開けると、一年生の魚谷かづ子が教壇へ腰をかけてさわを待っていた。さわは吃驚したような顔をして、かづ子の紅い頬を両手で挟んだ。

「何しに来たんな？」

「うち虎列刺《これら》になったんよ」

「虎列刺？ 虎列刺云うたら、あんた、夏の病気じゃないの、いまごろ何云うとるんな」

「そいでも、気持ちが悪いがの」

さわは、かづ子の額に手を当ててみたが、大して熱はなかった。立ってみろと云うと、気持ちが悪くて立てないと云うのであった。さわは、二年生の秋の記憶を不図よびもどして、擽ぐったいものを感じると、

「便所まで歩けんの？」

と訊いてみた。

「何度も便所へ行ったンよ。血が止まらんのんじゃもの」

かづ子はそう云って立てないと云って泣き始めた。どやどやと染井治代と小畑きみ子が何か歌をくちずさみながら帰って来た。かづ子は最早声をたてて泣き始めている。さわは治代やきみ子に計って歩けないと云うかづ子を抱くようにして図書室へ連れて行った。図書室は放課後でなければ使用出来なかったので誰もいなかった。窓は講堂の板壁で蓋《ふた》をされているようなので森と落ちついている。気の早いきみ子は、図書室から飛び出すと、校門の前の薬屋へ走って行ったりした。

「莫迦！泣いたりしてどうするンな、このひとは……、虎列刺でも何でもないがの……仕方がなかろうで……」

さわとかづ子とは隣家同士なので、まるで姉のようにぴしぴしと叱っていった。治代はかづ子の袴を脱がして、雑巾《ぞうきん》馬穴《バケツ》に水を汲んで来たりした。足袋やふくらはぎが眼を染めるような鮮麗な血で濡れていた。さわは自分のハンカチや、かづ子のハンカチをざぶざぶ水に濡らして丁寧に拭《ふ》いてやっていたが、何時か怒りとも悲しみとも形容のつかない胸苦しいものがこみあげて来て、低く声を立てて泣いているかづ子の頬をぴしゃりと殴りつけた。だが殴りつけたことに愕《おどろ》きながら、自分も本箱の硝子戸に顔を押しつけてさわは泣き始めた。二年間、無形な罰のように、月々不快なものに、苦しめられて来た××へ云いようのない憎しみを感じていた。女だけなのだろうかと、さわは何故《なぜ》女だけなのだろうかと神のようなものへ「何故なの」と尋ねる気持ちであった。そんなものを書いた本を学校の図書室で探したが、そんなものを書いた本は一冊もなかった。大山のぶ江の家へ遊びに行った時、変な本を見せて貰《もら》った事があった。軀中の血が噴水のように音をたて、眼や鼻から溢れ出そうな愕きを持った記憶がある。寝ても覚めても、あわただしく見せて貰った絵の事を思い出していた。さわには、世にも美しいたわむれと思えたが、その絵の構図はお伽話《とぎばなし》のつくりごとのようにも考えられて来る。顔が赧くなり耳が燃え、樹に抱きついていると、涙が溢れそうだった。

「おさわさんまでどうしたんな!」

治代が如何にも当惑したように呆んやりして、かづ子に羽織を着せかけている。さわはくるりと向きなおって、かづ子へ泣き笑いをしてみせた。

「莫迦じゃのウ、女のひとには仕方がないンじゃが……」

さわは舌をぺろりと出して雑巾馬穴の水を窓からそっと捨てて、きみ子が買って来た脱脂綿を小さく畳んで、かづ子へ世話を焼いてやった。かづ子は顔を染めて、

「おかしいから厭々《いやいや》、もうええの」

と小犬のように本箱の間を逃げまわった。さわは腹を立ててぴしゃりと図書室の戸を開けて教室へどんどん帰って行った。教室では皆が弁当を食べていた。さわは少しも食欲がなかったが、当番がさわの机の上にも弁当を置いてくれているので、さわは席まで帰らず、そのまま手洗い場の方へ走って行った。手洗い場では、治代ときみ子が笑いながら石鹸を使って手を洗っている。

「初めは吃驚するもんね、うちも泣いたンよ」

治代がそう云って顔を赧らめた。手を洗って三人がどやどやと教室へ帰って来ると、謝恩会の一幕物の人選をしている処であった。出し物は文芸部の松本千代子の作った一幕物の歌劇で、女神が十四五人も出る芝居だった。黒板には女神の名前が書きつけてあった。その名前の中には富裕な娘達ばかりが選ばれていた。さわは選にもれていた。さわは弁当を食べながら知らぬ顔で海を見ていた。

「垣島さんは?」

誰かが声をあげると、箱崎かつ子は渋々最後にさわの名を書き添えた。さわは何時か箱崎に私生児だと級友に告げぐちされているのを聞いて、箱崎に喰ってかかった事があった。それからは垣島さわと箱崎かつ子は全くものを云わなくなっていた。

垣島さわは国語や英語や体操が得意であったが、一度も文芸部や、運動部員に押されたことはなかった。さわは自分でもその原因をよく知っていた。私生児で陰気で二階借りのような状態では仕方がないと思っていた。さわ達の甲組では松本千代子が文芸部員で、卒業すれば、すぐ東京へ出て上野の音楽学校を受けると云い触れていた。（千代子は文芸部員ではあったが国語はあまり出来なかった。）さわは、千代子が音楽学校へ行くと云い始めて課外教授を受けるようになると、自分も同志社へ這入るのだと出鱈目《でたらめ》を云って国語の課外教授を受け始めた。国語の課外教授を受ける者たちは七人ばかりであって、乙組の都井芳江も這入っていた。都井芳江は古事記を習っていた。さわも負けぬ気で、古事記へ入って行った。天皇木幡村に到りませる時にと云うあたりが好きで、町で逢われた美しい娘に与えられた歌を節をつけて暗誦するのが堂にいっていた。

この蟹や、何処の蟹、百伝ふ角鹿の蟹、横去《さら》ふ。
何処に到る、伊知遅島、美島にとき、
鷉《みほどり》の、潜《かづ》き息衝き、坂路《しな》だゆふ、
佐佐那美道を、すくすくと、吾が行ませばや、
木幡の道に遇はしし乙女

さわが声をあげて読むと、皆が森となる位朗々とした声であった。国語の教師は女子大出で米近もんと云った。古色蒼然とした黒い袴をはいて、細い金鎖を袴の紐へ結びつけていた。此町へ来て四年目であったが、何時の間に結婚をしたのか、目立って大きい腹をしていた。米近もんの良人は執達吏だと云う風評があった。さわが、授業を受けに行くたび、米近もんは、さわへ向って、

「垣島さんは、本当に試験を受けるのですか」

と訊いた。如何にも穿鑿《せんさく》するような意地の悪い眼を感じると、さわは微笑して、

「ええ受けてみるつもりでおります」

と反撥して応えた。臆気《おじけ》づいたような顔色をしていては莫迦にされるばかりだと、さわは磊落《らいらく》にふるまって嘘に平然としていた。さわには仲のいい友達は一人もない。仲のいい友達をつくることは億劫な気持ちだったし、誰でなければならないと云う理由もなく、気が向けば誰にでも話しかけて行った。気が向かなかったら何日も運動場でさわは一人で遊んでいた。その癖（平凡な風姿ではあったが）学校中に目立っていて、廊下を歩いていても色々な眼がさわを知っていた。さわは英語が抜群で英語の教師が変って来る早々、さわは並はずれた早口な対話で新らしい教師を愕かせていた。課目に好き嫌いがあるせいか、教員室でも、垣島さわは色々な教師の話題に上るらしく、どの教師からも穿鑿的な眼で視

られていた。素直な処が少しもなかったし、おそろしく孤独家で、教室でも指摘されるまでは何時までも手を挙げなかった。

昼食が済むと、午後は体操の時間で、運動会の予行演習である。河野春恵と久原花子は弓の選手だったので、寄宿舎の傍の的へ向って、股を張り弓弦を力いっぱい張っては練習していた。染井治代と垣島さわは、ぶらりと的場の傍へ行き体操の始まる間、二人の弓の姿を眺めていた。空がよく晴れ渡っているので、白と黒の的が鮮かに見える。寄宿舎の医務室の窓から、耳に繃帯《ほうたい》を巻いた痩せた下級生が覗いて見ていた。さわは運動服に着替えるのが面倒なので、病気と云う理由をつけて届けを級長へ出しておいた。

校舎からは次々に白いユニホームを着た五年生の生徒達が出て来た。弓の処へも集って来る。文芸部の松本千代子は運動場の真中に出しっぱなしになっているオルガンのストップをみんな引き出して、ロンドのようなものを弾き始めた。生徒達は浮々してしまって、すぐ手を繋ぎあうと、即興的な踊りを始めた。陽は運動場いっぱいきらきら輝いていたけれども、海から吹いてくる風は、生徒の剝出《むきだ》しの脹脛《ふくらはぎ》を薄紅く染めて寒む気である。松本千代子は肉の緊《しま》った長い脚を時々くの字に曲げてオルガンに拍子をとったりした。生徒達が脚を揚げるたび、白い運動靴はまるで空へ飛んで行くように見えた。さわたちは、オルガンの音から遠ざかるように崖になっている校舎の山の処までぶらぶら歩くと、低い土塀に凭れて、学校をとりまいている山や山峡の町を眺めた。火葬場へ登って行く山の中腹には、赤煉瓦《あかれんが》の監獄があった。監獄の下には県立の中学校が建っている。中学校の横を小さな畑が段々になっていて、眼を細めると麦の青々とした萌黄色《もえぎいろ》が見える。畑の下には寺の塔がぽつんと道に添って空に突き出ていた。さわは、不図運動服の肩を寒そうにしている治代の肩を叩くと、

「今夜、うちに遊びにお出でよ」

と云ってみた。治代は、

「ふん、ゆけたら行く」

と呆んやり崖の下をじっと見降ろしている。大きな下駄をはいた若い画描きが小径に画架の脚を拡げていた。

「安井さんの兄さんじゃのう、東京へ行っとんさった云うがのう」

治代はそう云って、何を考えてか、肩を小さくゆすぶった。ふっとぼおるの音が時々地響してどおんどおんと空へ揚っている。下の小径には茶園が一軒あって、沈丁花《じんちょうげ》の花が咲きこぼれて塀がわりの垣根になっていた。

始業の鐘が鳴った。体操教師の熊澤一周が出席簿をぶら提げて、白と赤の運動帽をかぶ

って出てきた。白いユニホームの生徒達は、脚を震わせながらオルガンの前へ一列に並ぶと、級長の箱崎かつ子の点呼で、

「はアい」「はアい」

と返事をしていった。病気で休んでいるのは垣島さわ一人だった。さわはぽぷらの樹の下の小さいベンチに腰を掛けていた。点呼が終ると癖のある声で熊澤が号令をかけるのであったが、正しい姿勢になると、熊澤よりも、生徒達の方がずっと背丈が高く見えた。

「駆け足ッ！」

と号令が飛ぶと、二列に並んだ生徒は熊澤の後へついてさっさっさっと運動靴を磨って走り始めた。白いユニホームが陽にきらきら反射して、行列がさわの前を横切って行く時、さわはまぶしいので、手を額に翳《かざ》して眺めていた。熊澤は予備中尉で、脚をつっぱって歩く癖があった。兵隊へ行くと、剣を腰にしているからだろうと、生徒達はそれに就いて話しあっていた。

駆け足が終ると、行列は崩れて輪になり、松本千代子がオルガンを弾いた。

「まるで赤ん坊みたいなダンスで厭じゃがのう」

小畑きみ子が厚い唇を曲げて、悪戯《いたずら》そうに安井せん子の手を引っぱった。安井せん子は町の郵便局長の娘で、半年ほど前に大阪から転校して来たばかりである。級中で一番小さ

くて、髪に鏝《こて》をあてたりして来ていた。大山のぶ江は日本の踊りのような手つきでダンスをするので、輪の中では妙に目立っておかしかった。ユニホームを着ると、生徒達はもう卒業だと云うのに子供のように小さく見えた。

鐘が鳴った。体操が終り、更衣室へどやどやと生徒達が帰って行くと、国語教師の米近もんが、泣きはらしたように眼を真赤にして、教員室の玄関から俥《くるま》へ乗る処であった。

「どうしたンな？」

「米近先生、泣いとってよ！」

生徒達は口々に更衣室から乗り出して、寒むそうに俥に揺られて前庭をつっ切って行く米近もんの俥を見送っていた。門の外へ俥が消えて行くと、生徒達は、色々な憶測をたくましゅうしていた。

「校長先生と喧嘩したンじゃろか？」

「何しろ大きな腹をしとってだものね……」

小畑きみ子が憶い出したようにとんきょうな声で云ったので、更衣室の中はくつくつと豆の弾けたように笑声が飛び散った。――苛酷なものをまだ知らない若い彼女達は廊下へ出ると、さっきの事は忘れたように大きい声を張りあげて、謝恩会の歌を合唱しながら列を組んで教室へ帰って行った。傍若無人な跫音は、教員室で何かひそひそ会議をしている教師達を、おもわず顰蹙《ひんしゅく》させるのであった。放課後になると、何時も中庭のテニスコートが教師達で賑やかだのに、今日は会議のせいか誰もいない。ネットがゆるんで、時々風にだぶついている。

教室へ這入って生徒達が教科書を包み、帰り支度を始めると、山峡いの中学の喇叭《らっぱ》が鳴り響いて来た。わあっと叫んで松本千代子は、教壇へ駆け上るなり、

「御覧なさい！　夕陽は輝くばかりの青春をはらんで、オリオンへ向って船出して行きます」

と、いきなり、自作の芝居の台詞《せりふ》を朗読して皆を愕かせた。唇が紅くて、印度の女のように深い艶のある眼をしている。

髪の毛が赤くて大きな波を打っている河野春恵が、何を思ってか、さわのそばへそっと寄って来、

「もう米近先生は、来なさらんのじゃないかしら？」

と妙なことを尋ねた。さわは黙っていた。心のうちで、あんな空っぽな教師は止めてもいいと考えていた。軈て箱崎かつ子が、教壇へ上った。

「謝恩会の日までに、年報をつくりたいと思いますから、皆さんの住所を私にまで御通知願います。——それから上級学校へ進まれる方は、その学校を望まれた理由を御通知下さ

い。それから修学旅行の費用は十七円だそうですから、明後日までに御持参願います。それから、……これは此クラスだけの秘密なことなのですが、大山のぶ江さんに対して、忠告してほしいと、注意されたのですが、その注意された方から、大山さんに御忠告下さいますようにお願いします……」

箱崎かつ子の話を聞いていた生徒達は、呆気にとられて、

「何の忠告？」

と大山のぶ江の方をじろじろ振り返った。大山のぶ江は虚をつかれて吃驚したような顔をして、みるみる顔を赧らめると、机へ顔を伏せてしまった。小畑きみ子は立ちあがって、

「誰がどんな注意をしたのですか！　そのひとが立って云うたらええのに……」

と怒った顔をしてみせた。大山のぶ江は肩を震わせて、くっくっと泣き始めた。

「河野さん、あンた大山さんへいって下さい」

箱崎かつ子は唇の隅に気味の悪い微笑を浮べて、一番隅の席の河野春恵を指摘した。皆は愕いたような顔をして、

「まア！」

と云ったが、河野春恵に就いては、時々、こんなことが起るので、生徒達の眼はすぐ冷淡な色に変っていった。

「級長に、そんな風に告げ口したと思われるのンは気持ちが悪いけど……うちは、人に聞いたの……大山さんは、盛翠座の役者とおかしい云うていましたけど……」

大山のぶ江は顔を挙げるなり、涙をぽろぽろこぼして、

「そんな莫迦なことありゃせんけえ！　うちから盛翠座へは弁当を運んでるンよ。頼まれれば楽屋へ持って行かんならんもの……」

眼が血走っている。震える指先きで時々絹の風呂敷を眼にあててしゃっくりしていたが泣いて腫れた頬には純潔なものが膏になって白い皮膚に浮き出ていた。

「そんな莫迦なこと忠告にはならん！」

腹立しそうに松本千代子が怒鳴《どな》った。瞬間、皆は森とした顔をして千代子の方を眺めた。

松本千代子は沢山の毛ぴんを唇へ啣《くわ》えて、頭髪を襟元に束ねながら、

「莫迦々々しい！　此夏もうちが親類の大学生とボートに乗っとった云うて、校長先生に呼ばれたけど、あんなのもつまらん、昼日中じゃないか、何が怪やしいのンかしら……自分が怪やしいから人も怪やしく見えるンよ。お父さんとも歩けんじゃないの、そんなことを醜悪じゃ思うひとが醜悪じゃないか、本は読んではいかん、新聞は読んではいかん、男と話してはいかん、そんなつまらんことばかり云うて……嗾《けし》かけるようなもんじゃ！」

すると、大山のぶ江はまたいっそう声をあげて泣き始めた。さわは、松本千代子の熱情

的な唾の飛ぶ唇を横から眺めながら、愕きを持って聞いていた。

「箱崎さんも箱崎さんよ。そんなつまらん事を一々とりあげずに、河野さんを窘《たし》なめたらええのにな」

小さい安井せん子が大阪訛《なま》りまる出しで抗議をすると、箱崎かつ子は立ちあがって、眼鏡をずり上げ静かに云った。

「私はつまらんことだとは思いません。間近く卒業をひかえていて、こんな風評が立つことは、級のためにも残念だと思います。懲罰されるべきだと思います。……河野さんは、大山さんが、役者と手を繋いで歩いているのを見たと云われます」

松本千代子はそれを聞くと、頬を震わせて立ちあがるなり、河野の前につっ立った。

「男と手を繋いで歩いては何故いけないの？　どんな理由でいけないのか教えなさい！　そうして、どんな懲罰をこのひとにするんですか！」

河野春恵は、ちぢれた髪を肩で編みながら、蒼ざめた顔をして平然としていた。

四囲がだいぶ昃《かげ》って来ている。汽車通学の生徒達は、腕時計を気にしながら立ちあがって、三々五々そっと席を立って帰って行った。垣島さわも染井治代に促がされて廊下へ出て行った。燈火がつくまであの人達は喋っているのだろうと、さわと治代が下駄をはきかけると、ハンカチで頬を抑えて大山のぶ江が階段を降りて来た。

門を出ると北風が吹いていて、小さな旋風《つむじかぜ》が往来の処々で舞い上っている。三人は長い間黙って寒い町を歩いた。

「うちは、もう海へでも飛びこんでやろうかと思うの……」

のぶ江が鼻をかみながら本包みの筆箱をがらがらと音をさせている。垣島さわは心配して、

「あんたの家へ行こうか」

と尋ねた。

「いや、来んでもええの、今日は帰ったら風呂へつかって寝てしまう……」

「松本さん、あのひとはええところがあるね」

染井治代が思い出して云った。さわはふふんと鼻の先きで笑って、

「あのひとは市会議員の娘で金持ちだもの、何でも云えるよ」

とつぶやいた。町には燈火がつき初めて、肥料臭い匂いが漂うている。――染井治代の家は酢を醸造していて、入口の暗くて広い三和土《たたき》いっぱい、瀬戸物の瓶や樽が積んであった。――染井の家の横からぴちゃぴちゃ水で湿っている路地を抜けて、大山のぶ江は浜へ近道して一人で帰って行った。さわの家は、駅の近くで、帆布を製造する家の二階借りをしていた。弟と若い叔父との三人暮しで、母親は小さい時に別れたきりでさわはその消息

をすこしも知らない。また、母親を懐しいと思ったことも一度もなかった。叔父は小さい商船会社のトロール船の機関士で月に二三度しか帰って来なかった。弟の健一は中学の二年で水泳がうまかった。

「只今《ただいま》」

と裏口から二階へ上って行くと、健一は腹這いになって裾に蒲団《ふとん》を掛け雑誌を読んでいた。火鉢には火もなく、馬穴《バケツ》には一滴の水もない。さわは袴をぬいで、水汲屋に水を頼み、二階の縁側で七輪に火を熾《おこ》し始《はじ》めた。

「姉さん、かづちゃんは、学校で泣いたんじゃとのう」

「うん」

「姉さんに殴られたと云うとった」

「ふうん」

「どうして殴ったんな？」

「知らんよ！」

風は強かったが、海の上は燦《きらめ》くような星空で、さわは火を熾しながらいい気持ちで空を眺めていた。不図、学校の事を考えると、まだあの連中は火花を散らして暗い教室で喋りあっているような気がしてならなかった。自分が臆病者に思えて来て、何かやりたい気持ちも性格の外で崩れ落ちてゆくようなのである。学校を出たら、此町を一日も早く去りたいと考えるのだけれど、弟を寄宿舎にいれるのも不憫に思えた。健一は欠伸《あくび》をしながら、

「フランスの革命って何度位あったンかなア」

と蒲団から起きあがった。

「かづちゃん来たの？」

「うん英語の宿題を見てやったよ」

「何時来たの？」

「たったいま……」

さわはじろりと健一の裾の蒲団に何気なく眼をやった。健一は背のびをして大きく欠伸をすると、

「魚谷かづ子はとても頭が悪いや」

と階下へ降りて階下の子供を呼んでいる。渠になって光った入江の中には、漁船がずらりと這入っていて「ばんより」（夜釣りの魚）を売り歩く漁師の女がちらほらしていた。

水曜日の朝、音楽の時間の前に、箱崎かつ子はクラスから修学旅行の金を集めた。河野春恵、小畑きみ子、垣島さわの三人は修学旅行へ参加しなかった。旅費を納めた者は、持

って行くトランクの話や、肩掛けや小遣いの話に夢中だった。制服なのだから、せめてシュミイズだけでも絹のにしようなどと話しあっている者もある。

音楽は乙組と合同で、さわは都井芳江と並んだ。音楽室の机の上には紅いアネモネが硝子の壺へ差してあった。黒板には郡田ゆい子の作曲した校舎と別れる惜別の譜が書いてあった。八十人あまりの生徒達は五線紙を拡げてそれをくちずさみながら写していた。都井は時々吻っと溜息をつきながら、

「あんたは、いま何か読んでいる？」

と小さい声で尋ねた。

「何も読んでない」

と答えると、

「うちはねえ、ヴァグナーの神々の黄昏《たそがれ》と云うのとタンホイザアを勉強しているの、とても面白いぞな」

と得意そうだった。さわは心のうちで変な気持ちだった。神々の黄昏と云うのがどんな曲なのかも知らない、タンホイザーが何かも判らなかった。だが、その勉強は、音楽教師の郡田ゆい子崇拝から来ているものだと云うことだけはおぼろ気にも判る。郡田ゆい子は雨の降る日など、蓄音機を運ばせて、自分の愛聴しているレコードを聴かせてくれたりし

た。モーツアルトだのベートウヴェンだのグリーク、サラサーテなどの作曲家の名前もさわの耳に這入って来た。

さわは大山のぶ江の事を不図思い出して、不吉なことがなければよいがと、合唱を聴きながらもそんなことを考えていた。大山のぶ江は欠席していなかった。

ひととおり合唱が済むと、謝恩会の女神になって出る者達が教壇へ上って、郡田ゆい子に曲をつけて貰った。月の女神に扮する松本千代子が真中に立って、長い台詞を喋っている。さわは教壇へ上りそびれて行かなかった。遅れてのこのこ上って行くのが億劫だった。眼を閉じてピアノの音色を聴いていると、さわは音色の細緻な階音に、まるで栗色の落葉でもふりかかるような哀愁を感じた。学校を出たらば一足飛びに幸福が待っていようとは考えられなかったが、汽車へ乗っている姿や、都会で職を探している自分の姿が妙にぐるぐる頭に浮んで来る。一日の中に不安な日陰が時々さわの心にしのんで来た。ピアノの音色はさわの侘《わ》びしい空想を助けて、心の琴線に触れていった。五年間の学生生活でさわは一本の万年筆すら買わなかったことを侘しく思い出している。

合唱が済むと、鐘が鳴るまで、音楽学校志願者がピアノの前に並んで発声を直して貰ったりした。志望者は五人で、ピアノの前に並ぶと得意そうに含羞《はにか》んでいる。松本千代子は声楽よりもピアニストになるべく志望していたので、何時もバイエルの教則本のようなものを持っていた。

都井芳江は女子大志願で、一人超然としている。並外れて背が高く痩せて色の黒い娘だった。不思議にも下級生に愛される秀才型で、都井芳江が図書室の当番に当って貸しつけをしていると、図書室は何時も満員であった。都井芳江は和歌を作っていた。時々町の小さい新聞へ投書していたが、浄土宗の或る寺の若い修行僧から学校へあてて手紙が来たのが問題になり、都井芳江は歌を投書するのを止めてしまった。何かの機会でその若い僧侶と顔を合せることがあって、僧侶も都井芳江もお互いにがっかりしてしまったと云う、小さなロマンスが残っていた。都井の家は漁場の金貸しだと云う風評もあったが、都井一家は三四年前に此町へ転って来たので、誰も芳江の生活をよく知らない。五年の甲乙両組を通じてまた都井芳江は年長者でもあった。そうして、「十九だろう」と云う者もあれば、「もう二十歳よ」と風評する者も多かった。都井芳江は、無邪気なものをどこかへ置き忘れて来た娘のように何時もむつかしい気な本を持って運動場を誰かと歩いていた。

都井芳江はまた、時々松本千代子の机へ遊びに来て得意そうに沢山線《ライン》をひいた伊勢物語を開いて、愉しそうに話しあっている事もある。五年の級《クラス》では、都井芳江と松本千代子、箱崎かつ子の、此三人を三才女だなどと渾名をつけて呼んでいた。箱崎かつ子は一年生の時からの級長で、一名万年級長と云う渾名もあった。弁護士の娘で、卒業するとアメリカの姉の処へ行くのだと仄《ほの》めかしている。人望などは少しもないのに、毎年級長に押されているのはクラスの生徒達の惰性でもあった。改選の時季が来て票を入れるにしても、「箱崎かつ子」の級長ぶりは板についていたのだろう。さて級長改選はすらすらと運んだが、運動部や文芸部になると、中々人材がなかった。一度などは大山のぶ江が最高で文芸部員に当選したこともあった。票を開けてみて、大山のぶ江が最高になっていたのを、皆でどっと笑い出した事がある。此町は古くからの商業都市なので何となく算盤《そろばん》だかい気っぷがあり、自分の関係しない事柄は、なるべく値打を低くつけて、その結果の「おかしげ」なのをじんわりと頭の片隅で考えていると云う生徒たちが多かった。

垣島さわは、何時もこの生徒達の埒外《らちがい》に置かれていた。英語の時間の時だけ、皆に尊敬されるだけで、地味で陰気なさわの性格は、教室の空気からも何時も空気穴を抜けて逃げているような状態なのである。同じ陰気さでも都井芳江の陰気さは、物々しいポーズを構えていて人を惹きつける魅力があった。都井が佇《たたず》んでいる処には、かならず美しい下級生たちが都井を囲んでいた。下級生のなかには制服の腕に、都井芳江の頭文字を細かに刺繡しているものもいた。

音楽が終って次の国語の時間になると、米近もんは当分休校だというので、一二年の受持ちの赤堀錬平と云う、転任して来たばかりの若い教師が代講する事になった。教師が若いせいか、生徒達の顔には愉しげな漂いがあり、前の席にいる小畑きみ子などは始終くすくす笑ってばかりいた。赤堀錬平は、左手を胸の辺へ持って行って、掌の上でチョークを細かく転がす癖があった。眼が細くて、若いくせに眉毛のないような茫漠《ぼうばく》とした顔つきなので、小さい鼻の上のロイド眼鏡が正札をつけたように逞しく見えた。

「今夜は何時出発ですか？」

生徒が席へ着くなりこんなことを尋ねた。すると箱崎かつ子は得意そうにきりっと立ちあがって、

「はい、八時四十七分発で参ります」と応えた。

「いいですなア、大阪へ着いて、それから京都奈良と、一週間位でしょう？」

と教科書もめくらず、太々しく、一人一人生徒の顔を眺めていた。松本千代子は、修身と作法の時間にだけ櫛《くし》で止めておく、額の頭髪の毛を、何時の間にか額へさげてしまって、睫毛《まつげ》をぱちぱちさせている。大山のぶ江と違った大輪の花の明るさで、ひとの眼をそそる変化きわまりない表情を持っている。松本千代子の父親は市会議員で、銀行家であった。千代子の姉の美代子も此の学校の出身で、女優のような派手な姿を時々同窓会などに見せていた。有名な音楽家でもやって来ると、かならず駅頭へ花束を持って迎えに出ると云う派手さで、松本千代子の姉妹を町の者で知らないものはまずないといってもいい位である。

今度、学校の講堂が改築されて、幾台かのミシンが購入されるのも、松本千代子の父親が大した寄附をしたからだと、生徒間の専《もっぱ》らの評判なのである。

赤堀錬平は、出席簿を読んで行って、一人一人首実験をして見た。そうして松本千代子の処へ来ると、成程、あれが有名な少女なのかと、めまぐるしく変化する唇や、眼の色に呆んやり眼をとめるのであった。眉も手も、素晴らしく饒舌で、こんな少女を大都会へ出したならば大変なことだろうと、赤堀錬平は狼狽《あわ》てて後の垣島さわの名を呼んだ。さわは窓の外を向いて、

「はい」

と返事をした。血色の勝れない雪解けのような顔をしている。

午後からは、五年生だけ旅行支度の為に大掃除だけで授業はなかった。

放課後、寄宿舎へ帰る小畑きみ子とぶらぶら、校庭を歩きながら、さわは庭を見て歩いた。水仙は白い蕾《つぼみ》を脹《ふく》らましかけているし、罌粟《けし》の葉は水々しく大根の葉のように繁っていた。小畑きみ子と別れて青いペンキ塗りの理科室の横へ曲ると、図画教師の横山修二が、芝生に足を投げ出して、寄宿舎の見える裏山の風景を水絵具で描いていた。白い梅が絵の中に咲いている。さわは、自分の影が絵の上を黒く蔭にしてしまったので狼狽てて横山修二の左の方へ廻った。

「垣島さん、旅行は止めたの？」

「はア」

「何故？」

「…………」

　さわは温いものを感じて黙っていた。何時か、大山のぶ江がさわに云ったことがある。

「うちに遊びに来ない先生は、女の先生と校長とまず横山先生だけね、あとは教頭の栗山先生を初めみんなうちへ来て騒ぐのんよ、教頭の栗山先生ときたら、芸者と云う芸者にみんな嫌われてしもうて、乱暴ばかりするのん、うちにまず抱きついて来るのやものねえ」

と、さわを愕かせたことがあった。

　中庭で鐘が鳴った。下級生達の授業があるのだろう、四囲は森としている。汽車の音が凄《すさ》まじい響きをたてて通った。

「垣島君は親類に外国帰りの人でもあるの？」

「いいえ」

「中曽根先生が愕いていたよ。発音がしっかりしているって……」

　さわも、何時か蹲踞《しゃが》んで横山修二の動く手つきをじっと見ていた。風の吹いているような愉しい絵だった。

横山修二には金火箸《かなひばし》という渾名がついている。ひょろひょろとしていて激しい顔をしている。崇福寺の一室に下宿していて、さわ達が三年生になった春、転任して来ると早々からさわ達の組の受持教師になっていた。

「引率してお出でになるのは、先生と誰々ですか？」

「僕は留守番に廻って、栗山先生と、熊澤先生と、郡田先生の三人だ……」

「へえ、どうして横山先生お出でんのですか？」

「軀工合がしっかりしないからねえ」

絵が出来上ると横山修二は濡れた絵を陽の当る石畳の上へ置いて、また新らしいワットマンの上へコンテを走らせ始めた。

「留守の時間、私たちはどうするのですか？」

さわが尋ねた。横山修二は時々指で丸をつくりながら、その指の輪から景色を覗いて視ている。さわも、指の輪をつくって景色を覗いてみた。低い山の上には雲が飛んでいる。寄宿舎の平屋建てが手前で、ぽぷらと梅の木と割烹室の横の車井戸が指の輪へ這入っている。

「ああ、留守の時間か、留守は裁縫でもするんじゃないかね」

「………」

「塚本先生がミシンでも如何ですかってさっき訊いてたがねえ。君と、小畑君と河野君が行かないんだって？　大山君はどうするのかなア……此間、みんなで大山君を苛めたんだってねえ……」

「…………」

二枚目は失敗だったのか、筆を洗って水を切ると、濡れた絵を提げて横山修二は教員室へ帰って行った。残されたさわは、立ちあがると、点々と絵の具の水で浸みている土の上をじっと見つめていた。突然大きな笑声をたてながら、理科室の後から、都井芳江がダンテの神曲だと可愛がっている一年の少女が、一人で縄跳びに興じながら走って来た。運動服の短いパンツから、輝くばかりの白い脹脛を跳躍させて、寄宿舎の方へ歌をうたいながら遠ざかって行く。

さわは雨天体操場でオルガンを弾いてみたが面白くなかった。どれどれ、みふぁみふぁ、そふぁそふぁ、みれみれ、どう、ストップを引いて鍵《キイ》を押すと、魂が抜けて行くようである。さわは自分も修学旅行に行きたいなと思った。がらんとした体操場を出て、二階の教室に行き本包みを持って出ると、門の処を郡田ゆい子が帰ってゆく処だった。さわは、郡田ゆい子の紫の袴の色を見ると、泣きたいように修学旅行について行きたかった。

修学旅行の連中が出発して翌る日は、下級生達も小旅行や遠足で、学校は森閑としていた。四年生は四国めぐり、三年生は出雲。二年生は呉の軍港見物、一年生は近くの山へハイキングであった。小畑きみ子はミシンのペダルを踏みながら、負け惜しみに、

「丁度ええのんじゃ、うちはあれやから」

と笑っている。赤坊のエプロンの飾り縫いをしながら、さわはやっぱり呆んやりして落ちつかなかった。教師達はみんな生徒を引率して出てしまって、校長と横山修二と仁科徳平だけが残っている。さわがミシンの上に俯《うつむ》いてペダルを踏んでいると、

「赤坊のエプロンだね」

と声をかける者がいる。さわは吃驚して振り返った。仁科徳平がぬっと横に立っている。

「おかしいがの、見ちゃいけん！」

さわが両手でエプロンを抱くと、仁科はミシンに肘《ひじ》をついて、

「あんたは、英語がうまいそうだね」

と云った。さわは赧くなって、此間の理科の追試験が恥かしくなっていた。仁科徳平は衣嚢《ポケット》から仁丹を出して唇へいれた。

「先生！」

「ええ？」

「仁科先生はどこに住んでなさるんな？」

小畑きみ子が唇で糸を切りながら尋ねた。河野春恵は材料を忘れたと云って、硯《すずり》を裁縫室へ持って来て習字の稽古をしている。

「郡田先生の下の中地だ」

「先生はどうして奥さんがいらっしゃらないんですか？」

「奥さんか、奥さんにきてがないのでねえ、どうだ、小畑さん来てくれんか？」

「おかしいがのう！」

「おかしい事はないよ、お嫁さんに来てくれれば、松本さんの岡の上の茶園を借りるがどうだね？」

「先生は、おかしな事ばかりいいよって……」

さわもくっくっと笑い出した。さわのミシンの上に手をついている仁科の陽にやけた背広を、さわはしみじみと近くで眺めた。織られるときからチョークの粉が浸みているような洋服であった。さわは何か冗談が云ってみたかった。

「先生、白髪《しらが》を抜いてあげましょうか？」

「白髪？　ああ抜いてくれ給え」

仁科はミシン台の上へ頭をつきつけて来た。さわは、

「まア、先生、沢山白髪があるがの」

と云って一本一本抜き始めたが、頭の地肌に指の先が触れると、妙に動悸が激しくなる。香油の匂いがした。制服のスカートはアイロンでぴかぴか光っていたが、荒々しい呼吸が、仁科の口にすた。仁科徳平はミシンの上に俯むきながら、さわの厚ぼったい膝を見てい

る「老春」を掻きたてている。

窓外は長閑《のどか》な天気で、小鳥の啼き声が耳についた。雨天体操場ではオルガンが鳴っている。仁科は抜いた白髪を見る風を装うて、さわの顔を眺めた。豊麗な肌が、膏で光っている。耳は赤ん坊の鼻のように可愛くて、白い生毛《うぶげ》が清々しかった。平凡な表情だったが、見ていると親しさのます顔だった。迂闊《うかつ》にすると、通りすぎてしまうような目立たない皮膚である。血色はよくなかったが、黒い眉が香ばしく、何か唆《そそ》るものを持っている。発芽の前の若木のようでもあった。形のないものへ移ってゆく一瞬を、仁科徳平は、「素晴らしきかな」と感じるのであった。

その夜、垣島さわは小畑きみ子と二人で仁科徳平の下宿へ遊びに行った。仁科は愕いて二階から降りて来た。階下は塩田を持って、富裕に暮している家族で、いままでに、先生を尋ねて来たのは、「この人たちだけですね」と階下の若い主婦が茶を持って来てあいそを云った。二階は八畳一間で床の間には菊の花の色紙が鋲で張りつけてあり、尺八が一本

立てかけてある。仁科徳平は褞袍《どてら》の上から羽織を着ていた。饗《もて》なすつもりで、行李から写真帳を出して来たが、どの写真も黄ろく焼け果てていて、徒《いたず》らに遠く去った青春を披露するだけである。

「小畑さんはいくつだ？」

「うちは十八、垣島さんは十七よね」

小畑の方が小さいので若く見えた。仁科は三十年近くも年が遠いのかと、不図、罠の下に落ちてしまった、老いたる鹿のような自分に落莫《らくばく》とするのである。

「横山先生はいくつじゃろうね？」

さわは思い出したように尋ねた。

「横山先生は三十一じゃ云いなさってたわ。仁科先生、あのな、垣島さんは横山先生が大好きじゃと……」

さわは、狼狽《あわ》てて両手を振りあげて、小畑きみ子の唇を抑えた。

「嘘ばっかり！」

「あら、それでも、ここへ登って来る墓場の処で、あんたは、横山先生好きじゃ云うたじゃないの……」

「あんただって、仁科先生好きじゃ云うたわね……」

仁科徳平はわっはわっは笑い出した。唇の厚い小畑きみ子の顔をしげしげと眺めて、思い出したように、仁科は床の尺八を取って吹いた。

「ええなア」

「上手じゃなア」

さわもきみ子も聞き惚れてじっと手を握りあっている。尺八に聴き惚れてじっとしていると、驟て尺八の音の合間合間に、坂の道をどんどん降りて行く二三人のがやがやした跫音が響いて来た。

「火事だな！」

尺八を置いて仁科徳平が立って障子を開けると、月が高く登っていて、遠くの学校の方に火の手が揚っていた。

「仁科先生！」

階下の若い主婦が梯子段《はしごだん》から声をかけた。

「女学校の寄宿舎が火事じゃそうですってッ」

小畑きみ子はそれを聞くと、

「うち、どうしようかの！」

と声をあげてさわへ飛びついて来た。仁科徳平は、座蒲団の下に敷いてある洋袴を引きたくって背広に着替え始めた。

「何の火なんだろうねえ？　今日は横山先生が宿直なんだが、困ったことが出来たもんだ！」

「先生、どうしようかの！」

「ま、とにかく行ってみよう」

仁科が靴をはく間に、さわときみ子は歯をかちかち震わせて坂道を降りて行った。提灯《ちょうちん》を持ったひとが一人、どんどん二人を追い越して降りて行く。仁科徳平は月で明るい小径を時々懐中電燈で照しながら、

「おオいイ待て待てッ、狼狽《あわ》てちゃいかんぞオ！」

とさわ達を大声で呼んだ。

「わしゃ、本だけでも出したいがの」

走りながらきみ子がもう泣き出している。坂を降りて墓道を抜け、崖へ登る石の段々を上って裏門へ出ると、最早火が消えていた。がやがやと運動場を走っている人の声や、車井戸の軋《きし》む音が聴えて来る。崖下の段々を上って来る仁科徳平を待ちきれずに、さわは、段々を引返えして仁科の腕を引っぱった。仁科はさわの柔い手に触れて、ぎくっとしたが、すぐ固く握り締めて、

「もう火が消えたって？」

と大きい声で呼んだ。三人が低い裏門を乗り越えて、正門の傍の校僕室へ走って行くと、一年の寄宿生が寝巻のままの姿で、三和土の上に置いてある大火鉢を囲んで震えていた。

「どっから火が出たんだ？」

と仁科が小さい生徒達に尋ねると、眼のくりくりした娘が、

「風呂場です」

と応えた。レインコートを着て手拭いで鉢巻きをした横山修二が、

「ひどいめにあった」

と云って手も顔も真黒くなって這入って来た。

「風呂場だって？」

「ああ、煙突から火を吹いて、屋根を少しばかり抜いちゃった」

「それでも消えてよかったよ、僕は御真影を心配してねえ」

「ああ。ありがとう、本当に一時はどうなるかと思いましたよ……でも風がなかったんでねえ……」

宿直室の電話がじりじりと鳴った。仁科が電話へ出たが、それは書籍店の親爺の火事見舞だった。九時過ぎたばかりなので、割合沢山人が集まり、校長も自動車で駆けつけて来

たりした。

「いや、まア、風呂場でよかったですよ。それに栗山君が旅へ出ていて丁度よかった。本当によかった。何を云われるか知れないからねえ」

教頭の栗山は校長より古参で、これも生徒達から万年教頭と渾名されている男である。飛車角のようにずんぐりしていて、時々、生徒の乳をおさえると云う厭な風評がたってい た。——米近もんも、此教頭に侮辱されて、あの日は辞表を叩きつけて帰ってしまったのである。校長は謹厳温厚の士であって、此学校の勲章のようなものなのだ。只ぴかぴか光っていればいいのである。

——横山修二は生徒を寄宿舎へ送って行って、もう一度、石炭倉庫の方へ歩いて行った。垣島さわが遊動円木の前へよろよろして立っていた。古木の焼けた匂いが四囲に激しい。

「小畑君は？」

横山修二が尋ねた。月の光のせいか、さわの顔が白く浮いてみえた。

「いま寄宿舎へ帰りました」

横山修二の影とさわの影は、くっきり並んでいる。その二人の影の上に、遊動円木の影が写っていた。さわは心を示す為に鏡のように光った運動場を走って一散に校僕室の方へ行った。横山修二は呆気にとられていた。校僕室の火鉢を囲んでは、町の新聞記者や、校長や消防頭が、煎餅《せんべい》を噛って茶を飲んでいる。兵隊あがりの年取った校僕は、派手な鳥打帽子を被って、竈《かまど》に火《かじ》を熾して湯をわかしていた。

正門前の坂をどんどん走って降りると、さわは、仁科の下宿に毛糸の手套《しゅとう》を忘れたことに気がつき、一寸立ちどまったがもういらないと思った。家へ帰ると、健一は鼻提灯を出して眠っていた。さわの寝床をちゃんと敷いてくれている。さわは頰が熱くて中々坐れなかった。押入れをあけて、叔父の縕袍を出して匂いを嗅いでみたりした。匂いを嗅いでいるとさわは、様々な「用意」を心に感じた。寝巻きに着替えて寝床へ潜り込むと、耳の底で水の音がしている。海の上を行く船の汽笛も聴えて来る。波紋の中心の中で、仁科徳平の顔が呆んやり浮んで来る。

翌る日は雪でも来そうな寒い朝であった。学校へ行くと、教室で横山修二が、池上りつから指へ繃帯を巻いて貰っていた。

「大変だったんでしょうね、何しろ遠足から帰ってぐっすり寝入りばなものですから、今朝、お爺さんに云われて、初めて吃驚しましたの……」

池上りつの頭は、横山修二の腰のあたりしかない。さわは丁寧におじぎをして運動場へ出て行った。小さい生徒達が石炭倉庫の処へ集って焼跡を見上げている。町の新聞には、女学校の火事が小さく出ていた。――鐘が鳴った。朝礼には三年以下が庭へ並んで校長か

ら訓話を聞いている。小畑きみ子は陽の当る窓に凭れて編物をしながら、時々朝礼の列を見降ろして、

「やっぱり横山先生は真面目でええな」

と云った。さわは頬杖をついて英語のリーダアを開いていた。二章になっているウィリアム・ブレエクの青蠅と云う詩を声をたてて自慢気に読んでいた。

「ねえ、横山先生は白い繃帯をしとってじゃが、一寸ええな」

と、小畑きみ子は肩をすぼめてくすりと笑う。河野春恵は、相変らず縮ぢれた垂げ髪で、何を考えているのか、あんまりものも云わない。時々机の角で鉛筆を削っている。

「ねえ、修学旅行の連中が帰って来ても、羨《うらや》ましそうな顔をせんとおこうな」

さわは返事もしないでブレエクを読んでいた。

鐘が鳴ると、池上りつが這入って来て、

「今朝は、丁度私の時間がないものですから、ここへ遊びに来ましたのよ……」

そう云って、翁《おきな》の面のような笑顔で、

「何もないから、家計簿の造り方でもお教えしましょうかねえ」

と黒板へ向いて背のびをした。さわも小畑きみ子も、河野春恵も、各々《おのおの》違った意味で心に迷惑を感じた。教壇の机のコップには珍らしく花を差してない。定規を使いながら、大

学ノートに何本も筋を引いてゆきながら、さわは心のうちに、

「無意味な日だわ、くれるものなら、早く卒業証書をくれるといいにね」

とそんなことを考えていた。まだ、これから運動会があったり、謝恩の学芸会があったり、卒業の写真を撮ったり、まだ色々な行事があるのだ。さわは写真を撮りたくなかったし、運動会も愉しみではなかった。早く此町を去って、新らしい都会で働らく道をみつけたいと思った。学校を出てゆくことは不安ではあったが、それは生々とした不安でもある。

正午で授業が終りだったので、さわは大山のぶ江の家へ行ってみた。暗い格子の蔭には、鏡台が三つも四つも並んでいて、家の中は白粉くさく森としていた。のぶ江がにこにこして暗い入口へ出て来た。

「病気じゃないのな?」

「ふん、ま、おあがり……」

狭まい廊下を幾曲がりかして、海に突き出た小部屋へ案内した。のぶ江は髪をふくらまして、襟元に紫の簪《かんざし》を差していた。近々と見ると、絵よりも仄々して、大柄の茶絣《ちゃがすり》が女々して見える。さわは火事の話などをした。のぶ江は卒業式まで学校へは行かないのだと云っていた。

「河野さんね、あの家は盛翠座へ売店を出しとるんよ、うちを眼の敵にしとる、卒業した

ら、あのひとは郵便局へ務めるんじゃと……」

　のぶ江は足袋をはきながら写真を見せようかと、納戸へ写真を取りに行った。障子の腰硝子から真青い海が見える。海へ突き出た凸凹のひどい岬も見える。さわは、人形などの飾ってある婀娜《あだ》めかしい部屋を見まわして羨ましい気持ちであった。

「おかしい写真ぞなほら……」

　のぶ江は一枚の写真を拡げてさわの膝の上に置いた。教頭がネクタイをはずしてのぶ江の肩に凭れている写真である。その傍には書記の後藤七助だの数学教師の磯野茂吉などが眼をつぶったような恰好をして写っていた。

　夕方から雨になった。さわは傘を借りて帰った。魚谷かづ子が、

「お姉さん」

　と云って竹輪の束を持って二階へ上って来た。隣りの魚谷かづ子の家では「かまぼこ」を商っていた。雨に濡れて帰って来た健一と夕食を済ませて、さわは階下へ降りて行くと、店では帆布のミシンを掛けている職工達が、大きな声で此町に水道の敷ける話をしあっていた。「人口が四万もある市だもん、水道ぐらいなければねえ」お神さんが話に相槌を打っている。

毎日雨が降った。日曜日を挟んで、七日目の朝、修学旅行の生徒達は帰って来た。染井治代が電報を打ってよこしたので、さわは傘を差して駅へ迎えに行った。駅の出口で待っていると、迎えの家族が大勢なので、さわは、

「染井さあん」

と声を嗄《から》して叫ばなければならなかった。さわが一番に眼についたのは松本千代子である。額の毛を巻き毛にして、フェルトのグリンの帽子をかぶっていた。野暮な制服の上の首が、きわだって都会的なので、迎えに行っている人達の眼を惹いた。千代子を始めとして、どの生徒の容子《ようす》にも、大都会を歩いて来たなごりが残っている。箱崎かつ子などは絹の朽葉《くちば》色の靴下をはいていた。

「垣島さんここよッ」

治代が陸橋の段々の上からバスケットを高く振り上げた。さわが雨傘の滴《しずく》を切って走って行くと、染井治代は、

「お土産《みやげ》を買って来てよ」

と使い馴れない言葉をつかっている。松本千代子は迎えの俥が来ているので、意気揚々と雨のなかを俥で帰って行った。生徒達が、一人一人何かハイカラなものを輸入して帰って来ていたのに、音楽教師の郡田ゆい子は袴の折目も消えただらしのない姿で、手にはふ

くらんだ合財袋のようなものをぶらんと提げている。熊澤一周は水筒と望遠鏡と自慢の写真機を肩に襷《たすき》にかけていた。教頭の栗山は寝不足な顔をして生徒に荷物を持たしてステッキをついて立っていた。

　さわは治代に傘をさしかけてやって、治代の家へ行った。さわは土産に岩おこしと壁へかけるアヴェマリアの小さい人形を貰った。

　その翌日の学校はさわやきみ子が淋しくなってしまうほど、旅の話で賑やかだった。あっちの机にもこっちの机にも見馴れぬハイカラな文房具や化粧品がちらばっていた。松本千代子は赤革の紐のついた六角の腕時計を耳のそばで振っては愉しんでいた。廊下の外では下級生達が土産物を貰いに来たりしている。隣室の都井芳江は、大きい楽譜帳を、尋ねて来る下級生達へ配っていた。生徒達は授業時間になっても、そわそわして落ちつかなくなってしまっている。休みの時間になっていても、運動場へ出て行く者もなく旅行の話ばかりであったが、不思議に景色や神社仏閣の見学談をするものは一人もなかった。百貨店の美しさとか、宿屋へ着いてからの、誰それの行状話ばかりである。なかでも、音楽教師の郡田ゆい子の不始末は、一斉に生徒の信用を裏切ったものと見えて、自由主義者の松本千代子でさえ、

「何かね、郡田先生は……いくら栗山先生に酒を飲まされたからと云って、栗山先生へし

なだれかかったりしてのう……」

と憤慨していた。

京都の宿屋でのことである。夕食が済むと生徒達は自由外出が許されて三々五々街へ出て行った。教頭の栗山と体操教師の熊澤は按摩《あんま》がわりに酒を呑み始めていた。外出しようとする郡田ゆい子が挨拶に来ると、熊澤は玄関へ追いかけて来て、

「先生、今晩は寒いから一つどうです、僕達につきあって貰えませんか」

とゆい子を呼んだ。そして尻ごみする郡田ゆい子の袂を引っぱって、「われらの郡田先生を連れて来たぞ」とはしゃぎ、熊澤は自分達の部屋へゆい子を連れて行った。

「厭ですよ熊澤先生！」

そう云いながらも郡田ゆい子は、ずんぐりしていて四角い顎《あご》のあたりに馬力と云いたいような熱情をひそめている栗山に向って、浮々と眼を染めてみせるのであった。

「一度、郡田さんに私はお尋ねしようと思っとったのですが、郡田さんの、その首の傷は意気な筋合いのじゃないかと吾々《われわれ》話しあっていたのですがねえ」

「まア！　厭な熊澤先生だわ、これは、瘰癧《るいれき》〔結核性頸部リンパ節炎〕を切った跡ですよ」

「はア、瘰癧をねえ……いや、それで安心しました」

それから、熊澤は前任地の失敗談をやりながら、酒を湯呑みでごくごく飲んで虎になり

始めた。栗山は栗山で、荒《す》さんだ酒なので、酔いがまわって来ると、郡田に湯呑をつきつけて、

「これで、一つ受けて下さい、ぐっと一息に干して下さい」

と、もう眼が坐りかけて来ている。郡田ゆい子は、自分に好意を持ってくれている栗山に対して、陶然となっていたので、差された湯呑みを素直に唇に持って行った。

郡田ゆい子は、町の中学教師膳所五郎の二階の八畳を借りていたが、それが、栗山の注意を惹いていたのである。膳所は、有名な多情仏心家で、前任地で人妻と心中をしそこなったと云う経歴を栗山は知っていたので、酒が進み座が熟して来ると、栗山は、

「膳所君は大丈夫ですか？　火のそばへ油を置いとくようなもんじゃないですかねえ」

と、それとなく郡田ゆい子へ皮肉を云ったりするのであった。膳所が、修学旅行で東京から帰って来ると、自分の細君へよりも立派な土産を二階の郡田へ与えたと云う事が、何時の間にか栗山の耳に聞えて来ていたのである。郡田ゆい子は一杯の酒で四囲がぐるぐる廻って来た。熊澤は、

「少時御免下さい」

と横になって大きな鼾《いびき》をかいている。栗山は、

「水を持って来て上げよう」

と立ちあがりかけていたが、慌ただしく郡田ゆい子の方へ近よると、ゆい子のそばに屈みこんで行った。

「いいんですよ！」

「じっと、そのままでいらっしゃい！」

二人は少時く揉みあって、水を取りに行く行かせぬで騒いでいた。その時である。跫音荒く松本千代子達が、

「先生、只今かえりました」

とどやどやと障子を開けて帰って来た。畳に酒が溢れて箸が散らかっている。生徒達は寝ている熊澤の豆だらけな足指の方へ眼をやって知らぬふりで障子を閉めた。生徒達の胸の中には、郡田ゆい子に対する尊敬が一時に冷えてしまっていた。遠くから湧いて来るような妬《ねた》みもてつだってか、

「郡田先生ともあろう人がのう」

とお互いに慨歎《がいたん》しあうのであった。

無事に運動会も謝恩会も過ぎた。

梅も桃もいっせいに綻《ほころ》びはじめ、五年生の校舎の窓から見える小さな島々も靉靆《あいたい》と霞《か》す

んで来た。あとは卒業式だけである。惜別の譜の歌は下級生達の口にも親しまれてくちずさまれ、卒業してゆく八十人あまりの生徒達は朝から放課後まで動悸のするような哀なしさを感じていた。寄宿舎の庭には毎日写真屋が古ぼけた黒い布を肩に巻いて這入って来た。車井戸を背景に、或いはぽぷらの並樹を背景にしたりして、寄宿舎の生徒達は思い思いに写真を撮りあっている。小畑きみ子も、下級生達を連れてテニスコートに並び、ラケットを持って写真機の前に気取って撮ったりした。松本千代子は飾りのあるハンカチーフを、仲のいい友達に記念だと云って分け合ったりしていたが、ハンカチを貰えなかった者達の間には、泣いて淋しがる者もいた。垣島さわは久原花子と二人で弓を持っている処を小さい写真に撮っただけで、誰とも写真を撮らなかった。久原花子と撮ったのも、久原花子が写真代を払ってくれたからである。久原花子は肥料屋の娘であった。

卒業式があと四日目だと云う天気のいい朝、五年生達は紋つきを着て学校へ行った。昼から卒業式の写真を撮る為と、式の予行演習の為であった。昼の食事が終ると、五年生の生徒達は陽のあたっている講堂の庭へ集った。教会式な講堂の扉を背景にして椅子が雛段のように高く積みあげてあり、美髯《びぜん》を自慢の校長がたった一人腰を掛けて笑っていた。松本千代子は、

「先生立派ですねえ」

と云った。校長は眩《まぶ》し気に生徒達を眺めて、

「さあさ揃ったら一つ並んでみて下さい」

と、栗山の傍へ歩いて行ってひそひそと長い間眉を顰《しか》めて何事か耳打ちをしている。

前列の右のはしにはまず池上りつが席についた。その次は家事の庄司より子、裁縫の平塚こいし、岡本孝、渡利純子、図画の横山修二と共に人望のある英語の中曽根増太郎がモオニングの洋袴の折り目を正して腰を掛けた。その次は教頭栗山鉄蔵、校長、それから横山修二、熊澤一周、数学の磯野茂吉、仁科徳平、赤堀錬平、下級生徒の英語を受持っている、私立大学出の新田久吾、書記の後藤七助、校長と髯の兄弟を争う校医、島津順四郎、課外教授の生華茶道、粕壁二岬などと云う教師達が、それぞれ紋つきやモオニングに改って、眩し気に笑いあっていた。生徒達も背の順に椅子の上へ上って行った。背の低い安井せん子は一番上の段のはしに立たされて顔を赧くしている。さわは丁度仁科の椅子の後へ都井芳江と並んで立った。後の方からぎっしりと押されているので仁科の頭の香油が鼻をついて来た。さわは白髪をとった日の事を不図憶い出していた。都井芳江がさわの肘をこづいて、

「なア、郡田先生はどうしたんじゃろかねえ?」

とさわに耳打ちして来た。さわは愕いたように、

「本当になア、どうしたんじゃろうか」

　と、仁科の横から前列へずっと眼をやってみたが、郡田ゆい子の姿は見当らなかった。さわの後にいた河野春恵が、「米近先生も郡田先生も止めたんよ。郡田先生は中学の先生と逃げてしもうたんじゃ云うて書記の後藤さんが教えてくれたぞな」とつぶやいている。さわも芳江も、息をとめて顔を見合わせた。教室の窓々からは鈴なりになって、小さい生徒達が眺めている。生徒達も教師達も、長い事陽に晒《さら》されて写真機の前に緊張していたが、軈て写真屋は気取って、シャッタアを切ると、蛇腹の長い写真機を畳んで帰って行った。ざわざわと列は崩れた。さわは列を離れるとゆるやかな足どりで、講堂の裏を抜けて薔薇園の方へ行ってみた。仁科徳平が何気なくさわの方へ歩を運んで来ている。

「垣島さんもいよいよ卒業だな……今夜、よかったら、また遊びにいらっしゃい――弟さんがあるんだってね、中学の物理の先生がそう云ってた、出来るんだって？」

　さわは真紅に耳朶《みみたぶ》を染めて、

「ええ遊びに上らせて貰います」

　と応えた。花壇には最早固い蕾を持った罌粟《けし》が見えたし、スイートピーは五六寸にも伸びていた。水仙は雪のように万朶《ばんだ》と花をつけて匂っている。教室からはオルガンの音や、生徒達の笑声が弾けていた。箱崎かつ子が紋つきの袖をすぼめて池上りつと話しながら図書室の方へ行っている。

さわは炬火《きょか》のように熱く燃えあがる磁力を感じると、更衣室へ飛んで行って、黒い木綿の紋つきを脱ぎ捨てた。白い運動着に短いパンツをつけ、生徒がちらほら群れている光った運動場に出て行った。ぽぷらの枝が芽を孕《はら》んで窄々とした枝を空へ伸びさせている。汚れた煮〆《にしめ》たような革のふっとぼおるを、さわは思いきり高く空へどおんと蹴りあげた。弾んで青空からくるくる墜ちて来る奴を、乳房の上でどしんと受けては、またどおんと蹴りあげる。乳房で受ける。また蹴りあげる、さわは気の遠くなるような気持ちだった。脚も腕も腰もはッはッと火を吹きそうだった。さわの蹴りあげる毬の音が、間断なく狭まい校舎の棟へ鋭い音をたてて響いていた。

（「改造」昭和一一年二月）

いつものように、ハンカチーフ一枚で朝湯に飛び込んだ。どこかのお神《かみ》さんらしい一二度、この風呂で出逢う女が、もう、小太りな、真白い軀《からだ》を石けんで流していた。向うもつんとしているから、こっちもつんとしている。男湯の方は馬鹿に森閑としていた。房江は一人でのびのびとあおむけに湯につかって、高い天井を眺めていた。熱くもなく、ぬるくもなしの湯かげんで、これが電気で沸くのかと、房江はうっとりとなって、まず気持ちのいい湯かげんに満足しているうちに、今朝がた別れた厭《いや》な男のことも、もやもやと心のなかから消えていってしまうのだ。

どやどやと硝子戸《ガラスど》が開いて、二三人、賑やかな女の声が番台の方でしたかと思うと、間もなく、背の高い女がさっと浅黒い軀でしきりの硝子戸を足で押して這入《はい》って来た。

「空いてるよッ」

あとからも、二人ばかり、話のつづきなのか、

「殺されるのはかなわないけどさア、何だわねえ……一寸《ちょっと》、興味があるわねえ」

「だって、裸にされて、首をしめられるの厭だわア」

「それがさア、いいんだって云《い》うンじゃアない？ その男、四人も殺してるンだって凄《すご》いわねえ……」

喋くりながら、二人とも小桶《こおけ》を鷲《わし》づかみにして、ざアざアと湯をつかった。

「住友のお嬢さんをかどわかしたのだってさア、面白い事件だわねえ……汽車へ乗ったり、宿屋へ泊ったりしてるのに、よく、十二三にもなって、のめのめとついて行ったものねえ、汽車でも、宿屋でも、何とか、助けてくれって人に云えなかったのかしら？」

「よっぽど面白かったのよ。その男、きっと何とかうまいのよ。さいみん術にかかったみたいなのねえ」

「十二三じゃア、無理なのじゃない？」

「何が？」

「何がって……」

三人ともわアと笑い出した。

房江も笑って皆の方を向いた。

「あら、あンたもう来てたの？」

房江と同じように、後からはいって来た三人も、ハンカチーフ一枚の組。手拭《てぬぐい》なぞ、誰も持ってはいない。パアマネントは、明るい浴場では馬鹿にごみっぽく見える。唇は真紅、眉墨はとけて流れるように長く描いて、どの顔もみな似たりよったりのメーキアップだ。

いい、しきりの硝子戸から、番頭がのぞいて、

「寿屋のお神さん、按摩《あんま》さんが来ましたよ」

と、流しの方へ声をかけた。ぱアと明るかった朝陽がかげると、あたりにじわじわと湯気が立ちはじめて、雨もよいのような陰気な光線に変った。

「あら、このお風呂、按摩さんいるのかしら？」

「いるンでしょう……」

するとと背の高いのが、

「おばさん、ここに按摩さんいるンですか？」

と先客の、さっき「すぐ、上りますよ」と返事した女に声をかけた。

「ええ、頼めば来てくれるンですよ」

「まア、何処《どこ》で揉《も》むンです？」

「二階で、揉んでもらう部屋があるのよ」

「あら、いいわねえ、あたいも揉んでもらおうかしら……おばさん、按摩さんいくらとるンですか?」

「十五円がきまりね」

「へえ……随分高いものなのね」

軀《やが》てお神さんは、一風呂浴びて、さっさと上って行った。むきたて玉子のような、ぽってりした軀を、真新しいタオルで悠々と拭きたてて上って行くと、房江がぷっと笑った。するとあとの三人もくすくすと笑い合った。

「金太郎さんそっくりね」

「真白い石けん持ってたわ。――あの指輪ダイヤでしょ?」

「見なかったわ」

このハンカチーフの一組は、不思議に、顔だけは洗わない。子供がいたずらをしているみたいに、湯を相手の肩や背中に弾《はじ》きあってみたり、流しの石の上に立って、犬猫体操をしてみたり、鏡の中へ、思いっきり脚を高くあげてみたりして遊んでいる。石けんもなければ櫛《くし》もない。貧弱なハンカチーフ一枚がたよりで、じゃぼじゃぼと湯にたわむれている。仲間の風評話や、昔の思い出話、男の話、故郷の食物の話にしばらく身がいって、それからどやどやと濡れた軀のまま、さっさと上ってゆく。ハンカチーフは片手で一握りのままきゅっとしぼって、べとついたままのを、ほんの一寸、軀にこすりつけて拭いたと云うかっこうだけで、生がわきの軀へ、汚れたシュミーズをわざと裏がえしにして着るものがいる。房江が、レースのついたピンクのパンタロンをつけると、三人とも寄って来て、

「あら、いいわねえ、何処で買ったの？」

と、珍しそうに眺めている。

四人とも住む家は違うけれども、一度、築地の経理学校のところで行きあってから、約束もしないのだけれど、何となく二三度行きあって、縄張りがきまったようになり、各々《おのおの》、いろんな相手を、その場次第で見つけてはそのかいわいをうろついて夜をあかすのである。類は友をよぶの種類であろうか。

此《こ》の金春湯《こんぱるゆ》は、朝四時半から電気で沸いているので、女達には至極便利であった。一夜の汚濁《おだく》に浸《し》みた軀をさっぱりと、七十銭の風呂でみそぎをして、各々郊外の吾家へ戻ってゆくのだ。――いつも家を出る時は、手拭と石けんを持って出ようと思いながらも、きまって、此様な女達は忘れて出てゆくのである。そして、朝になると、小さいハンカチーフ一枚で金春湯へ飛び込むことになるのだ。

四人とも、朝のすがすがしい街を銀座四丁目まで歩いて、それからてんでに別れて、市電に乗るもの、地下鉄に乗るもの、バスに乗るもの、房江は背の高い女と市電に乗って新

宿へ出て、終点のガードをくぐって、中野行きのバスに乗るのだ。

今日も、房江は薄陽が射したり、かげったりしているバスの停留所に立って、十分ばかりもじっとバスを待っていた。

ここまで来ると、房江はきまって、土の中に落ちこむような淋しさになって来る。一日じゅう穏かに過せる安心がありながら、その穏かさが、房江にはかえって不安になって来るのだ。甲州行きの汽車が、ガードの上を地響きさせて通ってゆく。ジープが走ってゆく。トラックが山のような木箱を載せてよろよろと走ってゆく。かげっていた陽が、幕を閉じたようにふっと薄暗くなった。雨でも来そうなしめった空あいである。

待ちくたびれた処へやっとバスが来た。

バスは案外空いていた。ふっと、昏《くら》くなった不安な思いが杜絶《とだ》えた。見るともなく焼跡の景色を眺めていると、気もつかないうちに、あたりは何時《いつ》の間にかすっかり秋めいて、猛々《たけだけ》しく繁っていた唐もろこしも、諸畑《いもばたけ》も掘りかえされて、ところどころに水々しい大根の葉が黒土に鮮かに見え始めている。

中野の駅前で降りて、果物屋で二十世紀を一つ買って房江はアパートへ戻った。昨夜、鍵をかけて出た筈《はず》だのに、扉が少し開いている。妙な気がして、房江がそっとのぞきこむと、狭い入口に、新しい地味な下駄が一足そろえてある。扉をぐっと押して這入ってゆく

と、

「おや、おかえりかな？」

と、思いがけなく、おふくろが顔を出した。

「何だって、急に、また……」

怒った表情で、房江が生がわきのハンカチで真紅な唇を急いでこすりながら、

「厭だわ、不意に出て来たりして……」

敷きっぱなしの寝床はたたまれて、あたりはきちんと片づいている。

「電報でも打って来るつもりだったが、急に話があって来たンだで、まア、勘弁しておくれえな」

おふくろは、おろおろした様子で立っていた。房江は、此日頃の不機嫌をいっぺんに吐き捨てる相手がみつかったかのように、ぷりぷりして買物袋を畳に投げ出した。そして、電気コンロにスイッチを入れたけれども、停電とみえて、ニクロム線が少しも赤く光っては来ない。すると、また腹が立ってきて、開き放した硝子戸をぴしゃりっと閉めた。

「壮吉が百日咳《ひゃくにちぜき》でなア……」

「へえ、医者にかけてるの？」

「医者にも診て貰《もろ》うてるだけど、何にしても長いこんでなア……」

房江は梨をむいて、古新聞の上に置いて四つに切った。別に、おふくろに食べろと云うでもなく、一切をむしゃむしゃと食べはじめた。おふくろは、大きい風呂敷包みから、キャベツと粉の袋だの、米の袋を出して畳に並べている。

房江は寝不足で頭の芯がずきずきしていた。押入れから、ピースの箱を出して、一本唇に咥《くわ》えた。七輪のそばから、よれよれのマッチを取って来て、何本も無駄にしながら、やっと、煙草に火をつけると、ふうっと美味《うま》そうに吸って、脚を投げ出して壁へ凭《もた》れた。半年ぶりに逢った娘の無雑作な、無作法な姿に呆《あき》れ返《かえ》りながら、おふくろは暫《しばら》く黙ってみつめていた。

「何時に着いたの?」

娘に優しく言葉をかけられると、おふくろは急にまた嬉しそうな顔になり、

「六時頃着いたけンどなア、探しまくっていたもンで、さっき来たばかりださ……」

「汽車は混んでたのでしょう?」

「それがさ、まるで、どじょう鍋みてえに混んでさ、わしゃア、昨夜、まんじりともしねえのださ。それでも、やっと、腰だけはかけられた……」

「健ちゃんはどうしてるの?」

「あれも学校さ、やめてしもうて、いま、庄さんの世話で製材所へ勤めてるでのう……」

「なつさん元気？」

「うん、相変らず軀弱くて困るなア。兄さんが戦死さえしなけりゃア、あれも、あんなに気いおとす事もないけンども、何しろ、まだ若いだで、里へ戻す方がええと思うとるのよ。子供がなかった事が一番しあわせさアねえ……。それで、健とも話したンだが、なつに戻って貰うて、家、たたんじもうて、健とわしと、房のところへ行って、親子水いらずで働けばどうだろうって話になったので、近頃、郵便じゃア埒《らち》あかねえ事だし、わし、突然になア、お前に相談打ちに来たのださ。——考えれば、いまのところ、それが一番ええだで、お前も月給取って、一人でまンま炊いて会社へ行くより、わしがまンま炊けば、健も勤めに出ればいいしさ、そンな事でもして細々とでもやってゆくのが、一番ええことだと思うでなア……」

「だってえ、東京へ出るったって、第一転入なンて出来っこないのよ。それに、健が来るにしたって、この東京に、健のような学校にも行かない田舎者を何処で使ってくれるのよ。東京は広いけど、人が山ほどいるンだもの、二百や三百の月給を取ったところで、第一、暮せっこないわ。——東京は、人一人の生活が月千円近くはどうしてもかかるンですもの、どうして、一家族四人も食べてゆけるのよ」

おふくろは途方に暮れてしまった。たとえ、四畳半の破れ畳でも、一家四人が住めない事はないし、第一、房江一人で住むには家賃ももったいなかろうと、さっきから、おふくろは胸算用をして、もう、東京住いしたような気で、汚れてどろどろになった、猫の額ほどな台所も綺麗に掃除をしておいたのである。どんなものを食べて生きているのか、押入れにも、棚の上にも、食べ物らしいものは見当らない。

「田舎も苦しくて、わしも、よくよく辛抱しきれねえでやって来たのさ。――それに、四月もお前から金が来ないし、わしも、なつにきまり悪いし、なつは何も云わねえでも、あれも、お前を案じていて、病気でもしてるでねえかなンて云うてるのさ、壮吉もなつについて、まるでおふくろみたいに後追うて不憫なものさ……」

相手がみつかりさえすれば、一晩、百円位にはなったけれども、月の半分は雨が降ったり、相手のない夜もある。食べてとおるだけが、いまのところ、房江にはせいっぱいのところであった。

「もう、一寸、何とか我慢出来ないものかしら……私も、いまのところ、とても苦しいのよ」

房江がものうそうに畳に横になった。眉毛に墨を塗った、眼のふちにまでくまを入れている娘の顔が、おふくろにはどうしてもかたぎに見えないのだ。娘の勤めさきも、あまり香ばしい風でもない事が見てとれる。

房江は腹が空いたので、管理人のところの細君に頼んで、鰻《うなぎ》の焼いたのを五十円ほどと、コッペパンを買って来て貰うように頼みに行った。

暫くして、鰻の竹の皮包みを、細君が持って来てくれると、それを皿に入れるまでもなく、竹の皮の包みごと、畳へ開いて置いた。

「おっかさん、お上りよ」

「珍しいものだねえ。東京ってところは何でも売ってるだね」

「うん、これ、一串十五円位するンだよ」

「ほう、えらい高価なものだなア……吃驚《びっくり》するだねえ。もったいなくて食えねえなア」

串を抜いて、小さくちぎって頬ばると、焼きたてのせいか案外美味かった。

「お前、まンま、自分で炊かねえのかえ？」

「忙わしくて出来ないから、外食券でやってるのよ。このごろは、食堂も藷《いも》ばっかりで厭になっちまう……」

「東京は、薄情なところだのう。よくそれで軀がもつ事だよ」

思いがけなく、おあつらえ向きに電気がついた。房江は電気コンロに凸凹のやかんをかけてスイッチを入れた。おふくろは呆れたように、じいんと唸《うな》り出《だ》したコンロを眺めている。東京の便利さが、味気ないものに思えてきた。

「お前、産婆さんの払い、まだ済ましてねえらしいが、どうなってるだアね？　きつい叱り状が来て、おれ、恥ずかしくて仕方がねえ」

「男の方から払ってある筈よ」

「そんな事ア知らねえけど、とても憤って来てたぞ」

房江は壮吉の父親の事を思うとむしゃくしゃして仕方がなかった。信州の田舎から、村の娘達十五六人が一つの集団になって、蒲田の工場に追いやられて、寮生活をしているうちに、房江は営業部の恩田となれそめてしまった。恩田はもう四十を過ぎて、埼玉の田舎には、妻も子もあったのだけれど、毎日毎日空襲さわぎで、一種の神経衰弱みたいになっていた房江にとっては、恩田の家庭の事なんか考えているひまはなかったのだ。何とか切抜けてゆく一日一日が無上の天地であるかぎり、その狭い世界だけで、頼りあう異性に凭れてゆく便法をつくらなければ、その当時は、いても立ってもいられない不安な状態にあったのだ。道徳に対する注意力は極度に衰えていて、房江は恩田に必死になって身を任せていった。

終戦になった時は、もう子供を宿して七ヶ月にもなっていた。恩田に連れられて、本郷の産院をたずねた時は、腹帯をするにはもう遅いと云われた位、房江は無関心に過していたのである。恩田の仕送りで、十一月の終にその産院でどうやら男の子を産んだ。産院の世話で子供は里子に出したのだけれども、恩田からの仕送りが続かないで、三ヶ月ほどして子供は産院に返されて来たので、房江は産院に母を呼び、田舎へ赤ん坊を連れて帰って貰ったのである。

娘の不始末をなげき悲しんでいたけれども、孫の顔を見ると、おふくろはそれでもよろこんで連れて帰った。二ヶ月ばかりは子供の仕送りもしたけれども、あとは梨のつぶてで、段々、わけのわからない生活に落ちてゆきながら、一日のばしなじだらくな生活に溺れて、房江はとうとう、いまではそのふしだらな生活から抜けきる事が出来なくなっていた。

十四五人の娘達も、東京で、それぞれの人生的な思い出をつくって故郷へ戻って行ったけれども、房江と、もう一人、さくと云う娘だけが、つまずいたなりで、東京に居のこってしまった。いまは、そのさくと云う娘も、子供を連れて、此広い東京の何処で暮しているのか、房江には消息が判らなくなってしまっている。

「一串十五円もする鰻を食べてちゃア、どうにも身分でねえからな。――もっと、かたぎな暮しむきと云うものは、なんぼなんでも広い東京だとてあろう筈ださ……わし、苦味いこと云うではないが、あんまり、お前の暮しはよくないでねえかえ？」

おふくろは案じて、鰻の一串もよう食べきれずにいるのであった。

おふくろにとって、東京は不思議な都会である。娘の姿は世にもおかしな姿で、昔、村の祭でみた事のある、サーカスの自転車乗りのかっこうにも見えた。汚れた白い上着に、花模様のぎらぎらと光りのしたスカート、櫛目もない乱れた髪、蒼ざめた顔の色、大きい黒の石のはいった奇妙な指輪をわざわざ右の人差し指にはめたところは、何としても、昔の娘の姿とは思えない。

すっかり人が変ってしまった。まだはたちになったばかりの娘っこが、さっきから煙草をふかしている。人並な、おふくろの欲目で云えば、まあまあ十人並と云った娘の様子が、いまは無雑作に荒れ果てて一種異様な光をおびた落ちつかない眼の光りが、おふくろには不安をそそるに充分である。ぺろりと母親の分まで鰻を食べてしまうと、その食べがらを片づけるでもなく、湯がしんしんと沸いてくると、歯ブラシの立ててあるコップをほんのかたばかりにゆすいで、灰皿へあけると、熱い湯をついで、唇をとがらしてふうふう吹きながら飲んでいる、娘の部屋には一つまみの茶の葉もないのだ。

「おっかさん、幾晩泊るつもり？」

「幾晩って、わしは、お前に相談に来たのだもの、話がきまりさえすれば、明日にでもすぐ戻るだが……何せ、今夜はくたぶれてるだで、泊めて貰わなくてはかなわンぞい」

おふくろは、ひどく腹が空いていた。米を煮たくも鍋がなさそうである。

「何ぞ、煮炊きのもンは持っとらんのかや？」

「何もありゃアしないのよ。待ってなさい、一寸、借りて来てやるわ」

如何《いか》にもかったるそうに、房江はまた管理人のところへ行って、ニュームの小さい鍋を持って来た。おふくろは、それへ、少しばかり米をあけて、房江に教わって、洗い場へとぎに出て行った。房江は押入れから、汚れてどろどろになっている上蒲団を引きずり出して、畳へじかに横になった。何も彼もがめんどうだった。虚空に消えて雲散霧消出来るものならばそれでもよいのだ。赤ん坊は産みっぱなしで別れてしまっているので、案外、何のみれんもない。そのくせ、おふくろにだけは何となく済まないと思いながら、眠り不足な心身は、妙に不機嫌になってしまっているので、正直に、その不機嫌さが露骨になってきて、少しも、おふくろの心細さにはついてゆけない。むしろ、反対に、善良な弱い者が憎くさえあった。――こうした動物的な心を創った神様のようなものに対して、房江は何時も自然に舌を出して笑っていた。久しい間房江は、人間的な涙と云うものを忘れてしまっているのだった。どの女を見ても、そして、どの男を見ても、人間らしい人格と云うものは少しもないと決めてかかった。有るのは肉体の求める、はかない欲望ばかりである。――たった一人だけ、房江は妙な男にめぐりあって金をめぐまれた事があった。そのほかは、どの男とも快楽をともにして、なにがしかの金銭にありついていたのである。

その妙な男と云うのは、六月頃の或小雨の降っている夜であった。習慣の様に、いつもの建物のところに立って、煙草を唇に咥えていた。これはときめた相手が通れば、火をかりる心算である。間もなく、これと思う相手が通った。煙草の火を借りた。火を借りながら、小さい声で房江は炎に目を染めて、

「遊ばない?」

と、云ってみた。

男は驚いたように、ふっとライターの火を消して、しばらく黙って立っていたが、何を思ってか、

「君は金に困っているのかい?」

と、尋ねた。

どの男も、房江が遊ばないかと云うと、すぐ、遊んでもいいねと返事をするのだけれども、その男だけはそんな事は云わなかった。内ポケットから百円札を一枚抜いて、房江のしめった手に渡すと、

「君、今夜は帰り給え……」

そう云って、さっさと行ってしまった。

房江は、何となく胸の中がどきどきした。云われた通り、その夜はそのままアパートへ戻って、久しぶりにのうのうと自分の寝床へやすんだ。房江はアパートの部屋へだけは男

を連れ込むと云う事をしなかったのだ。アパートの生活だけはかたぎな世界として、せめてそこだけは残しておきたかったから。――いまでも、時々、あの雨の夜の、不思議な男を思い出すのである。もう一度逢ってみたくて、よく同じ場所に立ったものだけれども、あの夜以来、その男には一度もめぐりあう機会がなかった。――房江のような女は、社会からは何の同情も与えられてはいないのだ。房江は、同情のないこうした世界が、かえって気が楽であり、社会に向ってそっぽをむいている事に、痛快なものを感じてもいた。社会の裏の裏までみてしまうと、標本のような敬虔さを説いている人間たちの愚が、おかしくなって来るのだ。永遠性のない小細工だけが、ペンキ絵のように都会にひろがっている。ひとでのような速度で……。房江は身を以って、人間の醜の醜を覚えさせられた。そして、善い事をしたあとの、あの空虚感よりも、悪い事に溺れている、痺《しび》れるような落ちぶれかたの方が、房江のような女には身に合っているのだった。愛情なぞと云う感情は、もうとっくに脱落してしまっていて、もののあわれをさそわれるような、はたちの青春は骨の髄まで色あせてしまっているのである。

　夜の都会が、房江にとって、どんなに魅力深いものであった事だろう。恍惚ときらめく星空の下に寝る時もあった。時には暗い河岸の橋の下で、相手の顔も知らずにたわむれる時もある……。神に見はなされた獣となった二人の人間が、平凡な、あたりまえな営みをする……。ただそれだけの事だ。房江は、その時々の、夜の複雑な、情深い景色だけが心に残った。男の体臭や、激しい息づかいは、まるで工場の機械にスイッチを入れたと同じようなものにしか感じられなかった。ぶうんと機械が唸り始める。只《ただ》、それだけだ。スイッチが止まれば、いくばくかの金銭を手にする……。そして、男はまた逢おうと云ってくれる。房江のような女に満足したしるしなのだろうと、房江はそう思う。そして、男と別れて歩みながら、房江は、地上に伏して見上げた、あの悠久な空の暗さや、星の光りが、立って歩くと同時に狭く浅くなっている事に淋しさを感じていた。太古とでも云う頃は、人間には、戸外以外には寝床もない日があったのに違いない筈だと、野に寝る女にとって、大自然が、男の軀のうしろから、如何に優しくほほえみかけてくれる事かと、房江は、伏して見上げる空の美しさを忘れる事が出来なかった。

房江は、現実に自分が生きていることを疑わなかった。生きている事だけで、何一つ考える事は無駄であった。動物のように、心動くままに素直に行動し、実行して死ぬ……。だが、本当は死ぬる事なぞ、一度も考えた事はない。生きて行進してゆくだけである。生きて行進してゆく事が無意識な信仰であった。反省してみたり、少しでも悔いに耽《ふけ》ると云う事はしなかった。

「お前、何処か、軀が悪いのかえ?」

米を洗って来たおふくろが、畳に寝転んで、蒲団を被っている娘を見て不安そうにしている。

「房、お前、気分が悪いのかえ?」

もう一度尋ねた。何処からともなく、ラジオで、新内の透きとおるような歌声と三味線の音色が流れてきた。畳の冷たさも何となく秋だ。

おふくろが、鍋を置いて房江のそばへ来た。

「あたいは、眠いンだよウ……」

「どっこも悪いンじゃないのかえ?」

一寸、安心をしたように、おふくろは、電気コンロの上のやかんと鍋をとりかえてかけた。

「わしは、こんな事云いたかねえが、お前もすっかり変ってしもうたぞ……、妙な女子になってむごたらしいなア」

おふくろは鼻をすすりあげて、黙って涙をこぼしていた。房江はうとうととしている。

風呂上りの、けだるい五体が、まるで、ぼってりと水を含んだように重い。一言、慰めの言葉をかけてやりたいとは思いながらも、何時の間にか、房江は昏々《こんこん》と眠ってしまっていた。

満ち足りた眠りから覚めたのは、昼過ぎの三時頃であったろうか。房江がぱっちりと眼を開けると、握りの取れた古トランクに風呂敷をかけて、洗った灰皿に土産《みやげ》の味噌漬けが刻まれ、真白い鍋の飯が食欲をそそった。

コンロを消すことが出来なかったと見えて、やかんは白い湯気をたててしゅんしゅんと猛烈に煮えくりかえっている。

部屋には誰もいない。小さい声で「おっかさん」と呼んでみたが声がない。

腹這いになって、房江は煙草を吸った。頭が軽くなった。手をのばして、買物袋からコンパクトを出して顔をうつした。荒れた生活をしていながら、皮膚は磨いたように青ずんでなめらかで、思いのままに化粧の出来そうな明るい表情である。小さい鼻の上は膏《あぶら》で光っている。鏡を眼のそばに持ってゆくと、金茶色をした瞳が、猫の眼のように光って見えた。ふぞろいな太いまつげが濡れている。

左側の鼻の下に、盛り上ったような小さい黒子《ほくろ》があった。おふくろが足音をしのばせて部屋へ這入って来た。

「お起きかえ？」

「随分よく眠ったわねえ……何処へ行ったの?」

「お前の汚れものをば洗濯しておいたのさ。あんまりだらしねえからさ……」

「天気が悪くなるってえのに、世話やきだね」

「わしは、気になって仕様ねえたちだからのう……」

「いいのよ。――あらッ、少し焦《こ》げ臭《くさ》いねえ」

房江があわてて電気コンロのところへ行くと、木の台がこんがりと焼けかけていた。房江はスイッチを止めた。


その夜、房江は水々しく、化粧をこらして外出した。おふくろが、呆れて眺めているそばで意地悪いまでに落ちつき払って、眉に墨を入れ、唇に厚く紅を塗って出掛けた。明日はどうでも、いくばくかの金を持たせて母親を田舎へ発たせなければならないと思った。

長い事、電車にゆられて、築地の終点で降りて、習慣のように魚河岸の建物の方へ行った。今朝がた、金春湯で逢った女の一人も、もう来ている。――その夜相手は、房江を連れて、大森の焼け残りの小さいホテルへ連れて行った。こうした、夜の女にはあつらえ向きに出来ている安ホテルの一室。停電で、狭い部屋にはローソクの灯が運ばれて来た。昔は病院のベッドであったろうかと思われる鉄製のベッドが一台、元の塗りのはげたサイドテーブルには、何の花ともつかぬ、真紅な造花がガラス瓶に一輪つきさしてあった。

東海道線に汽車が通るたび、線路添いのこのホテルは浮き立つように震えた。房江は馴れた姿でシュミーズ一枚になり、手術を受ける患者のように、感動のない眼差しで、相手を見上げた。昆虫のような、真空な律動が始まる。そして、何の苛責もない跪《ひざまず》いた女の大きい影が、色濃く天井にうつっている。房江は相手の背中の向うにうつる影絵の壁に、右手をさしのべて狐の影絵をつくってみた。壁や天井にうつる大きい狐の絵は震えていた。おかしくってたまらなかった。劇場にでもいるような、暗い舞台のなかの様々な影の面白さに、房江は悠久な星空を見るような思いで、心の中に、力いっぱい喝采をおくっている。汐臭いしめった風が硝子戸をゆすぶる。草藪でこおろぎが力いっぱい雌を呼んでいる。

ローソクの光りが終ると、深い森林に押しこめられたような、耳鳴りのする静けさに沈んだ。四方から原始林の匂いもする。濃い闇の中に、重たい男の寝息がしている。満ち足りた寝息だ。暗黒な、この森々とした黒い帷《とばり》は、房江にとって最大の安息場所でもあった。願わくば、永遠に夜であれかしと祈りたい位に、房江は夜が好きであった。カーテンもないガラス戸の上に、暗い空が見える。闇の中に残っている、執念深い蚊の唸りや、甲高い鋭い汽車の汽笛、そして心持ちのいい仮睡の状態で見る蝶々のようなはかない夢のさまざま、夜更けて吸う煙草の哀れな赤い火の色。——房江はアパートに残って、神経をいらだている、哀れなおふくろの事なぞは考えてもみなかった。こうした闇の中では、精神も青く粉々に光って、分裂して、空中に飛んでいるだけだ。一緒に眠っている男がどんな男なのかせんさくする気もない。ただ大阪言葉をつかっているのだけが、旅の人と云う名残りを残すだけで、どの男も似たりよったりのていたらくである。――闇の中では、房江の仮睡の夢も醱酵《はっこう》する。その浅い夢の中で、現実にもなかったほどな怖ろしいばかりのみだらな夢を見るのだ。翅《はね》を震わせるような恍惚境に、この貧しい天使はふわふわ吹きさらわれてゆく……。

　そうした仮睡の果てに、仄々《ほのぼの》とまた厭な夜明けがやって来るのだ。旅の男は案外気前よく、沢山の金銭を房江にめぐんでくれた。仄々とした夜明けに見る男は年をとっていた。――さっさと身支度をして二人はホテルの前でお互の表情もみずに東と北に別れてゆく。

　房江の足は自然に新橋に降りて、朝の市電で、築地に行き、また、ハンカチーフ一枚で、金春湯へ飛び込んで行くのである。鳥がねぐらへ戻ったような安易さで……。そして、また、自分と同じような身分の女達に出逢う。風呂からあがって、裸のまま坐りこんで、林檎を食っている女もいる。一足二千円もしたと云いながら、靴の包みを開いて、裸で靴をはいてみせびらかしている女もいた。その女とは、一度、警察のトラックで一緒になり、浅草のY病院へ行った顔なじみでもあった。

房江が中野のアパートへ戻った時は九時頃であったろうか。おふくろは打ちひしがれたように悄《しょ》げきって、片づいた部屋の中にきちんと坐って娘を待っていた。唇を紅く染めた房江に対して、もう何も苦味い事は云わなかった。

（「新世間」昭和二二年四月）

ボナアルの黄昏

世間には、いろんな、むずかしい議論もあったけれども、心を刺すような情熱的なさそいのようなものは少しも感じられない。学校を出てしまうと、誰からも指図をされるような事はなかったけれども、それだけに毎日が空虚で、まるで水膨れになったような味気なさである。人生の輪の中へ、ほんの一飛びしたばかりだのに、もう、何もないと云《い》うあきらめへ首をつっこんでいるような気がして、たった此間《このあいだ》まで好奇心でうずうずとしていた思いが茫《ぼう》っとかすんで来てしまった。――嘉子は勤めを持ってみようと思った。義兄の黒田の世話で、京橋のSと云う製薬会社の事務所に勤めるようになった。一つの運命と云うものが、小さい衝立《ついたて》のように嘉子の前にぽつんと立ったような気がした。その衝立は案外みすぼらしいものだったけれども、何の変化もない家庭にじいっとしているよりはましな気がするのであった。それに、勤めを持ったのが四月で、花ざかりのせいか、嘉子も一応はうき立つ思いで勤めに通った。たかが女学校を出たばかりの女に大したサラリーはめぐまれなかったけれども、それでも此頃では、父も母も、嘉子の収入を有難いものに思ってくれている様子だった。嘉子は世間へ出てみると、案外自分が美しい娘であると云う事に自信を持った。朝起きて、昨日とは違った髪の結いかたをしてみる。そして、なめらかな蒼味がかった頬にはわざと頬紅もささず、唇だけに牡丹色のさえざえした紅をうっすりとつけた。すると、まつげの長い大きい眼もとがくっきりと凄《すご》くうるおってみえる。父親に似て眉が短く濃いのも、顔が小さいので愛くるしく見えた。嘉子の化粧はクリームと紅さえあれば簡単に済んだ。他には、頭痛の種になるような買いたいものが一つ。それは一足の丈夫な革靴であった。嘉子は初めてのサラリーで、白ズックのゴム底の靴を買った。布地の安い靴を一足買ってみるとサラリーの半分は消えてしまって、急に世間の物の値段の怖ろしさが感じられてきた。戦争が済んで、どうして急にこんなに物価がせりあがってゆくのか嘉子には不思議だった。姉の和子が尋ねて来るたびに「ねえ、お母さま、うちの生活って、七不思議だわ。家計を立てる段じゃァないのよ。だから、黒田も私も、もうやけになっちゃって、このごろ、どんどん物を売ってるの。売り食いをするって、何だか残酷味があって、かえっていい気持ちよ――」と云った。母は笑っていたけれども、惜しいから売るなとは云わなかった。嘉子の家でも、時々、色んなものを売っていたのだ。二三日前には、家宝のようにしていた竹田の軸を人の手に渡したばかりである。父は口癖のように惜しがっていたけれども、母は死んだ絵を持っているよりも、それを金に替えて食べた方がいいわねと云って笑っていた。

五月になって栗の花が匂いはじめた。嘉子の住居一帯は戦災からのがれていて、こうした、芽萌えの季節の頃になるとそのあたり一帯が煙ったような緑の島になってみえる。

嘉子は、勤めのかえり、東中野から広い改正道路をぽつぽつ歩きながら、杳《はる》かに見えるこの緑の島を眺めて、紫《むらさき》生《お》ふと聞く野も蘆荻《あしおぎ》のみ高く生ひて、馬に乗りて弓もたる末見えぬまで高く生ひ茂りて――と云う更級《さらしな》日記にある、品川の竹芝寺の諷唱が想い出された。歩く道々の焼跡の荒野がまるで一千年前の更級日記の頃にまで戻って考えられるのであった。

柔い、何とも云えないすずろな風が吹く。人を愛すると云う気持ちは十分にじゅくしていながら嘉子のこころはこの初夏の風のように何気なく虚空へ流れていた。自分の周囲には何もなかった。母や姉たちのように、華やかな美しい過去を持たない嘉子は、長い戦争が済んで、吻っとして日々を無為に過す事だけがかすかな幸福だった。母や姉たちの愉しそうな思い出話のなかには偶然の中から、ささやかな幸運がいくつかあった様子だったけれども、嘉子の時代には、とみくじのような偶然の幸福と云う事は考えられなかった。兄の信一はまだ南方から復員してはいなかったけれども、生きている消息も知り、近々に戻ってくるあてもついているので、嘉子は兄のかえりだけが待たれた。——まだ、勤めを持たない頃、学校を出て間もなく、母が知人から一枚の写真を貰《もら》って来て、如何《いか》にも遠慮ぶかい表情で、嘉子にかたづく気はないかと尋ねた事があった。嘉子は写真の男を見るには見たけれども、結婚と云う事は少しも念頭になく、人ごとのように笑いながら厭《いや》だと云った。結婚のサンプルとしては、姉と黒田の生活を見ているので、嘉子はおじ気がついているのだ。姉の和子は油絵を習っていた。新制作派のY氏を先生にしてかなり激しく勉強していたのだけれども、黒田と恋愛関係にはいってからは、好きな絵もやめて、一家の反対も押し切って、まるで家を飛び出すような勢《いきおい》で、黒田のもとに走ってしまった。和子は黒田と同棲して五年の月日を無為に過していた。相変らず派手な化粧はしていたけれども、派手にしているだけに、姉の落ちぶれようが目に立って、美しい手を自慢にしていた和子が、いつも汚れた手をしているのも嘉子は気にしていた。嘉子はこうした姉を見るたびにがっかりする。黒田は新聞記者だったけれど、昔の若々しさは消えて、何となくいぶっているような元気のない表情に風化されてしまっていた。生活的に不如意だと云う事は、人間を根こそぎ駄目にしてしまうものだと嘉子はさとった。結婚をしない嘉子の環境には、まだ手つかずな、純白な空間が残されているような安心さがあって、その空間のなかには、何とない不安さがないでもなかったけれども、それでも、嘉子は、心のうちではそのとっておきの空間があることを愉しんでいるところがあったのだ。青々と道ばたの雑草は繁り、焼跡の樹木も萌えこぼれている道を、花粉をちりばめたような爽やかな風が吹きすぎてゆく。

「野辺地さん？」

嘉子はふっと振り返った。

「あら、まア！」

同窓生の五十嵐まつ子が後から走って来た。

「まア、どうしたの？　お住いこのへんなの？」

嘉子が寄ってゆくと、まつ子は嘉子と同じゴム底の白いズックの靴をはいていた。嘉子は自分と同じ靴をはいているまつ子が急になつかしくなった。大地主の娘で、おうへいで、嘉子なぞとはあまり親しくなかったまつ子が、そまつなズックの布靴をはいて、めいせんのわんぴいすを着ている。

「どうも似たようなひとだと思って、思いきって、声をかけてみたのよ」

「私、吃驚《びっくり》したわ。あなたが、こんなところを歩いてるなンて……」

「ううん、あのね、私、妹と二人で自炊生活してるのよ。一家四散ってかたちで、母たちは京都へ引っこんでしまうし、私は東京を去りたくなかったものだから、妹が女学校を出るまで、二人で自炊生活なの……まるで、意味ないわ。貧乏してるのよ。だから、私、何処《どこ》かへ勤めるつもりで歩きまわってるの。ほら、相田さんね、あのひと、とうとう結婚したのよ。驚いたでしょう？」

嘉子は学校時代の相田の茶目な顔を思い出した。眼の前のまつ子は色つやのないおもかげに変って、短い間の月日のなかにも、女と云うものは変りかたが激しいものだと嘉子は呆《ぼ》んやりとまつ子の黄ばんだ顔をみつめていた。

「あなたお勤め？ とても綺麗におなりになったわ。でも、あなたは、もともと綺麗な方だったけれども……お住居《すまい》このへん？」

「ええ」

「櫻井さんね、あのひと、ダンサーになったンですって……奈良の女高師が理想だったンでしょう？ それがダンサーだなンてねえ……」

嘉子は、自分の取っておきの空間も、段々怪やしく不安になって来そうだった。まつ子は大きい買物袋から葱《ねぎ》の束をのぞかしている。女学校を出て、大なり小なり環境が変ったところで、大きな袋をさげて、葱を買うと云う女の姿には変りがないものだと嘉子はおかしかった。

「私ンとこお寄りにならない、そこの煙草屋さんの二階よ。前、うちに出入りしていた番頭の家なの。一寸《ちょっと》、寄っていらっしゃいよ……」

「ええでも、今日は駄目よ。いずれ、近いうちにうかがうわ」

「あら、そう、残念ねえ……野辺地さん、何処かお勤め？」

「ええ、」

「羨《うらや》ましいわ。何でもいいから、私も勤めたいのよ。六百円しか送ってもらえないンですもの、どうにもなりゃアしないわ。二人でやってゆくンでしょう、私、妹と喧嘩ばかりしてるのよ。妹は学校をやめてレヴィユーガールになるって云ってるの、もう、むちゃくちゃだわ……」

まつ子は西洋人のように両の肩をつぼめてみせた。

その夜、嘉子は、レマルクの凱旋門を読みながら、自分達同時代の人間の行末を考えてみた。第二の欧洲大戦を背景にして仏蘭西《フランス》の庶民の生活のなかにも、こんな息苦しい営みがあったのだと思うと読みながら憤りの涙が湧き出して来る。戦争の前ぶれにおののく不安な巴里《パリ》の暗い生活が、段々、庶民の心身を台なしに虫ばんでゆく……。自分達にも激しい戦争があった。……自分らの踵《かかと》で踏みつけて歩き出したような戦争だった。何て厭な戦争だったのだろうと思った。――何よりも愛している兄を戦争にとられて五年。信一が出征する当時、嘉子は、信一の恋びとをひそかに紹介されて、何とか頼むと云われたのだけれども、交渉があったのは二年あまり、月日がたつにつれて、何時《いつ》の間にかそのひととも消息は絶えて、風のたよりでは、福島の方に疎開して結婚してしまったと云う事を聞いた。いままでの生活は、何も彼も悲鳴をあげていたのだ。お互に扶《たす》けを求めあいながら……どうにもならない扶けを求めあってひしめいていたのだと、嘉子は激しい戦争の思い出を、まるで嵐に引裂かれる樹木の枝々のような痛みに感じた。

「嘉子、まだ寝ないのかい？」

「ええ」

「早くおやすみなさい」

「お母さま、明日は日曜よ。大丈夫なのよ」

嘉子は本を伏せて、電気を消して茶の間に行った。じいじいと地虫が鳴きたてている。

「お父さまおやすみ？」

「ああもうとっく。お父さまも子供みたいだよ。とても寝つきがよくてね」

「でも、朝早いンでしょう？」

父はこのごろ、朝四時頃には起きて百姓仕事に専念していた。

「今日ね、和子が来たンだけど、あのひとも大変だよ」

「どうして？」

「どうしてって、黒田の収入だけじゃアやってけないってこぼしてるんだよ。生活に追われて暮しているのは、もう厭だなンて泣いたりしてるンだもの……第一、黒田は飲むひとなンだから大変だねえ」

「此間、お姉さん、ラジオを売ったなンて云ってたわよ。あすこも二世帯で、第一、あれじゃア落ちつけなくて毎日腹をたてて暮してるようなものだわ。黒田さんの姉さんたちが四人も子供連れて来てるンですものねえ……」

何を考えてか、縫物の手をとめて、母は、しみじみと嘉子を眺めながら、

「あンただけは幸福になってもらわなくちゃね……」

と云った。

「幸福」そっと、嘉子は武者ぶるいのような胸の熱くなるような思いが身内を走った。何が幸福なのか判らないけれど、嘉子は、ことさらに「幸福」と云うものを求めてなぞいなかったのだと思う。……敗戦のあと、どのひとも、一つの弾痕を持って暮していた。その弾痕の為に、ひどく精神がアブノーマルになっているのだ。いまのところ、こんな世相のなかに、どんな「幸福」がとらえられると云うのだろう。……長い戦争の間、男も女も、軍隊調の濃い制服ばかり見馴れて来たのだ。その制服の渦のなかに、人間的なものは見失

われて、只《ただ》、妙な馴れあいの規則だけが河のように流れていたのだ。大きな蛾《が》が、さっきから障子を叩いていた。嘉子は気になった。

「明日は麦を刈るンだってさ」

「あら、もう刈るンですか？」

「大したものじゃないね」

「肥料が足りないのよ。でも、一斗近くとれるって……」

「さア、七升位のものだろうね。でも、買うとなれば大変な金高だからね」

「お母さま、今日、五十嵐さんって、学校時代の友達に逢ったのよ。とても変ってる。お金持ちの家だったンだけど、すっかり駄目になって、妹さんと二人で、六百円で暮しているンですって……」

「こんな世間じゃア、お金持ちも何もなくなったのさ。闇屋にでもなるより生きかたはないね」

一つの大きな経験が、母にも身に沁みて感じられたのであろう。——嘉子は寝床へはいってからも仲々寝つかれなかった。茶の間の障子を叩いていた蛾が、三畳の嘉子の部屋へうつって来たのか、廊下から暗い燈をしたって、ばさ、と羽根を叩きつけている。

嘉子は、しばらく眼をつぶって、蛾の音を聞いていた。平和だった。怖ろしいまでに静かな平和な夜だった。嘘のようだと思った。一つのとっておきの空間がこれなのではないかと思われた。時々、すさまじい父の寝息がしている。この小さい五部屋ばかりの家へ、軈《やが》て兄が戻って来る。恋びとが結婚した事を聞いても、兄は驚きはしないに違いない。むしろ虚無的になって、坦々としているだろう兄のおもかげを空想してみた。そしてまた、月日がたってゆけば、兄も平凡な結婚をするに違いない。それが人生なのだ。そこまで考えてゆくと嘉子は、ぎりぎりのところへ追いこまれてゆく自分を考えないわけにはゆかない。軈ては此家を出る日があるのだ。一人の異性と暮す結婚と云う型式が、そのうち嘉子の運命のなかへ訪れて来るのだ。……嘉子は仲々寝つかれなかった。蛾の音はしきりに忙わしく障子に体を打ちつけている。その音が、気になって仕方がない。嘉子は燈火を消した。急に、暗い空間で地虫の鳴きたてる音がする。草木の若芽がいっせいに歓喜の踊りを始めたようなざわめきが耳につく。さわさわと夜風が鳴る。その風の向うに音をたてて運命の車が走りまわっている。いろんな錯覚が、闇の中にこねくりまわっている。現実にあるのは、嘉子の若い肉体だけだ。心臓が不安なほどどきどきと音をたてている。

恋とは何だろう？　得体の知れない、人恋う思いが次々と頭に浮んで来る。霧の向うに小さい燈火が光っている。その明りは馬鹿に遠いのだ。人生の輪の中に飛び込んで、急に、嘉子は四囲《しい》の異性に憎しみや、恥らいや、馴々しさを感じはじめた。その癖、現実の生活のなかには、嘉子にとっては一人の恋びとがあるわけもないのである。嘉子を知る人達は、みなどのひとも、嘉子を聡明なお嬢さんだと云った。嘉子は聡明だと云われるたび困ってしまうのだ。

嘉子はこのごろ、時々、夢の中で知らない男を見た。会った事も見た事もない風変りな男と茫っとした逢いかたをしていた。その男は顔はいつも変っていた。或る時はひどく老人だったり、或る時は西洋人だったり、或る時は学生だったり、そして、何かしら激しい思いを通じあうような切ない別れかたでふっと眼が覚めるのである。見残したような切ない夢である。薄紅色の蓮華草《れんげそう》の咲いた田圃道《たんぼみち》を、手をとりあって見知らぬ男に愛情をささやかれていることもあった。嘉子は必死になって、その男の手にすがりついているのだけれど、顔が少しも見えなかった。

嘉子はふいにまた燈火をつけた。

二三日して、嘉子は大久保の和子の家へ行ってみた。社のかえりだったので、花屋でアカシアの花を一枝買って持って行った。

珍しく和子は絵を描いていた。

「いらっしゃい……どうした風の吹きまわしなの？」

「ううん、只、来てみたかったのよ……」

「あら、綺麗な花、お土産《みやげ》？」

「そう……」

「ロマンチックねえ、嘉子ちゃんは相変らず、ボートガールだなア」

「何さ、ボートガールって……」

「茫っとしてるから、ぼうっとガールなのよ」

「いやなお姉さんねえ、どうせ、私、茫っとしててよ」

「これ、いくら？　二十円位？」

「いくらでもいいじゃないのよ。お姉さんたらすぐお金のことね」

「そりゃア、そうよ、私のいまの生活で、一番大切なものはお金なンだもの……」

「でも、絵を描いてるお姉さんで安心したわよ」

「これはごまかしなのよ。此頃やりきれなくなってるからなの……」

「お姉さんだけじゃないことよ。世間いっぱん、みんなそうよ。人間が生きてるンじゃないのよ。毎日ロボットが生きてるのよ。このごろ、家が組長だものだから、お母さんふう云ってるわ。つまンない！」

「あら、嘉子君だってつまらないの？　いまの娘って、呑気《のんき》で幸福だと思ってたのに」

嘉子はテレビン油の瓶をとって匂いをかいだ。八畳一間をアトリエ風にはしているけれど、それももう、部屋の主じの熱情のない飾りつけで、掃除はゆきとどかず、洗濯物も、絵の雑誌も、ぬぎすてた着物も放りっぱなし、畳は絵具で汚れ床《とこ》の間《ま》の花瓶の花は素性の判らないミイラに風化して何の花なのか見当もつかない。

「相変らずだわ。お姉さまって絵描きじゃないみたいよ」

「どうせ、そうよ。でもねえ、芸術ってものは貧乏じゃアどうにもならない。それは真理よ。こんな時代はなおさら、ピカソだってきっと戦争を度々《たびたび》見て来ているから、あんな絵を描くようになったのね……」

「私、ピカソってきらいよ」

「じゃア、誰がいい?」

「ボナアル、あの人の絵がいいわ。ふっくらしていて、あったかいじゃないの、第一人間にほれぼれとおぼれてるじゃないの……」

「生意気云ってるわ。ピカソ好きになンなさいよ、昔の絵はいいよ」

「ああ厭だ。ぞっとするわ。お化けの絵ね。私、平和なものが好きだわ……憂愁味のある、清潔な平和、ひねくれたり、きどったり、意味ありげな芸術ってノオマルじゃないわ」

「ふうん、これからはそんな平和なんてありゃアしないことよ。嘉子ちゃんも黒田と同じような事を云うのね。此世の中にそんな平和な芸術ってそだちっこないのよ。みんな、どんな人間も一応は鬼になったンだから……」

嘉子は白い陶の壺に、アカシアの房々とした花を差した。ほこりっぽい部屋に、花の生彩があでやかであった。

「嘉子ちゃんはこのごろ綺麗になったけれど、恋びとどうなの？」

「そんなのないわ……」

「哀しいね」

「別に哀しくもないわ……」

「本音？」

「いやなお姉さん、ピカソを描いたらいいでしょう？」

「ふふ、本当は、私だってピカソ判らないのよ。――ああ香ばしいコオヒイが飲みたい。嘉子ちゃん御馳走しなさいよ」

「此辺にある？」

「駅のところに、一寸うまい店があるのよ。菓子つき十五円だけど、如何《いかが》？」

「ええいいわ」

「凄いねえ、本当なの……」

母に似て表情のよく動く、派手やかな和子の笑い顔のなかに、何とない疲れたような乾きがあった。何もない汚い部屋だったけれども油絵具の匂いが芳烈な匂いを放っていた。本箱からボナアルの画集をとり出して、嘉子は涼しい窓に持って行った。粗末な色刷りだったけれども、何とも云えないふくよかな香がした。ぼってりとした女の肉体がぶらっと五月の空気の中にふくらんでいる。ももいろの皮膚の女は、夜々の夢のなかに、嘉子と同じように、見知らぬ男の夢をみるに違いない。息をしているような仄々《ほのぼの》とした気配をただよわせている。

嘉子は幸福な空間をほんの束の間だけれど、ボナアルの絵の画中の裸女から感じとった。

（「新女苑」昭和二二年四月）

雨が降っていた。俥へ乗ってからも、雨はますます勢《いきおい》をまして、俥の幌《ほろ》を叩きつけている。汚れた雲母の窓から、雨に煙った町並が見えた。俥が激しくゆすぶれるたびに、雨の滴《しずく》が顔や肩へ霧のように降りかかって来る。膝に立てかけてあるトランクが革臭く幌の中でしめっていた。

船は十時に出帆するのだ。

光子は俥《くるま》の中から雲母の窓に頬をつけて、走り去ってゆく暗い町を見ていた。市場の前では、雨に叩かれて、弾けそうに新鮮な野菜が並んでいた。人参だの、ずいき、トマト、赤大根に葱《ねぎ》、牛蒡《ごぼう》、そんな野菜の色彩をみていると、光子は故郷のなごやかな景色をなつかしくおもい出すのである。何やら、訛《なまり》のある言葉で市場の人たちは叫びあっていた。

光子は昨夜、長崎に着いて、野菜市場の近くの旅人宿に泊った。——自分の生涯のなかに、こんな不安なさすらいの日のあることを、光子はいままで一度だって考えたことはなかったのだ。何かのはずみで女の一生には、度々《たびたび》死にたいと思うことはあっても、一人で海を渡って、人を追ってゆこうと云《い》った激しい気持ちの実行は、中々出来がたいものであるのに……。

むかしみたモロッコと云う映画の中に、こんな風な一場面があった。外人部隊の兵隊が、沙漠の入口まで女に送って来ないかとたずねると、女は呆《ぼ》んやりした表情で、

「ええ気が向いたらね《メイビー……》」と云って笑っていた。

いま、光子は俥の中で、こんな古ぼけた映画の一場面をおもい出しているのである。

東京を去った二三日前のことが、いまでは、もう随分むかしのことのように思えて来た。雨の降っている長崎の町は、どんな町裏でもひっそりしていて妙に活気がなかった。雨のせいかともおもいながら、たぷたぷと幌の前ひだが風にはためくのを、光子は呆んやり眺めている。

やがて俥は船着場の税関の前にとまった。

自分と同じような沢山の渡航者が、列をなして税関の前に並んでいた。その沢山の人のなかには、光子のような若い女たちも幾人か混っていた。一目みて、ダンサーのような女だの、酌婦だののような女もいる。

雨はこやみなくよく降っていた。

波の音だの、汽船のぽお——だのがきこえる。

光子は自分の順番が来ると、二つのトランクの蓋《ふた》を開けた。トランクには色のさめたジャケツや、古い写真帳や、化粧道具がごちゃごちゃはいっている。光子のこうした貧しい鞄を、若い税官吏は興味もなさそうに眺めて、トランクの蓋に白いチョークで印をつけてくれた。

光子たちのような若い女の渡航には、もう馴れきっていると云ったような表情であり、一目みれば、その女が怪しいものか、怪しいものでないかは、この若い税官吏には直観でみぬけそうな、そんな鋭い自信が見えている。

税関の調べがすむと、光子は改札口から、沢山の渡航者とともに波止場の方へ行った。税関の建物を抜けると、急に大きい船の姿が眼の前にむっくり浮き出ていた。ガラガラと金属の重たい音をたてて起重機が沢山の荷物を次々に船の上へ吊りあげていた。光子は俥屋にたのんで重い方のトランクを船のなかへ運んでもらった。三等はもう満員のありさまで、船底の広い部屋のなかいっぱいに毛布が敷きつめてある。自分の寝場所だけを城壁のように、トランクや行李でかこっているお内儀さんもいた。光子は窓際のところに少しばかり空いている畳をみつけて、ボーイに毛布を借りてそこへ敷いた。

いよいよ自分は海のそとへ出てゆくのだ。荷物を片よせてレインコートをぬいでいると、デッキで身分証明書の調べがあると云うので、光子はみんなと一緒に三等の図書室へあがって行った。

上海に叔母さんがいるとか、事変前まで支那に住んでいたのだとか、若い女たちには色々な理由がある。光子も親類がいて、タイピストで働くために行くのだと係には報告した。

船は碇《いかり》を巻いた。雨の中を船はゆるく動きはじめている。雨の降りこめているデッキでは、どうしたことなのか、二人三人と、若い女たちが離れてゆく長崎の港を呆んやり眺めている。別に、この女たちを送ってきていると云う風な見送人もみかけなかったはずだのに、雨の中に消えてゆく港の景色を、女たちはデッキの上からじっと眺めているのだ。光子も、物蔭に雨を除けながら、遠く消えてゆく港を眺めていた。もうよほど陸地が遠くなっているはずだのに、何処《どこ》かで鶏の啼く声がしているような錯覚を感じる。急に、海の上を走って帰りたいような、そんな狂わしいものを光子は感じていた。眼にも鼻にも雨が霧のように降りかかって来る。

どうして、上海になんか行く気持ちになったのだろう……。青黒いような海の色を眺めて、光子は、東京での暗くて淋しかった生活を順々におもい出していた。かならずしも、水上がこいしいばかりで上海へ行くのだとは云えないような気持ちでもある。——若い時の貧しさや、生活の忙しさは、光子にとって耐えがたいものではなかったけれど、自分の職業に何の希望も持ってなかった上に、光子は、一人ぼっちな単調な生活がだんだん苦しくなっていたのであろう。

水の面をかすめて、大きい鳥が雨の中を飛んでいる。

やがて、船艙の三等室へ降りてゆくと、黒いレザーを張った食卓には、茶碗や汁椀が沢山並んでいた。あたりには、干大根を煮〆めているような匂いがしている。暗い廊下には渡航者の荷物がうずたかく積みかさねてあった。

光子が座席へ落ちつくと、光子の隣りには派手なパーマネントをかけて、爪を紅くした女が、荷物に凭《もた》れて煙草を喫《す》っていた。指には大きい青い石のはいった指輪が目立っているし、腕にも銀の輪が光っていた。

「一寸《ちょっと》、あんた、上海へ行くの？」

女がふっと光子に尋ねた。光子が上海へ行くのだと云うと、その女は急に親しそうな眼をむけて、

「そうね、上海ももう人でいっぱいね。まるで人ごみに埋まりそうだわ。アパートも満員だし……あんたは支那は始めて？」

「ええ始めてなンですけど……」

光子は乾いたような女の顔を眺めていた。

眼の下がうすぐろくなっているけれど、大きな眼は、円窓から来る光線で、獣の眼のようにキラキラ光っていた。濁っている皮膚の色は、けわしかったこの女の生涯をさまざまに物語っているようでもある。

「私は漢口へ行くンだけど、あんたもいかが？　漢口っていい処よ、上海よりずっと明るくって、人間がもっと自由で、とても暮しいい処だわ」

「まア、漢口へいらっしゃるンですか、随分遠い処なのでしょう？」

「ええ、そりゃア遠い処よ、だけど、とてもいい処だわ。――上海には三日位いて、すぐ汽車で南京まで行くの、それから、ずっと揚子江を船で行くンだわ」

「怖くないかしら……」

「あらア、怖くなんかないわよ。莫迦《ばか》ね、何がいったい怖いのよ。――私、今度は妹と二人で行くンだけど、妹も何だかびくびくしているのよ。どうして、内地の女って支那って処を怖がるのかしら。一度、支那の土地へ来たものは誰も帰りたがらないのにね……」

「妹さんは御一緒なのですか？」

「え、まだ甲板にいるでしょ、あの年頃はいやにセンチだから……甲板で、淋しいって港の方でも見ているンだわ」

そう云って、にやにや笑いながら、銀のシガーレットケースを光子の方へさしだした。

「一寸、どう、喫わない？」

光子は気軽に煙草を一本もらった。

疲れているので、両の足を投げ出して壁に凭れて眼をつぶっていた。船の動揺で、軀がぶるぶる震えていたし、エンジンの音が、まるで、船の呼吸のように、光子には神経的に響いてくる。

「あんたは、上海へ何しにゆくのさ？」

「働きにゆくんですけど……」

「そう、だって、働くっても色々あるじゃないの？　事務員でもするの……」

親しい気持ちで光子はその女と話が出来た。そして煙草にも火をつけて喫ってみた。こうして、船へ乗ることも始めてだったし、煙草を喫うことも生れて始めてである。

「私は二三日、ここにいるンだけど、御縁があったらいらっしゃらない？」

そう云って、女は光子へ名刺の裏にアドレスを書いてくれた。

――北四川路、吟桂路、二〇七号、柳方、堀内眞子。

夜になって、雨も霽《は》れ、海上には月さえのぼっていた。

眞子の妹の利子は、四国の今治《いまばり》の女学校を今年出たばかりだそうで、姉の眞子のように美人ではなかったけれど、いかにも初々しい可愛い娘だった。

光子は眞子姉妹とすっかり仲良しになって、デッキをそぞろ歩きしながら、支那でのお互いの生活を話しあった。

「あなたの知った方って、恋人なんでしょう？　でも、そのひとは、いまごろ、可愛い女の子でも抱いて、ダンスでもしているかも知れなくてよ。──内地での気持ちと、上海での気持ちは、男でも、女でも、何だかすっかり違ってしまうものだわ。あンただって、遅いか早いか、そんな経験をするだろうって思うけど、音信なんかくれない、そんな男のひとのことなんか忘れて、私たちと一緒に漢口までいらっしゃいよ……」

海上をかすめてくる風は、はや何となく肌寒い大陸的な匂いが感じられてくる。月がよく光っていた。

利子は二等へ上ってゆく梯子段《はしごだん》の下へ腰をおろして、さっきから小声で唄っている。

「私は二十八年も生きていたンですもの、何も彼もひととおりは知っているつもりだわ。──いろんな苦しいこともあったけれど、誰も私なんかのめんどうをみてくれる人はなかったし、よしあったにした処で、その人たちには何かしらお釣りをさしあげなければならなかったのよ、──誰一人、この世の中には信用の出来るひとはいないと思うわ。みんな誰だって自分勝手なのよ、だから、私も自分勝手にするンだわ……ひとりで気ままにね」

眞子は感情が昂ぶって来たのか、腕組みをして時々立ちどまっては昏《くら》い海の上をみつめていた。

その翌日の昼すぎに、船は上海の匯山碼頭《カイサンマトウ》へ着いた。

光子は出迎えてくれるべき水上の姿を、碼頭にむらがっている群集の中に求めたけれど、水上の姿は、船が碼頭へ横づけになってからもみつからなかった。

すっかり下船の用意をととのえた眞子が、不安気に立ってる光子の肩を叩いて、

「どうしたのよ、迎えに来てないンじゃないの？　こんな手違いってよくあるものなンだわ。――もし、何だったら送ってあげてもいいけど……」

眞子は自動車をやとって、光子を乍浦路《チャッポロ》の水上のアパートまで案内していってくれた。

上海土産《みやげ》だの古道具なんかを売っている家の裏口に、アパートの入口があって、暗いアパートの中はまるで、芝居の楽屋の中を歩いているようだった。

水上は会社に出ているとかで、水上の部屋には、若い女がひとりで留守番をしていた。

水上とどんな関係にあるのか、一目で、光子にはすぐわかってしまったし、水上の長い間の音信不通が、ここまでたずねて来て、はっきり知らされたおもいでもあった。

「夜は、いつも遅いンですけれど……」

若い小柄な女は、敵意をこめた表情で光子を睨《にら》んでいた。

光子は階下の出口へ降りてゆくと、眞子は何も彼も察してしまったらしく、支那人の運転手に何か命じている。——光子は、走りゆく街のすがたを呆んやり眺めていたが、いつか、眼尻に涙が溢れていた。胸の芯は焼けつくように苦しく切なかった。あんなに深い誓いを交わしておきながら、男の半面には、こんな無慚《むざん》なことも平気で出来る気持ちもあるのかしら……上海へ来ると、男も女もいつか気持ちが植民地的に変化してくると云った眞子の言葉が、光子には何となくわかってくるようだった。

植民地に来ている人たちは何かしら淋しくて、その淋しさを慰められたい為に常に慰めを求め悩んでいるかたむきがある、と眞子が云っていたけれど……。

「女のひとがいたのよ……」

「そう、若いひと?」

「ええ」

「仕方がないわね……」

「私、ところで、何処へ泊ったらいいのかしら?」

「あら、宿屋へ泊ればいいじゃないの、私がいま案内してあげるわ、——始めて上海へ来た時に、私もその宿屋へ泊ったのよ。割合に親切よ。二三日泊って、散歩でもして、大きな気持ちになるのよ。上海って処は不思議な処で、二三日位すると、すぐ苦しさなんか忘れてしまうわよ」

眞子は何も彼ものみこんでいる様子で、閔口路《ビンコウロ》の小さいホテルへ光子を連れて行ってくれた。そのホテルも、旅客で満員だったけれど、小さい畳敷きの部屋を光子の為にホテルではやっと都合をしてくれた。

眞子が去ってゆくと、光子は支那人のボーイに部屋を案内されたけれど、天窓からほのぐらいあかりの射している二階や、熱帯樹の植木鉢なんかの置いてある狭い廊下を幾まがりかして、三階の屋根裏部屋のような処へ案内をされた。

此《こ》のホテルには大陸視察団や、少数の軍人なんかが泊っていた。

部屋の入口には鷓鴣《しゃこ》の飼ってある円い鳥籠《とりかご》がおいてある。光子はドアをあけて中へ這入《はい》っても、しめった畳へ膝をつく気持ちになれなかった。明日、長崎へ向けてかえる船に乗って内地へ戻りたい気持ちもしきりであったけれど、水上に対する反逆や憎しみのおもいもあって、もうどんな風になってもかまわないと云うおちぶれた気持ちも湧いてくるのであった。

光子が水上を知ったのはまだ二年位にしかならない。光子が始めて、丸の内の或る綿布貿易商会に勤めはじめた頃、水上もそこで働いていたのである。英語と支那語がうまくて、会社でも水上の存在は群を抜いて目立っていた。風采も立派だったし、油ッ気のない髪を無造作にかきあげて、水上はいつも新しいネクタイをしているような綺麗好きな男であった。

水上と光子が親しく口をききはじめたのは、会社の祝賀記念会のあった夜だった。道が一緒だったので、水上が光子のアパートまでおくってきてくれた時から始まる。水上は光子の眼が好きだとよく云っていた。右の眼が左のより少しばかり小さくて、笑うと眉をしかめる癖があった。

二人は長いあいだ友人以上の分を越えたつきあいはしなかった。何と云うのか、お互いは気安い異性の友人であり、同じ会社に勤めているので、お互いの性格や、およその収入も判っていて、二人は固ぐるしいポーズをつくる必要もなかったのだ。

光子のアパートで、水上はたまに食事をよばれることもあったり、酔っぱらっている時なんかは、無遠慮に仮睡をして帰る時もあった。

二人が思慕のおもいをほんとうに告白しあったのは、四月であった。水上が上海の本社勤めになった時、光子も水上も、いままでのように、坦々とした友人だけの気持ちでいられなくなってしまっていた。

上海まで水上を追って来て、いまごろになって腹をたてるのには、何かしら大きな距離がつきすぎているように光子には思えた。

自分はほんとうに水上を好きで追っかけて来たのだろうかとも、光子は自問自答してみるのであったけれど、水上と別れた当時の、あの清純な悲哀は、現在の自分の心のなかにはたずねうべくもない。光子は、このあきらめのよさは、ながいあいだ職業婦人をしていたせいかもしれない、ともおもってみた。――自分の意志表示については何等の熱力もなく、独立した自分だけの責任なんかは持ちたくない気持ち、衆をたのんでものを云い馴らされているずるさ、そして、なおかつ、自分の生活と云えば、ひどく物憂くて退屈至極なのである。自分の同輩のなかにも、こうした生活のなかで、段々結婚を遅らせているものも幾人かあるのを光子は知っているのだった。

こうした職業婦人は、年をとるほど不思議に美しくなっていった。その美しさは、都会的な気取りや、教養から来るプライドのまじった妙なものであったけれど、兎《と》に角《かく》、不思議に美しく磨かれては来るのだ。

一つの流行が迎えられてくると、その女たちはひととおりはその流行の型を身にこなしてしまうし、髪のかたち、服の色、眼の表情に至るまで、まるで風の日の小波のように、どの職業婦人も一律に似通うてきはじめる。そうした流行のこのみが板につけばつくほど、あの女はながいあいだ会社勤めをしていて、まだ何処かのアパートで独住《ひとりずま》いをしているのだと云うことがわかった。ふっと肩さきに雲埃《ふけ》のちりかかるような侘《わび》しさを相手にみすかされる場合も時にはある。

男にとっては、このような職業婦人の美しさは少しも魅力ではなかったし、豪奢な火鉢に火も鉄瓶もないような寒々としたものを感じさせもするであろう。

会社へはいった当時の、自分へそそがれた男の社員のあたたかい眼を、光子は忘れることが出来ない。どんな不器用さにもおもいやりやいたわりが感じられたけれど、現在の自分の位置は、その頃からくらべてみて、何と云う激しい変化なのだろうとも驚くのであった。——同輩や、男の社員の意地の悪い眼が空中で、小魚のように飛びまわっていた。

「美しいわたしたちが、あの男のたちの眼のさきでちらちらしていることは、とても気もめて憤《おこ》りっぽくなってしまうのよ……」

そう云って、男の社員たちをわらい、自らを慰めている気取った女もいた。

光子は、水上のアパートにいた女の顔をおもい出している。あの女のどこがいったい美しいのだろう。小柄で、皮膚がうすぐろくて、人を見すえてのびあがってもの云う下品さ、どこにいったい魅力があるのだろうと、光子はじっと考えてみる。

誓いあった、あの愉しい夜の二人の言葉も、水上はいつの間に吹きとばして忘れ去ったのか、不思議で仕方がなかった。

翌朝、光子はやっぱり水上に逢いたかった。一度だけでも逢って話しておきたかった。二人の関係と云うものが、案外はかないものであったと云うことがわかって来ると、何故《なぜ》ともなく激しく未練が湧いて来る気持ちもいなめない。

光子は、おもいきって会社へ電話をかけてみた。

水上はすぐホテルへ逢いに来てくれた。東京での水上とは、様子がだいぶ違っていて、逞《たくま》しく太々しい表情が光子をとまどいさせている。

「丁度、留守をしていたんで……アパートへ来たンだってね」

「ええ」

「よく来られたねえ」

「明日の船で帰ろうかと思ってるの」

「どうして？」

「どうしてでも……」

「見物して行ったらいいじゃないの、——折角来たンだもの……」

「見物なんかどうでもいいわ！」

じろりと水上が光子を睨んだ。その表情には女の心をえぐるような冷いものがひそんでいた。秋らしく晴れて爽かな日である。

やがて二人はホテルを出て街を歩いた。

四川路のところでは沢山の水兵に会った。陸戦隊の建物が青い空に軍艦のようにみえた。

「結婚をなすったのね？」

光子が不意にこんなことをたずねた。水上は靴を引きずるように歩いていたが、急に立ちどまって煙草に火をつけている。

光子は合いの外套の襟《えり》をたてて、

「男のひとって怖いわ……」

と始めて本当のことを云った。

煙草を一息ふうっと喫いこんだ水上は、

「まア、すべてはメイファーズさ……君がまさか、来てくれるとは考えないじゃないか。――あの時、一緒に行かないかと云ったら、君は何って云ったかねえ、上海なんて真ッ平《まぴら》だと云ったはずだけど……僕だってそうそうプラトニックなんか云っていられる年齢じゃないからねえ」

水上は肩をすくめてふふと笑った。

「だから、思いどおり、結婚なすったからいいじゃありませんか、……」

「そうだ。まア、分相応のね、――君のようなひとは、僕の女房には何とも偉すぎるからね」

偉すぎると云われて光子はぞっとしてしまった。女らしさのない、ぎすぎすした処しか水上もみていてくれなかったのかと、光子は口惜しい気持ちである。

「偉くなんかないことよ……」

「いや、偉いよ。――僕のとこの、君に逢ったのなんか、九州から来たばかりの喫茶店の女だけれど、まるで犬ころみたいなんだぜ。いままでよく独りで生活出来ていたとおもう位、すべてにおいて駄目なんだ。一寸みていないと何をするかしれない。自分の身の始末さえ出来ないンだから……」

「いくつになる方?」

「まだ、はたちかな……」

まだはたちと云われて、「まだ」と云う言葉が、光子の自尊心をきずつけた。光子は二十六歳だったから……。

南京路へ出て、チョコレート・ショップと云う独逸《ドイツ》人経営の喫茶店へ光子は案内されていった。外国人の客が大半だった。荒《すさ》んだ姿の外国婦人もいる。光子はさまざまの国のおちぶれた女たちの様子をみていると、自分も遠からずあんな風に身をもち崩すのではないかと思えるのであった。

すると急に激しい哀しみがおそってきて、いまにも涙が溢れそうであったけれど、光子はじっとそれに耐えていた。

白い壁、レモン色の卓布《たくふ》、銀のスプーン、朱い花のついた西洋婦人の帽子、沢山の鏡、英語をしゃべるボーイのざわめき、光子にとってはすべてが夢のようだった。水上は、時々知った顔に出逢うと、卓子《たくし》越しに微笑をおくっていた。

ごく自然に、何一つ口争いをするでもなく、光子は水上と別れたかたちになってしまっていた。泣いたり哀訴したりするには、光子は、あまりに自分の気持ちが冷くなりすぎている。考えてみれば、二人のあいだのつながりは、淋しいもの同士のふとしたあやまちとでも云いたいようなものであったかも知れない。

こうして、一日じゅう、二人きりで歩いてみれば、光子には水上の真意もわかり、いまではごくつまらない友達位の程度しか光子には感じられなかった。

お互いに云いようもなく、味気ない気持ちを感じあっている。何か云えば、それがみなつくりものの感傷にもおもえてくるのは、植民地へ来たせいなのだろうかと、光子は落莫としたおもいであった。

その翌朝、光子はパジャマのままで鏡をのぞいていた。化粧をしない顔には、もう疲れが見えている。自分のみずみずしい「量感」と云うものが、まるで水が滴りおちるように消えかけていっているのだ。自分の若い生涯は、晴れた日に、城の天主で喇叭《らっぱ》を吹いているような自信に満ちたものであったとおもいながら、いまはもうすでに喇叭の音もすでに消えかけている。

昼近くなって眞子がぶらりとたずねて来てくれた。

「どう、少しは見物して？」

「ええ、何だか賑やかな支那人街を歩いたわ」

「一人で……」

「ううん……」

「そう、逢ったの？　どうでした？」

「ええ、何でもなかったわ、莫迦々々しい位だったの、上海へなんか来なければよかったと思ってるのよ」

「そうね。でも、莫迦々々しいってことも、一生に一度や二度位あってもいいじゃないの、メイファーズよ」

「あら、そのひとも、そんな風なことを云ったわよ」

「私、明日の汽車で南京へ発つンだけど、どう、いっそ一緒に行ってみない？」

「漢口までですか？」

「ええよかったら……」

「だって随分遠いンじゃないかしら、漢口までどの位かかるのかしら」

「ここから十日位はかかるでしょう……これから冬にかけて揚子江の旅はいいわよ」

眞子が買物に行くと云うので、光子は一緒に戸外へ出た。眞子がものなれた様子で東洋俥《ヤンチョウ》を二台やとってくれた。ゆるゆると俥にゆられていると、昨日まであまり興味のなかった四囲《しい》の景色も光子にはもの珍しい感じである。

バンドの処で俥を降りて、二人は二階バスに乗って静安寺路の方へ行った。賑やかな街通りは、戦争のあった都とも思えないほど人がひしめきあっていた。

光子は呆んやり街の流れを見ていたけれど、何故ともなく、だんだんなごやかな気持ちをとり戻していた。すべては仕方のないと云ったあきらめが強く心へ沁みて来ていたし、いっそ眞子と一緒に漢口まででも行ってみたいと云う気持ちも湧いてきていた。

「私は、そんな遠くへ行くほどのお金がないのよ……」

光子がふっとそんなことを云った。眞子は驚いたように光子をふりかえったが、お金のないと云う意味がわかったのか、

「莫迦ねえ、お金なんかどうでもいいじゃないの。あんたが来てくれるンだったら、私の店で働いてほしいのよ。花を飾って、綺麗な店をつくるンだわ、私は上海から紅茶だけでも千円近く買ってゆくのよ。妹とあンたが店で働いてくれたら、店は繁昌して困ってしまうわね、そしたら兵隊さんに繃帯《ほうたい》の一つも献納出来るじゃないの……」

眞子は笑いながら、煙草を出して唇に咥《くわ》えた。

二三日して、光子は眞子姉妹と三人で、漢口行きの小さい輸送船のなかに乗っていた。雨あがりのせいか、揚子江の流れは渦をなして悠々と流れている。船の中には、馬や兵隊や新聞記者や、大陸視察団や、演芸慰問団、畳屋、料理屋の家族、色々な人たちが乗っていた。一ぱん乗客は船底の荷物置場に茣蓙《ござ》や毛布を敷いて横になった。

腹をこわして青い顔をしている女学生のような娘もいた。光子は、どんな場合でも悠々としている眞子の太々しさに驚いていた。眞子は、

「大陸へ来たら、ちょこまかとあわてては駄目なのよ、ゆっくりしていればいいのよ、急がば廻れってこともあるでしょう。怪我をするのはあわてたりするからなのよ。早くお金

をもうけようとして無理をしたりするから、兵隊さんに怒られてしまうの。私はおもうンだけどねえ、日本の大きな商人が沢山こっちへ来てくれて、世界の人を相手の商売をしてくれるといいと思うのよ。日本人が、日本人を食って生きるのだから何もなりゃしないわねえ、私は、そのうち、支那人相手の雑貨屋でも始めたいと思うンだけど、どうかしら……」

眞子はぽつりぽつりとそんなことを云った。

この航路は、眞子は何度か往復しているとみえて、船員たちは、眞子とはみんな顔見知りらしく、夜になると、船員たちが、サイダーを持って来てくれたり、ビスケットを持って来てくれたりした。

夜になれば江上は肌寒かったけれど、船底はむしむしして暑かった。荷物や石炭の置場だったせいか、肥料臭い匂いがして、光子は始めの一日は落ちつかなかった。

船が安慶と云う処に着いた夕方、食事がすむとすぐ眞子は甲板へ上って行った。安慶の町には、ちらほら燈火がついていた。後からあがって行った光子も利子も、いかにも支那らしい末枯れたような安慶の町に、何かしらロマンチックなものを感じないではいられなかった。

「私は昔、この町で結婚をしたのよ。最初の結婚だったンだけど、いまそのひとは南洋通いの船へ乗っているけど、ここを通るたびなつかしくて仕方がないの……」

「どの位前なの？」

「十年かしら。船へ乗るひとで、そのひとも此町が好きでね、漢口通いの船長だったものだから、始めての世帯をここで持ったのよ。始めての結婚って忘れられないのね、——別れて五年位になるンだけど、ここを通るたびなつかしいのよ」

町の左側に高い塔が見えた。眞子は呆んやり町の燈火を見ている。

月がキラキラ江上に光っていて、明るい黄昏《たそがれ》である。

「あんたもとうとうここまで来たわね。若い時って面白いもンだとおもわない？」

「ええ、だって、面白いも何も、まだ夢中なンだけど、揚子江ってまるで海みたいじゃありませんか。いったい、この流れはどこまで続いているンだろう……」

「インドまで続いているんだって……」

「まア、インドまでですか？——ここから、私、電報でも打ってみようかしら……」

「誰に？」

「上海へ……」

「どうして？」

「だって、心配させてみるだけでも愉しいと思うわ。自分のためにやけな気持ちになって漢口までゆくなンて……」

「莫迦ねえ……そんなことをしたって電信料をそんするばかりよ。心配するのも一日か二日だけだわ。ただほんの一寸、男の心をシゲキしてやるだけの事だったら、めんどうなことはやめた方がいいわよ。このまま何処へ行ったンだかわからない方が一番利巧だとおもうわ、――まだ、あんた、そのひとのことを考えていたのかしら?」

「だって、貴女《あなた》だってこの町をなつかしがっているじゃないの?」

「あら、私のは違うわよ……」

眞子はそう云ってくすくす笑った。

利子が事務長から借りて来たと云う望遠鏡で光子は港の方をのぞいてみた。六階建ての古い塔の姿が近々と墨絵のように見える。みぎわの商家の白壁には、扶善改悪と云う大きな文字も見えた。柔らかいそりをみせて屋根々々が丘の方へ重なりあっている。眞子は珍しく小声で歌をうたいはじめていた。光子は、ここまで来てはじめて、可哀相な自分を感じ、黄昏の甲板をいつまでも行ったり来たりして、渦のようなものを頭に描いていた。


(「婦人公論」昭和一四年一一月)

退屈な霜

戸外には、寒気と飢餓と、而《しか》も男はぐでんぐでん。
——ランボオ——

ああ、一言のべますれば、私はこの世の中でも最も不幸な女であります。私は恋愛結婚をしました。おはずかしくも、私の良人《おっと》は教員で、戦争中はモウコまで行っており、私は八年の長い月日を薬師様を信じて生きておりました。めでたく帰って参りました良人は、悪魔にとりつかれ、二人の女をつくり、日夜その二人の女の為にぐでんぐでんのていたらくで、私は、真夜中にその女達の家の前に立ち、まっぱだかで薬師様を祈りました。一人は三人も子供のある未亡人、一人はうら若き看護婦で、煮えかえるばかりの熱湯をざんぶと軀《からだ》にあびたのは私でございます。良人を想わぬ妻がこの世の中にございましょうか。私は何を信じて今日まで生きて参ったのでございましょう。モウコと広島は遠く離れていても、夫婦の愛情がとも白髪《しらが》まで変らぬと云《い》う事が、あまてらす夫婦の縁でございます。私は三十八歳でございますが、肉体的な能力は、二人の女に及ぶすべなしと云えども、私は肉欲を信じません。食欲と同等の肉欲を信じる気にはなりません。――モウコより月々送金して参り、私は空襲の頃、三つも防空壕を掘らせました。奥深く掘りさげた一つの壕の中より、薬師様のお姿が現われ、私は尻をついて驚きました。それより一念、私は何も考えるいとまもなく、只々《ただただ》、そのお姿を信じて良人を待ちました。八年の月日を待つ妻の信仰は良人あることによってつづけられ、良人の命は妻の命と一念かけたる固い固い誓いでございます。十九の娘と、十六と十三になる息子をそだてまいりましたが、子供はもはや他人でございます。子供の手前、良人はどんなに遅くとも泊って戻る事はありませんので、三人の子供は、母の狂乱を何処《どこ》吹く風と笑い、果ては声をたててまで笑いながら、私ののた打っているまわりを、手をつないで、踊りまくるのでございます。子供は、もう母の乳房を離れます頃より強大な敵になりつつあります。薬師様は厠《かわや》の神様とて無礼を働き、申すも口惜しい事でございますが、娘なぞはサンビカを歌い、この母をひどく侮蔑するのでございます。

良人は一度は固く私と愛を誓いながら、このごろは、子供も大きくなった事ゆえ、三人とも東京の親類にやってしまい、俺は自由な身になりたいと申します。男の自由とは、家庭を捨てる事でございましょうか。俺がモウコで死んだと思えと申します。人間の皮を被た悪魔でなくして云えましょうか。雪の夜にさえ冷い火事があります。八年も別れていた妻は、いまこそ燃えに燃えて、良人より以外に愛するものはございません。良人は郵便配達と一緒になってはどうかと申します。八年の間、村をまわっている源《みなもと》さんと云う郵便配達は、モウコから良人の手紙を運んでくれました。私は、源さんを丁寧に思いました。薄給に働く源さんの紳士の如き滅私奉公を感激しないものがございましょうか。村では、可愛い子供を、良人を、兄弟を、戦野に送り、みんな、この源さんの運ぶ音信を一日千秋の思いで待ち受け、お茶のねぎらいをするのでございます。私は源さんの手を握り、ああ神は貴方《あなた》であるよと申しました。それをよからぬ人間が見ていて、良人に告げたのでございます。源さんは良人と同じ四十一歳で、美貌ではありませんが、脚の強さが惚々《ほれぼれ》とする位で、畑の向うからやって来る源さんは、逞《たく》ましい脚なみで、自転車のペダルをふみます。奥さん郵便だよと云われる時のその声のうるわしさに、私は胸がふるえ、何を措《お》いても、源さんのところへ走って行き、私は涙をはらはらとこぼして感謝するのでございます。

この戦争が何でございましょう。良人よ妻よと相逢うことさえ出来ましたらば、辛い長い戦争も忘れてしまう事が出来ます。

良人はモウコから看護婦を連れて参りました。良人はモウコでひどいジンマシンをわずらいましたのだそうでございます。良人のジンマシンはアレルギー性とかの体質だそうでございまして、大切な大切な急所まで、風船のようにふくらがり、それはひどい難儀をしたのだそうで、看護婦は、良人の急所まで薬を塗り、かゆがる苦痛をやわらかく揉《も》んでなおしてくれたのだそうでございます。看護婦はまことに低い声でものを云うひとで、私は、良人と看護婦の対話をどうしても聞きとることが出来ません。妻の私でさえ恥かしく、良人の軀の一部をたんねんに見る勇気がないのですのに、その看護婦は冷静に酷しく良人のあらゆる処をなでまわしているのだそうで、私は彼女のことを赤い十字架として呪っております。

未亡人は良人より年上でございますが、良人と同じ教職にある身で、良人に対して慄えてみせたのだそうでございます。ぽっちゃりと肉づきのいい、何時《いつ》も笑顔を崩さない、非常に学童に人気のある婦人でございますが、学童こそいい迷惑で、これこそ悪魔が乗りうつっているのでございましょう。或日、道で未亡人に逢いましたので、私は、貴方は悪魔が乗りうつっているから要心しなさい、薬師様を信仰すれば、きっと真人間になると云いましたら、はい、これから薬師様をおがみましょうと云って行ってしまいました。恋にかけては、未亡人の方が天才でございます。師範学校時代は三才女と云われたほど和歌がうまく、自分でも紫式部を気取って、ペンネームを紫女子《しめ》とつけているのだそうでございます。私も東京の鶴見高女を卒業いたしたものでございます。三才女の何たるかは知っては おりますけれども、人の良人の寝床をうかがうような事は教わりませんでした。三才女が 何でございましょう。私は、きっと仇《あだ》を報いてみようと思いまして、長い長いこのいきさ つの小説を書き、早く有名になって、世の中の悲しむ女性の為に戦いたいと存じました。

まず、こんなわけで、私は、良人にも子供にも黙って、十月の十八日、夜行で広島から 東京へ出て参りました。東京に着くなり、ああ渦巻く大都会よと思い、気もいそいそと、 小説家谷井女史のところを尋ねるべく、薬師様を心に念じて参りましたところ、谷井女史 は留守。いいえ、留守と云う事はありません。ちゃんとお約束があるのですからと嘘を申 しました。あはあはと笑う声が奥からきこえております。あれは神の声です。私は敷居に 坐りました。あの声は誰の声ですかと取次の人にたずねますと、あれはO夫人の声だと云 います。O夫人とは何でしょう。私は、風呂敷から、ちりめんじゃこの紙袋を出して、こ れはお土産《みやげ》でございますと申しますと、どうぞお上り下さいと云うのです。あの笑い声の 主が客間に出て来ました。案外平凡な女性で、私は私よりも多少若い谷井女史を前にして、 心細い気がしました。私は谷井女史の小説なるものは少しも読んではおりません。あまつ さえ谷井女史は未亡人にそっくり似ているのです。私は、運命のいたずらを感じました。 この女性が憎くなりました。私ははらはらと泣き出しました。ものも云わずに谷井女史の前に出て泣き出しました。あんまりひどい、これはあんまりひどいではありませんかと心に思いましたが、これも薬師様のおためしなのだと、暫《しばら》くさめざめと泣きに泣きました。彼女は黙って、庭の方を眺めながら煙草を吸い始めました。私は煙草はきらいなのです。良人にも頼んで、煙草だけはやめて貰《もら》いました。良人は酒を少しばかりたしなんでいましたが、これも、私は良人に固くやめて貰いました。谷井女史は、こんなに泣いている私に同性としての一片の共感もないとみえて、笑って私を見ているのでございます。泣く女性の辛さに対して、少しの思いやりもない態度が、私に大きい失望感を抱かせました。これはやはり未亡人と同類で、私はこんなに肥っている女性は好きません。よく私のところが判りましたねと云いました。はい、広島の新聞社で聞いて参りましたと申しますと、まアと云って、微笑しているのです。その笑い顔も未亡人そっくりなのです。私は小説家になって、泣く女の為に社会的な婦人になって男と戦うのが、私の宿命だと思いまして、東京へ出て参りましたと申しますと、彼女は、貴女《あなた》おいくつなのと聞きます。娘は、薬師様参りよりも、まだ見た事もないベツレヘムの景色にあこがれておりましたが、私の今度の東京参りも、多少のあこがれがないでもありません。私は、未亡人や看護婦のように良人を悩殺する力はありませんと云う事も話しました。御覧のとおり、八貫と九百の骨女《ほねおんな》でございます。夫婦のちぎりは辛いのでございますとも恥をのべました。谷井さん、貴女は一度でも天使におなり下さい。世の中の女は男の為にさいなまれて泣いているのでございます。貴方は世の中の男に安心しておいでになりますか。いいえ安心なんかしてはいませんわ。そうでございましょう、そうでございましょう。男ほど妙な生物はありません。結婚は忍耐力をやしなう為だと不作法な事も申します。飽きやすい動物で、あれほど愛を誓いながら、これまでにも度々《たびたび》くわだて事をしておるのでございます。——私は処女ではございませんでしたけれども、良人と誓い、良人は朝鮮に参りました。半年も音信がありませんし、私は子供が宿りましたので、辛い思いで朝鮮の京城に渡り、良人の下宿へ参りますと、この手紙を持って友人のところへ行けと申しまして、私を追い出すのでございます。歩きながら、私は友人への良人の手紙を破り見てしまいました。驚いた事には、この女に旅費をくれて内地へ戻してくれと云う手紙なのです。私は、明るい秋の京城の町の中でわあっと泣いてしまいました。気が変になる位泣きました。良人はそのまま私を置いてくれ、京城郊外の産院で娘を生み、それから夫婦で広島へ戻って参りました。別れ話がいつも持ちあがりながら、二人の息子が出来ましたが、小さい子供が五ツの時に、子供もそろそろ大きくなるから、もっと収入のある処へ行くと申しまして、独りでモウコの学校へ教員になって行ってしまい、八年の月日が過ぎたのでございます。時々は、この淋しい夫婦の不運に屈託だけはしないように、神を信じて生きていなさいと云う音信をくれるのでございます。良人も神があると思っているのでございますもの、妻たる私が、神を信じないでは生きておられません。

私は良人を憎みます。でも、別れる気はございません。良人を殺して死ぬ事も考えないではございませんが、何としても、良人よりも、もっと憎いのは二人の女でございます。女二人とも狡獪《こうかい》な女でございます。貴女はどのような小説をお書きなのでございますか。女の苦しみを判っていただけておりましょうか。娘さんは何ておっしゃるの。はい、娘はサンビカですから、私を子供だと申してうてあいません。いい年をしてと申しますが、男を知らぬ娘と云うものは母の責苦は判りません。嫉妬に燃えているとお思いかも知れませんが、私は、良人を愛しております故に苦しいのです。娘が何でございましょう……。女に相手にもされない男のひとって、かえってつまらないでしょう……。まア、何と云う事でしょう。私は、この谷井女史にも悪魔がいるのだと思いました。ちりめんじゃこを返して下さいと云いたい位でした。貴女は馬車馬みたいなのよ。小柄なずんぐりむっくりの彼女が云います。女のお友達があってもいいじゃありませんか。三人もお子さんがあれば、家庭を捨てきれる事も仲々むずかしいでしょうね。女の友達とは何でしょう……。私は女の友達と云うものは信用いたしません。私の友達でさえ、道で逢っても、只、にこりと笑って通るだけでございます。妻ある男と寝床を共にする女の友情と云うものはおかしなものではありませんか。愚劣な事です。髪が逆立つように腹が立ちます。二人の女に男性を喫《く》われて、ぐでんぐでんになってしまった四十男のみじめさを、貴女は一度でもごらんになりましたか。それは見るに耐えない浅ましさなのです。二人の女は、男を喫うだけの胆力がありますだけに、このごろますます元気はつらつとして、競争で化粧をしております。まるでメンドリのようなものです。私は未亡人の子供を一度、井戸の中へ突き落そうとして失敗しました。井戸の水は飲むとアルカリの匂いがして、人を殺したくなるような魔力があります。私を引きとめてくれたのは良人でございました。頑固に私は蹴られましたが、性欲よりもいい気持ちでした。魂までしびれて来ました。良人が私を打つ、殴る。ああ有難いことだ。その怒りの中だけでも、妻を思っているかと思いますと、私は肌ぬぎになって、ああもっと打って下さいと申しました。

以前私は日蓮宗でございましたので、荒業に耐える修業はつんでおります。異様な山。百羽の烏。雪ぐもりくぐる風。舌切雀。いくらでも私は連想を荒業の中から呼ぶ事が出来ます。まだ、男を知りませぬ女学生の頃、私は雲と話す事が出来ました。山彦ではありません。喝！　と呼びますと、どおんとした曇り空から、柳のふりそでと応えます。眼をつぶると、ふりそでの中から、いい男が飛び出して来て、苦しき恋よ花うばらと流行歌をうたってくれました。

谷井さんは、今日は何処へ泊るのかと訊きます。私は、本郷に医者をしている親類がありますので、そこへ行くつもりですと申しました。谷井さんは吻っとした様子で、急ににこにこして紅茶を淹れてくれましたが、私は、悪魔の水は飲む気がしません。私も悪魔をからかってやります。彼女は泣く女の敵です。赤の他人です。もう、四囲《しい》は薄暗くなったと云うのに、ケチンボの彼女は電気もつけません。私は未亡人と差し向いでいるような修羅の気持ちになり、今日はと申しました。急に口惜し涙があふれ、中しかねますが、あのちりめんじゃこは本郷へ持って参りたいのですと申しますと、谷井さんは、ちりめんじゃこは知りませんと云うのです。何と云う太々しさでしょう。人からものを取り上げるのは平気なのでしょうか。いいえ、たしかに一貫目持って参りましたと申しますと、取次の人が、大きい袋を荒々しく持って参りました。私は、半分置きましょうかと申しますと、谷井さんは、みんなお持ち下さいと云います。多少とも、もの判りはよいのです。私は、ちりめんじゃこの中に、歯ブラシと財布を入れておきましたので、それを手探りで探しますと、ぷうんと汐の匂いがするのです。広々とした広島の海の香がします。もう、良人のところへ戻って行こうと思いました。生きている人間に、無疵《むきず》なものはありません。恍惚《とろ》けるばかりの思いと云いますのは、それはもう、薬師様を信仰する道しか残ってはおりません、三人の子供の私語《ささやき》が、ひそひそと電話のように耳に響いて参りまして、私は、谷井さんめがけて上京しました事を後悔しました。子供の私語《ささやき》は寒いと云っております。飢《ひも》じいと云っております。焼野のきぎす夜の鶴と申しまして、子供を想わぬ親はなく、敵よりもひどい子供達でありながら、私は子供を憎むわけには参りません。すべては、未亡人と、あの看護婦のなせるわざなのでございます。私の良人はこの二人の女に対して気取っております。非常に気取って、妻たる私をああと泣かせるのでございます。

　妻ある良人のなすまじき、よこしまの恋。私は心の中が煮えるように切なく悲しくてなりません。看護婦は病院に勤めておりますので、私は病人をよそおって診察を乞いに参り、看護婦の前で、私はこのひとの為に重い病気にさせられたのだとお医者様に申しますと、流石《さすが》に看護婦はうろたえて、赧《あか》くなっておりました。私の肋骨《ろっこつ》を見て下さい。私の血をしぼるばかりの苦しみを見て下さいと申しました。看護婦はエロそのものです。あの白い服の為に、何程かのごまかしをつくろい、白い帽子の為に男を迷わせてしまいます。病気をした男には天使と見えるのでございましょう。反身になって気取ってカルテをくばっておりますが、あのカルテの線の入れかたは、恋の符号でなくて何でございましょうか。傷つけられているのは私一人なのでございます。――嫉妬に狂った女の嘆きと云うものを、谷井さんは少しも理解してくれようとはしておりません。高い旅費をかけて、はるばる東京へ参り、私は女の小説家の生態をつきとめました。谷井さんも私の敵であります。泣く女の為にと云った思いは露ほどもなく、私をからかっておいでです。嫉妬に狂いし女よと思っているのでしょうけれども、この悲しみが判らないとすれば、谷井さんは本当の恋をした事がない人なのです。

私はすべてをあきらめ、風呂敷にちりめんじゃこを包み玄関へ出ますと、谷井さんはそのまま引っこんでしまいました。私はせめて挨拶をいたさねば悪いと思い暫く框《かまち》に腰をかけておりました。他人の家を尋ね、このような冷いあつかいを受ける程切ないものはありません。歯痛にも似た嫉妬の思いを、他人に判って貰うと云う事は仲々むずかしい事でございましょう。――門のところに女のひとが立っております。私が泣いた顔を挙げますと、その女のひとはにこにこして手まねぎしています。谷井さんが何時の間にか、門のところに立っています。私は急いで門のところへ行きますと、小柄な谷井さんは、旅費がないのではありませんかと、封筒へ包んだものをくれました。私は、本当に困ってしまいました。石段に風呂敷をとき、ちりめんじゃこの袋を出して、これをお金のかわりに置いて行きますと申しますと、谷井さんはちりめんじゃこでも露命をつなげるから持って帰れと云うのです。まさか、広島から持って来たちりめんじゃこを、このまま持って帰る気はしません。一貫目はありますでしょうから、これを是非にと申しますと、塀の中の竹藪の雀がぱあっと群立って石段へおりて来ました。谷井さんは、また幾枚かのおさつを数えて封筒へ入れました。私も、ちりめんじゃこを取って貰った事は気が済みます。玄関へちりめんじゃこを置きに行った谷井さんは、手の中にちりめんじゃこを握って、それをつまんで口へ入れながら石段を降りて来ました。蒼く繁ったモオソウ竹の向うから、石段を降りて来る谷井さんはまるで俳優のように気取って紅い唇をもぐもぐさせていました。今度は、黒い眼鏡をかけていました。谷井さんは、せめて新宿へ行って映画でも観せてあげましょうと云うのです。蘚苔《せんたい》のはえている石道に立って、ここが東京なのかと、私は、辛い汽車旅の事を考えました。また、谷井さんは、私の苦しさについては充分には理解してはおりません。私は狂人あつかいにされているような気がしました。

谷井さんは夕暮れの町を歩きながら、こんな事を云いました。私だって、男には度々辛い思いをなめさせられたのよ。男と云うものは信用していると馬鹿をみるものなのよ。妻以外の女に対しては、何処の男も優しくするものなのよ。女によく思われる事が男の虚栄心なのだわ。取りみだして、貴女が一人で死んでしまったって、ああ可哀想な女だと思うのはせいぜい三日位のものなのよ。あとは、もう、他の女を心のうちで探しているものなの……。早く死んだものが損をするのよ。長く生きてやることがフクシュウなんだわ。この世の中に理想の良人と云うものはありよう筈《はず》がないと思わなくちゃ駄目。世界中にね、仲のいい夫婦ってものはないのよ。仲のいい夫婦があったら、それは喜劇だわ。男はいろんな理窟をつけて女にもてたがっているのよ。只、それだけなのよ。いまごろは、貴女の御主人も、貴女の家出をいい事にして、深刻な顔で、二人の女のひとと愉しい思いをしているかも知れません。世の中と云うものはそんなものなの。薬師様なんか信仰するのはおやめになった方がいいわ。家の中が陰気臭くなって、良人も子供もやりきれなくなるんだわ。神様をいくら信じたって、人間ってどうにもならないじゃない？　広島へ帰ったら、只今って大きい声で家へはいって、東京の話をしてやるといいんだわ。——私は、脇腹に涼しい風がはいったような気がしました。ねえ、いまは、貴女も苦しいけれども、未亡人だって、看護婦さんだって、何年かさきには白骨と化してしまうのよ。勿論、御主人も貴女もね。白骨になれば嫉妬も出来ないわね……。短い人生を理窟をつけて生きているけれども、人間って大した事でもないんだわ。地球からみれば粟粒ほどの嫉妬なのよ。良人を夜遊びでも何でも出してやるといいのよ。未亡人も違う男の子供を生んでもいいのよ。大した事もないのよ。苦しむのは自分だけなんだわ。世界の誰も苦しみはしないもの。同情もしないもの。只、それだけの事なのよ。みんなコスモポリタンになればいいんだわ。自由気ままな事をやって、そのあとで、神に罰せられればいいのよ。もし、神様があるとすればね。薬師様でもいいのよ。貴女の良人は淋しいんだわ。淋しいから、女に慰められたいのよ。安いサラリーでは、大した事も出来ないと云う処でしょ。モウコへ行きたい気持ちで、女に恋をしているのよ。男は少しでも活々《いきいき》としていたいのよ。だから、貴方も活々した良人の血を吸ってやればいいんだわ。

谷井さんは、そう云って、駅の前のポストに沢山の手紙をぽとんと入れました。電車に乗って、新宿へ参りました時は、四囲が薄暗くなっていました。夜店がいっぱい並んでいて、燈火がきらきら光っていました。交番のところに五六人の人が立って、明るい交番の中をのぞいていました。二人の巡査が、若い女のハンドバッグを調べていました。丁度、私の娘位の年頃で、調べられながら笑っているのです。首飾りが光っていました。群衆が少しずつふえて来て、みんな残忍な顔をしてその女を見ています。駅の横の暗い通りへはいると、沢山の女達が、通りすがりの男を呼んでいます。谷井さんが、これが、東京のパンパンなのよと教えてくれました。通りすがりの男の鞄を取って逃げる女を、にやにや笑って追いかけて行く男もいました。パンパンは化物ではありません。惨めな気がしないのです。ああ、私はもう、何も考える事が出来なくなりました。男は雄鶏の如く女を追いかけているのです。谷井さんは、行きつけとみえて、一軒の小料理屋へ私を連れてはいりました。薄暗い土間を抜けて、奥の小座敷へ行くと、障子を開けて隣りの小部屋では、セーラア服を着た女学生が、頭の禿げた男と、茶餉台《ちゃぶだい》の角にくっつきあって坐り、固く固く手を握りあっております。何と云う事でございましょうか……。

女学生は眼をつぶって、何かをきたいした様子で、唇を少し開けていました。中年の男の後姿は、私の良人そっくりなのです。少しばかり猫背で、チョークの粉のしみついたような茶色の服は、教師と女学生と云うところでございましょうか。不思議な事に、私は、赤の他人のこうした姿にも嫉妬を感じて軀がぶるぶる震えて来るのでございます。谷井さんは立って、あいの障子をそっと閉めて笑いました。驚いた事には、谷井さんは酒を註文して、酒が来ると、コップに波々とついで飲みました。谷井さんは神をおそれざるひとでございます。時々、私はここへ来て、酒に恋をしているのよと笑いました。いいえ、酒と云うものはけっして美味《うま》いものではありません。谷井さんは、煙草も吸います。私は、小説家も教育家のように神聖でなければいけないと思いました。谷井さんと云う方は、もう一人別においでになるのではないでしょうか。立派な谷井さんが、東京の何処かに存在しているような気がします。女性の味方である、真面目な谷井愛子女史は、このひとではありません。松茸のフライや、肉の甘酢煮や、白い御飯を、谷井さんは私の為に取ってくれて、谷井さんは、春菊と松茸のひたし一皿で、お酒を二本もあけました。お酒の害に就いて、申しのべますと、谷井さんは眼鏡を取って、にやにやと笑いながら、貴女はまだお薬師様が離れないのねと申しました。貴女の良人が、女に惚れるぐでんぐでんも、私が酒を飲むぐでんぐでんも同じことだと云うのです。でも、私は、酒と云うものにはあまり酔った事がないし、沢山呑むのはきらいなのよと、谷井さんは、濡れたきたない台布巾《だいふきん》で眼をおさえました。酔っているしょうこだと私は思いました。隣りの女学生のところはことりとも音がしません。田舎におります時には、谷井女史を私の味方だと尊敬しておりましたが、今、眼の前に見る谷井さんは、私は少しも尊敬する事が出来ないのです。人を教育出来るところなぞはみじんも持ってはおられません。穢《きたな》い台布巾で眼をおさえている谷井さんはまことに妙な方です。三本目の徳利が運ばれた時には、私はもう呆《あき》れてしまいました。谷井さんは外套の裏で眼鏡の玉をこすりながら、また、徳利の酒をコップについでいます。谷井さんは、このごろひどいめにあった人かも知れません。酒の害について、もう一度申しのべました。美味しくもないものを飲んで何が面白いのですかと云いますと、谷井さんも、私もそう思うのだけれども、時々こんな時があるのよ、月の病気みたいなものだと云うのです。茶餉台から時々肘《ひじ》がはずれて谷井さんはこれが倖せなのだと云います。私は、谷井さんの小説を読んだ事はありませんけれども、どんなことをお書きですかと申しますと、あら、貴女は、どうして私を尊敬してたなンて云ったのとお聞きになります。よく、名前を拝見しますからと申しますと、ああ、そンなものなのねと、谷井さんはふらふらと厠へ立って行きました。良人は、私が、谷井女史に逢ってみたいといつか話しましたら、三文文士に逢ったところで、何になるのだとひどく叱りましたが、良人は漱石が非常に好きなのでございます。漱石は文豪なのだそうでございますけれども、あまり、女の悪口を書いてあるので私は好きません。吾輩は猫であるの中に、奥さんの禿頭について書いてありましたが、妻の身にとってはそれは辛い事でございます。

谷井さんは厠から戻って、ドレンコック、ドレンコックと云って笑いました。隣りの部屋では女中さんが料理を運んで行ったとみえて、今夜はお寒うございますねと、女中さんのとってくっつけたような挨拶の声がしました。——食事が済んで私たちは外へ出ましたが、行くところもないので賑やかな街を只、谷井さんと歩くきりです。電車道を渡って、広い横町へはいりますと、軒《のき》に提灯《ちょうちん》をつけた小さい芝居小舎の前へ出ました。谷井さんは切符売場へ行くと、まだ充分きけますかと尋ねました。ええまだ一時間半はありますから、たっぷりといいところがございますと云う事で、谷井さんは百円札を出して、切符を二枚買いました。切符売場の穴の中から、襟《えり》に白い布を巻いたおばさんが、節くれだった指で二枚の切符を切ってくれました。そこは寄席《よせ》と云うものだそうでございます。長いベンチのような椅子が並んでいて、泥の床には、新聞や葡萄《ぶどう》の種がちらかっていました。舞台では妙な男が膝の上で扇子をぱちぱちやりながら、ええ何でございます。江戸時代の小咄《こばなし》のなかにも色々とおいろけのあるものがございまして、いやどうも長居をいたしまして、つい、こちらに参りますと、話がはずみましてな、ではおいとまをいたします。御馳走さまでございました。ひょいと煙草入れを取りあげて、いま一服と、黒い熊の皮の煙草入れを膝におき、ぐいっと手を差し込んだはずみに、ああ家の女房が、くれぐれもよろしく申《か》しておりました。なンて、どうも意気なものがございます……谷井さんは小さい声で、可楽《らく》って云うのよと教えて下さいました。老人連はげらげらと笑っておりますが、私の隣りの若い男なぞあくびまじりで、煙草に火をつけております。可楽が終りますと、スウィングジャズ漫談と云うのがございました。男も女も白い洋服で、肩から紅い紐でギターのようなものをぶらさげて出て来ました。

税金税金で民衆を絞り
政府はシュウワイで知らん顔
ああほんとに厭《いや》な浮世だね。

二人でギターをかき鳴らしているのでございますけれども、私は何とも気の毒で、この若い二人の漫才師を笑って見ているわけには参りませんでした。女の方は、つぎのあたったまっしろい木綿のくつしたをはいて、長い断髪にしているのが谷井さんそっくりでした。楽屋では、誰かが喧嘩をしているとみえて、時々すだれ越しに荒い怒鳴《どな》り声が聞えました。

客の中からみっともないぞと怒鳴りたてています。泥の床にすうすうと風が吹っ込み腰をかけているのが寒うございました。ああほんとに厭な浮世だねと云う言葉が、いまの私の胸には何とももののかなしく誘われて笑う気にはなれないのでございます。漫才のあとは小《こ》文治《ぶんじ》と云う男の早口の大阪弁で、只今は楽屋からお聞き苦しい事をお耳に入れましたが、誰でも腹が空いております時には怒りっぽくなりますもので、昨日から食っておらない人間が参りましたものですから、つい私達も同情のあまり、大きな声をたてました次第で……何しろ、少しのサラリーでは我々は食って参れませんので、という挨拶でした。——谷井さんは小文治が大変好きなのだそうです。寄席と云うところは始めてでございますが、何だか面白いところだと思いました。空気のなかに皺《しわ》がよっているのでございます。いい気持ちになりました。

寄席を出ます時に、送り出しのタイコの音をきいておりますと、ああほんとに厭な浮世だねと唄った漫才の声が思い出されて、私は遠い広島へ帰るのが厭でございました。いま少し若いのでしたら、私は東京にふみとどまって暮したいのでございますが、私は、何としても良人を愛しております。良人のそばへ帰って行かなければなりません。いまごろは、女たちに逢っているのだろうと思いますと、アメリカの飛行機にでも乗せて貰って広島へ連れて行ってもらえないものかと思いました。

名前ばかりにしましても、女にとって良人があると云う事は、何としても力強い事でございます。私の良人は美貌でございますので、女のひとが振り返って眺めます。申しますならば男ざかりで、学校の方もとても評判のよい人なのでございます。見渡したところ、このような男は何処にもいないのでございますので、未亡人も看護婦も夢中で、良人を愛しております。二人の女を愛するようになりましてから良人は、少しばかりの山林を売ったりしてみついでいるようでございましたが、私は悪魔にみいられた良人が不憫でなりません。

谷井さんに別れまして、私は本郷へは参りませんで、新宿の旭町と云う処へ出て旅館に泊りました。谷井さんから戴きました封筒の中には千円はいっておりました。大切なお心ざしですから、宿屋へ泊る事はしないで、駅へでも寝ようかと思いましたが、まことに寒い晩で、三越の大きい建物の前を谷井さんと歩いております時は、風邪をひいてしまいそうに轟々《ごうごう》と寒いのでございます。東京は寒いところでございます。襤褸布《ぼろぬの》のように夜の街を人が歩いております。谷井さんは嚏《くしゃみ》ばかりをしておりました。これから帰って仕事なのよと云っておりましたが、たてつづけに嚏をするので、私はおかしくなってしまいました。谷井さんは夜中に起きて仕事をするのだそうで、それで何時《いつ》眠るのかとききますと、夜明けがた四時間も眠れば充分だと云っていました。よくおふとりになっていますねと申しますと、あなたのように、軀を張って男に嫉妬をするような事も、もうなくなったせいよと云います。それではナポレオンですねと申しますと、えッ？と私の顔を見ました。市電のところで別れます時、私は谷井さんの手を握って御挨拶しましたが、私はまた涙が出て困りました。もう、谷井さんには、一生涯お目にかかります事もございますまい。これもお薬師さまのお引きあわせだと思っております。私はあわてて谷井さんに、未亡人のラブレターを手渡しました。捨ててしまうよりも谷井さんに差しあげた方がよいと思いましたから。嫉妬にやつれた私は、広い東京のどこにも身を置く場所がないのでございます。

私の母も、私と同じような道をたどり、美男の男と連れ添い、大変苦労をして私をそだてましたが、母は私を連れて父の家を出ますと尼になってしまいました。そして、また、こりもなく男のひとで苦労をしたのでございますが、これが宿命と云うものでございましょうか、血の流れは面白いものでございます。もう、只今は父も母も他界しまして、私も三界《さんがい》に家なきものでございます。

寝苦しい夜を旅館であかしまして、その翌朝、私は本郷へ参りましたが、長い事つきあいのない良人の親類なぞと云うものは何の頼りにもなりません。親類は花柳病の医者でございますが、相当流行《はや》っていますとみえまして、待合室も電話のボックスのようなところが出来ておりまして、恥かしい人はそこへ這入《はい》って待つのだそうでございます。診察室の、窓の中が二階からよく見えるのですが、細君の申しますには、いま、下着をつけているあの娘さん十八なんだけど、もうペニシリンの注射に何度も来るのよと云う事です。のぞいてみますと、白粉気《おしろいけ》のないすくすくとした女で、前髪をさげて、髪を後へ長く垂らしていました。昼はTと云う英学塾の生徒で、夜はハイカラな人を相手にパンパンをしているのだそうで、代々木に五十万円の家を建てた立志伝中《りっしでんちゅう》の娘だそうでございます。親をやしない、弟を中学にあげているのだそうです。私の娘よりも一つ若いのですが、あの弱々しい女に、どうして軀を捨ててまでそんなことをしたい力があるのか、私には合点が参りません。昼間は英学塾へ行っていると云うのが夢のようです。その娘はまことに綺麗な英語をつかうのだそうでございます。もはや、世の中は狂っているのでございましょうか。学校へ行きながらパンパンを働くとは何事でございましょう。浅ましい事でございます。谷井さんの云うように、自由きままに人間は何をしてもよいと云うことはあぶない事でございます。いくらあとで罰が当るとは云え、あまりみじめではございますまいか……。私は、子供達を親の都合で東京へやります事は断じてしたくないと思いました。早く帰って良人にこの事を報告しなければなりません。私の娘は感情を持たない娘でございますので、このような悪の都に放り出されましたら、あの娘のわだちをふみます事は必定でございます。

五十万円の家を建てさせた親も親ならば、娘も娘でございます。これは戯《たわむ》れだけとは申せますまい。娘はガーゼのマスクをして窓を離れました。――女が二人位出来たところで、騒ぎたてる貴女の気の狭さがおかしいと細君は申します。まるで、考えが、現代の娘よりも幼なくて古風すぎると云います。良人からは電報一つ参っておりません。何と云う無情なものでございましょう……。細君はうどんを一杯めぐんでくれて、千円の金を包んでくれました、私は井戸の中の蛙でございました。一筋の愛情と云うものは、みじんにくだかれてしまいました。子供からも電報一つ参っておりませんと云う事は淋しい事でございます。病院は厭な匂いのするところでございます。うどんまでクレゾール臭いので閉口いたしました。良人からも子供からも愛されない妻の存在は、これは信仰に救われるより道がありません。私は、暫く二階のてすりに凭《もた》れて病室を見ておりました。次々に患者がはいって来ます。四人の看護婦は天使のように動いております。病気をすると云う事もまるで事務のようになったものでございましょうか。恥でございます。人間の恥でございます。胃病患者と少しも変らないような顔で一人々々診察室にはいって来ているのでございます。子供を背負った細君のような女もおりました。私は胸が悪くなって空をみました。小春日のぽかぽかとした空から霜風が吹きつけております。霜が光って降って来ます。私は病禽のような気持ちで、ああ厭な浮世だねと思いました。良人は、それほど悪い人ではないのですけれども、世の中が飢えて人の心を殺すのです。この世に何の自由があるものでしょうか。谷井さんは、みんな、いまに白骨と化すのよと申しましたが、それは、お伽噺《とぎばなし》みたいな事です。先年も万年も生きるつもりで人間はいるのですもの、白骨化す未来の事なんか考えて暮すものは一人もございますまい。谷井さんだけの強がりで、谷井さんが夜中に小説を書く事も、白骨化すはかなさを考えたらば、おかしな努力ではございますまいか。生きているうちに、寿命のあるうちに、何とか人間の解決はつきそうなものだとうぬぼれて思わないでは暮してはゆけません。私は、嫉妬をするのでございます。私は、女のある良人に耐える力はありません。田舎へ帰りましたら、私は、どうしても、このことだけは何とかして貰うつもりです。草の中に倒れても、私は、この妻の愛を良人に見て貰いましょう。鼻の中が寒いのです。良人の鼻もきっと寒いに違いありません。二人で鼻血を出すまで戦ってみるつもりでおります。

谷井さんの白骨論は、いまになってみると、酒に酔ったような話ではありませんか。私は白骨にはなりません。谷井さんは肝心な事を忘れているのでございます。魂と云うものをあのひとは忘れておいでなのです。

如何《いか》に、谷井さんが無神論者でありましょうとも、人間はどうして生れたのかを深く考えたならば神秘に思わないわけはありません。月の病気が一ヶ月おきにめぐって来る事も、女の宿命であり、神様のおぼしめしでなくて何でございましょう。私は防空壕で、薬師様のお姿を見ましてより、この一事だけは私は大切な事なのだと思っております。私は、良人を殺す夢を度々見ますけれども、現実に殺してしまっては何もならないのでございます。私は、良人の白骨を抱く気はいたしません。骸骨。骸骨。ガタリ、コトリ、ああ薄きびの悪い。骨は柔い肉で包んでございます。人間は自分で動きます。——未亡人のラブレターの中にも、涙にて濡れたる髪もつかぬれば少しさわやぎ夕となりぬ。君とゐて愁《うれひ》やうやく生じたるその思ひ出もなつかしきかな。これは与謝野女史の御歌《み》でございますけれども、この二首の御歌《み》にこそ、私の深きおもいはこもっているとおぼしめし下さいませ。お互いに淋しさを耐えあってこそ、これまことの恋でなくてなんでございましょう。はしたなき事を申し上げまして、お心をおさわがせいたしましてはと案じております。狂える奥様の事おもいますれば空怖ろしく、このまま何事もなき事倖いなりとお別れ申すより仕方もございませぬ。ピアノの上にバイエルの本をおみとめ下さいませ。とありましたが、ああ思いましても、この女の誘い文は憎くて憎くてなりません。

夜。私は東京駅へ参りました。汽車の屋根に霜がおりておりました。光った霜が。私は良人のもとへ帰ります。東京は怖ろしい都でございましたと、良人や子供へ云いきかせまして、家族がばらばらになる事が自由ではないと云う事をしかと申しきかさなければなりません。一人になる事が自由ではございません。家族が鼻血の出るまで戦うのが自由でございます。はい、私は、良人の為にいかなる敵とも戦います。

（「新潮」昭和二三年一〇月）

椰子の実

此頃《このごろ》小説を書くと云《い》う事がひどくおっくうになって来た。年のせいばかりでもあるまい。二十年の作家生活の間に、私は鈎《かぎ》をすっかりすりへらしてしまった。そして時々想う事は、長火鉢でたたみいわしなぞ焼きながら、一合の酒を愉しく飲める平和な身分になりたいと思うからだ。若い頃は、自分の作品が、後世に残るような錯覚できおっていたけれども、いまでは、すっかりそうした考えが変ってしまった。自分のものに限らず、誰のものだって残りはしない。世相が今日流行の作家の小説よりもあわただしくて、現実の様々は急ぎ足になっているのだ。今日書いたものが、すでに明日はもう古くなってしまっている。人生は鳴かず飛ばず、それに限るのだ。終戦直後はモーレツな勢いで一つの思想がはびこり、現在はその思想も少しずつ尉《じょう》になりかけている。すべては歳月の中で、芋の如く我々は少しずつ皮をむかれてゆく。この世の人間の世界に何があるのかは判らないけれども、空々漠々とした思いだけが日毎《ひごと》に私の胸の中に暗く澱《よど》む。人間のゆきつくところは、結局アナアキイな穴蔵しかないのだと悟る。

じいっと机の前に向ったところで、すりへった鉤には魚はひっかかっては来ない。毎日幾人かの来訪者を迎えて、私はとまどいするのだ。玄関に張札を出して、当分休業と云う事にしようか、忌中と云う張り札をしようかと空想する。実際のところ、欲もとくもなく書く気がしない。後世に残りもしないものをあくせく書いたってつまらないのだ。食べるだけならば、小さい旅館でもつくって、帳場に坐ってたたみいわしで一杯と云う事も悪くはないと空想したりする。連載ものを七つも八つも引き受けてふうふう云っている作家を泊めて、息の根がとまるほど銭をふんだくるのも悪くはない。机の前でにやにや笑いながら私はこんな事を考える。すると長い居候《いそうろう》の昭子さんは、本を読んでいる眼をふっとあげて、これもにやにや笑っている。――昭子さんは亡くなった織田作之助《おださくのすけ》の夫人で、まだ二十七歳のなかなかの美人である。丁度織田作之助が死んで、一年あまりを私の家で無為徒食して暮したわけだ。私は彼女にマノンと云うニックネームをつけている。私の家以外に居心地のいいところはないとみえて、まるで親類の家にでもいるかの如き天衣無縫さで、朝は昼前まで寝ていると云う呑気《のんき》さである。一年と云うものを完全に未亡人で暮したのだから、もう何処《どこ》へでも飛び立って、どんな男のひとと連れ添ってもいいのよと云うと、彼女は作やん以外に気がむかないのだと答える。二十七歳の若さで、四囲《しい》の男に気がむかないと云う事が私には面白くないのだ。飛び立って何処へでも行くがいいと云いながら、彼女が本当に家を去って行く事を考えると私は多少の淋しさを感じるであろう。

織田作之助とは私は晩年の知己である。銀座裏の旅館で血を噴いてたおれた時、私は見舞いに行って、暫《しばら》く彼の枕元に坐っていたけれども、私の顔にひどく西陽のあたるのを気にして、彼は、昭子さんに「屏風《びょうぶ》を屏風を」と云った。たったそれだけの彼の親切さが、私にはひどく心に浸みて、その時の彼の少年のような眼の色がいまだに忘れられないのだ。まさかこの人のりんじゅうの為に、カンフルを求めに歩いたり、サンソ吸入の大きい瓶を求めて歩くような事態になるとは思わなかった。私は織田作之助の文学が好きであった。いまでも好きである事に変りはない。「鬼」と云う作品を書いたこの作家を、私はいまごろになって、彼こそ本当の小説家であると思い始めている。彼は「中毒」と云う作品の中で、こんな事を書いている。

スタンダールは彼の墓銘として「生きた、書いた、恋した」と云う言葉を選んだと云う事である。

スタンダールについて語る人は、殆《ほとん》ど例外なしに、この言葉を引用している。まことにスタンダールらしい言葉、スタンダールの生涯を最もよく象徴した言葉だと、人は言う。たしかにその通りであろう。その点に関しては、私にはいささかの異議はない。

しかし、私はスタンダールはこんな墓銘を作らなかった方がよかったのではないかと思う。引用するのは後世の勝手だが、しかし、スタンダールを語るのに非常な便利な言葉、手掛りになるような言葉として引用されるようなものを、下手に残して置かない方が、スタンダールらしかったのではないかと考えるのだ。

日本のジュリアン・ソレル的人物である織田作之助が、スタンダールの「生きた、書いた、恋した」の墓銘をいやらしいと断じていることに、私はこの作家の思想に共感を持つのだ。墓銘と云う事も生きている人間のささやかな感傷で、私も亦《また》、織田作之助のこの一文には共鳴するところがあった。スタンダールが「生きた、書いた、恋した」と墓銘を書いて貰《もら》ったところで、百年も二百年もたつうちにはそうしたロマンチックな墓石も何時《いつ》かは苔《こけ》むしてしまうに違いない。或いはまた、その折角の墓石も取り払われてその跡へ巨大なビルディングが建つかもしれないのだ。死者の魂は生きている人間の感傷の中にだけ生存しているものに違いない。

私は、この数年に友人である九人の作家を亡くした。長谷川時雨《はせがわしぐれ》。徳田秋声《とくだしゅうせい》。矢田津世子《やだつせこ》。片岡鉄兵《かたおかてっぺい》。武田麟太郎《たけだりんたろう》。織田作之助。太宰治《だざいおさむ》。菊池寛《きくちかん》。横光利一《よこみつりいち》。この人達は、私にとっては、みなそれぞれに親しい人達であった。私の記憶は、この人々に対してなつかしい思い出を呼び起してくれる。この人達の書いたものが何だか沢山残されているようでいて、また、何一つ残ってはいないと云った手ごたえもない心細さを感じるのは、私のひねくれた心柄であろうか。私は酒の一升も飲んで自分の本音を自分でひそかに聴きたいのだ。正岡子規《まさおかしき》の「墨汁一滴」のなかに「試みに我枕もとに若干の毒薬を置け、而して余が之を飲むか飲まぬかを見よ」と云う怖ろしい言葉がある。飲むか飲まぬかを見よ……。私は臆病者だから、この子規の心ひそかなる思いに怖れをなしてじいっと深夜の机に向って何かを考えている。

私は時々本気になって自分の死を考える事がある。自分の生命が絶たれてしまえば、それでもう、私の一切は幕だ。あとに心は残るけれども、その心残りも死のまぎわまでの事であって、死んでしまえば、ただ一目散に暗い冥府《めいふ》へ走り込んでゆくだけの事であろう。人生に対する嫌悪はもうその一線からなくなる。ほんの少しの間、友人知己からなつかしまれるだけである。私はスタンダールのように「生きた、書いた、恋した」と云うふうな墓銘はまっぴらごめんである。私の死と同時に、私の書いたものすべてはその日から絶版と云う事に交番へでも税務署へでももとどけておきたいものだと思う。死んだ作家の作品の力は、生きている此頃の作家のものに及ばないのも私にはおかしい。亡くなった作家の作品《テーマ》が古い暦のような存在にならないとは云いがたい。どんなにまずい作家のものでも、生きている作家のものを読んだ方が私には活気が出るのだ。亡くなった作家のものは、読んでいてひどく気がめいって来るし、そのおもかげを心に浮べてやりきれなくなって来る。その上テーマも何となく淡くなってしまっている。私が、小説書きであるせいかも知れないけれども、今日の小説が現在の世相にどんどん追いこされている以上、亡くなった作家の作品を読んではいられないようなじれったさも感じるのだ。そのくせ、私はこの日頃、徳田秋声や、織田作之助の作品を読みながら、その作品自体が少しも古くなっていない事を知る。——この亡くなった九人の作家のうち、終戦後まるきり読まれない作家もある。そうした作家のなごりが、無惨にも、もうぷっつりと現在から糸を切られてしまっている。何とも仕方のない事なのだ。狭い日本のなかで、日本人だけの登場人物しか小説が書けないとなると、何と云っても、和歌や俳句的なものを首にぶらさげて歩くより仕方がない。

髪差《かざし》もて深さはかりし少女子の

たもとにつきぬ春のあは雪

誰かの下手な歌ではあるけれども、此様な境地の小説が何となく無難なものになって来るであろう。そして作家はそれぞれに、ますます小説がうまくなって来るに違いない。只《ただ》、それだけのものだ。

競馬のように、くつわを揃えて作家達は走っている。だけど、その競馬は何となく草競馬のような気がしないでもない。私も亦、その草競馬で、一番びりっこを走っている騎手であろうか。たまさかの穴をねらって、馬の尻に鞭打つ辛さを、観衆は笑ってはやしたてているに違いない。人生は何事も競走《レース》だけれども、私は狭いコースの中の競走に疲れた。ずっと競走を離れるとコースの外側には案外そよ風が吹いていて、ぱあっと四囲の緑が眼に沁みるであろう。もう、どうでもよくなる。何を云われてもへいちゃら。どうせ、冥府でもまたお眼にかかれる連中ばかりである。

私はもう恋は出来まいと思う。

相手が出来たところで、私は只相手を辟易《へきえき》させるだけである。机の前に坐っている女と云うものを男はあまり好かない。ひとかけらの青春もないと云う事は淋しい事だ。私がこんな事を云い出すと聞き手は本気ですかねと云う。私だって、小さい声で男にささやきたい時もあるのだけれども、これはと云う好条件の相手が仲々みつからない。「放浪記」の時代は、食べる事に追われて、本当に好きになると云う気持ちはなかったように思う。いま思い出しても、鰻丼《うなどん》を食べさせてくれたとか、トンカツを食べさせてくれた男を私は好きになっていたようである。何しろひもじい思いばかりしていた私には、本当の恋愛が何であるかは判らなかった。終戦後も、沢山の新恋愛論が出ているけれども、恋愛と云うものが、築山《つきやま》のように大きい、恋愛の形体らしいものが何処かにあるのであろうか。恋愛をしても、飽きると云う災難がある為に仲々思うようにはゆかない。男の方が飽きるのではなくて、私の方が早く飽きるだろうと思うからである。

私は昭子さんとしばしば恋愛に就いて語りあうのだけれども、この凄《すご》いほどの美人であるマノンも結局は私と似たりよったりの古い型の女であった。隙間だらけのだらしのないような彼女ではあるけれども、仲々のケッペキで、何時までも作やんの思い出にとりすがっている。

彼女は今年の三月、やっとおみこしをあげて大阪へ行き、心斎橋のバアへ勤めるようになった。どうしても大阪へやってほしいと云うので、やりたい事は何でもやっていいだろうと云う私の主義で、彼女は大阪へ働きに行ったのだけれども、来る手紙、来る手紙が淋しさのこもったものばかりであった。

一度、私は大阪へ行った。

彼女を好いてくれる沢山の客を並べて、一ぺん観兵式をするから、そのうちからこれはと思うひとを選んでくれと云う註文であったけれども、私が出掛けて行った時は、彼女はもうそうした思いから醒《さ》め果《は》てていて、堂島の旅館で、一つ蚊帳に寝た時には、彼女は、やっぱり作やんのようなひとはみつかりッこないから観兵式はとりやめたと云った。

「いったい、どんなひとがいいの？」

「貧乏でもいいから、肋骨《ろっこつ》の出た、背の高い、肺病やみが好き」

「じゃア洗濯板みたいのがいいの？」

二人は蚊帳の中でげらげら笑い出した。

家のものは、彼女のことをロンドン・パリさんとあだ名で呼んでいた。彼女の眼がやぶにらみだと云う意味なのだけれども、そのやぶにらみが彼女の顔の中で何とも美しい最上のものであった。

金持ちの男をみつけて、私に自動車を一台くれると云う約束だったけれども、彼女は、どの金持ち男も気に入らないと云って、玩具《おもちゃ》の自動車を私の子供の土産《みやげ》に持って来てくれた。

心斎橋のバアにも立ち寄ってみたけれども、如何《いか》にも大阪らしい乾いた感じの店で、私は、彼女をこうした処で働かせる事が辛くなって来た。バアの女にもなりきれていないし、かと云って、宿屋や待合や、化粧品屋をやらしてみても少しも似合わないにちがいない。やはり作家の妻以外には彼女に似合いの場所はないのである。さて、誰かにと、私は私の知るかぎりの作家を頭に描いてみるのだけれども、織田作之助のような、洗濯板のような胸をした作家は思いつかない。作家の妻になった彼女は、きっといいアッシスタントになれるであろう。

秋になって、彼女はまた上京して私の家で四十日ばかり暮した。私のそばに坐っている彼女は、底抜けに愛らしい女で、平和そうに見える。空想をして色々なたくらみを話すのだけれども、二三日もすると、すぐまたその考えが変ってゆく。流れの気持ちが、ひどく私の気持ちと似通うている。うつり気なところも似ている。

以前見た事のある古い洋服姿を見て、私は彼女の織田作之助へ対する愛情のさめていない事を知るのだった。彼女はいま一文も金がない。他の故人となった作家の妻のように、印税のはいるあてもないのだ。四十日ぶりに大阪へ戻って行った彼女からの手紙には、織田作之助の昔の女である、或るオペラ歌手は、最近恋人を得て大変なのぼせ方であるし、もう一人の女も結婚してしまって、いよいよ作やんは私一人のものになりましたとあった。私はその手紙に大粒な涙をこぼしていた。

芝の病院で、織田作之助が亡くなった時、彼女は私にすぐ電話をくれた。朝一番の電車で病院へかけつけてみると、彼女はグリンのスーツを着て、しょんぼりと、織田作之助の薄い胸のあたりに凭《もた》れていた。私の打った手打うどんをみんな食べてくれたとみえて、床《ゆか》に置いてある春慶の重箱が空になっていた。私はいまでもあの時の彼女の一番美しい姿を忘れることが出来ない。ベッドの裾から、新しい紺足袋《こんたび》をはいた死者の大きい足がにゅっと突き出ているのが不憫であった。

着物を着て、派手な襟巻《えりま》きをした、青い死者の顔が、楽々としてみえた。「鬼」を書き

「死神」を書いた作家も旅空ではかなく死の岸へ流れついて死んでしまったと思った。

織田作之助も云っているけれども、恋は二十代に限る。私は二十代に恋らしい恋のなかった事を淋しく思うのだ。中年の恋は汚ならしい気がして仕方がない。夢中で没入出来る恋と云うものは二十代にしかないのではないだろうか。小説を書くのもそうであった。二十代の頃は夢中で書いた。そのくせその頃のものは、現在の年頃では読むに耐えない。

私の軀《からだ》は処女に戻ったような透明さで、何の欲望もなく生きている。そのくせ、私は小説を書く事だけは好きで仲々やめられないのだ。見るもの聞くものすべてが小説になるような気がする。

小説を書く為には、何処へでも、どんなところへでも流れて行きたい気がする。私はあと幾年も生きてはいられないような気がしている。心臓が悪いので、酒も煙草もとめられているのだけれども、煙草は日に四五十本も吸う。酒は此頃飲まないことにしている。たまいわしで一杯と云うのは私の心慰みの歌である。煙草をやめてみようと半日がまんしてみたけれども、頭がモーロウとして仕事が出来なかった。心臓にわるかろうと良かろうと、かまってはいられないのだ。禁煙は半日だけで終った。煙草を吸っていると、いくらでも仕事がはかどるような気がする。だけど、私の鉤はさびついてしまった。私は、此頃は意地になって仕事を断っている。書けないのだ。

すっかり私は私と云うものが判らなくなって、仕事に自信がなくなってしまったのかも知れない。このごろ南米へでも行ってしまいたいような気がして、私は世界地図を呆《ぼ》んやりみつめる事がある。一生涯、そうした遠いところへ行けるとは思わないけれども、何とかして南米へ行ってみたいのだ。まだ戦争のない頃の昔、仕事が出来なくなると、私は何処へでも自由に旅立って行ったものだ。帰りの旅費なんか考えもしないでフランスへも行った。ロンドンへも行った。私は何処でも見ておきたかった。

大阪へ行った昭子さんからまた手紙が来た。十万円ぐらい工面して送ってほしいと云う文面をみて、私は南米行きの空想もいっぺんにかき消えてしまった。或人と共同出資で、西洋料理店をしたいと云うのだけれども、十万円と云う金は何処から割り出したのか私には判らない。まるで菓子をねだるような彼女の思いかたが、私の南米行きの空想とよく似ている。

一向に良い事もなさそうな彼女の大阪での生活が文面に溢れていた。女である私には彼女をどうしてやりようもない無力さなのが残念である。十万円あったら、当分なまけてますます私は仕事をしないだろう。

南米行きの空想はこわれたけれども、私はやはり旅立った。大島へ行った。南米と大島では大変な違いだけれども、私の空想は結局海を渡りさえすれば何とか我慢が出来る。

十月にはいったばかりの雨の降る日であった、大島へは私は十五六年ぶり位であったろうか。私の来た頃は、観光ホテルもなかった、動物園もなかった、夜明けの元村へ着いて、擂鉢《すりばち》を伏せたような島を見た時に、島の上に明星が光っているのを見て、遠い以前に見た景色と少しも変りのないのに妙な気がした。荒い波がまるで葱《ねぎ》の白根のような束になって岩にくだけていた。大船から小船に乗って岩腹の桟橋へ横づけになるのも少しも変ってはいない。

人間の歴史の上では様々な変化があったけれども、こうした景色と云うものは、十何年の昔であろうが現在であろうが少しも変りはないものだと思う。

元村のM館へ宿をとった。

こんな短い旅でも、異郷に来ている気がした。庭のなかにアーチのように繁っている花のない椿の木の下を、小学生の行列ががやがやと家禽《かきん》のように過ぎて行く。

番頭が宿帳を取って引っこんで行くと、小柄な痩せた女中がニュームのやかんと茶盆を持ってはいって来た。もう五十歳近い年齢であろうか。私の顔を見るなり、

「まア！　お久しいこと、よく御無事でヱねえ」

と、云った。

私は一寸《ちょっと》も見当がつかない。色の黒い、木綿のホームスパンのような皺《しわ》の寄っただぶだぶの服を着ている彼女の顔を、私は暫く眺めていた。

「ほンのこて、世の中は狭いもンでござすばい。もう一人のお方も御丈夫で……」

私が考え出せない様子をみてとると、その老けた女中は両手を幽霊のように胸のへんでだらりとたらして、

「ほーら、マラッカにお出でつろうがねえ……あン時、わたしゃ、宿の女中をばしておりましたとよ」

云われて、私の頭には、急に活々《いきいき》と、馬来《マレー》のマラッカの景色が頭に浮んで来た。顔におぼえはないのだけれども、たしかに日本人の女中が私達の泊った支那宿にいたのを思い出した。そして何彼と親切に世話をやいてくれた。もう一人のお方もお丈夫かと聞かれたひとは佐多稲子《さたいねこ》さんの事であった。そのころは、まだ、窪川《くぼかわ》稲子さんと云った。二人でその宿へ泊ったからだ。

むしむしと厚いマラッカの夜景の中に白いワンピースを着た、色の黒い日本人女中のいた事を思い出した。その日本人女中は馬来人と結婚しているのだと云っていた。私はその女中に、簡単な馬来語をいくつか書いて貰った。花はブンガ。男はトワァン。女はニョニャ。恋人はチンタ。雨はウヂャン。沢山はバニャバニャ。散歩はマカン・アンギン。仕方

がないと云う事は、アバ・ボレボアット。暑いはパナス。用心はアワース。店屋はトコ。市場はバッサール。私はふっと、何とも云えない懐旧の情で、瞼《まぶた》が熱くなった。

「あなたは天草《あまくさ》のひとだって云ってたでしょう？　どうして、こんな大島なンて来てるの？」

「はい、そりゃアもう、あなた、色々の事情がございましてーねえー。終戦の一寸前に主人が、もう、日本が敗けだから、お前もよう肚をきめておきなさいと云うてですね、スンゲイバタンと云うところへおります兄のところへ二人で落ちのびて行きましたけえども、主人は熱病でころっと死んでしまいまして、私はもう、本当に困りましたんですばい。主人の兄の家族がようしてくれましてですな、終戦になってからも、日本へ戻らんと、ここへおったら云うてすすめてくれましたけえど、一人っちゃ子供はなし、ええ、もう日本へ帰りましょう思うて、皆さんのお助けで戻って参りました。故郷が天草云うても、あなた三十年以上も出ておりましたもンですから、女浦島太郎ですたい。それでもなつかしかもンですから、天草へもいにましたけえども、誰っちゃ知ったもンもおりませんばってん、門司の知りあいをば尋ねまして、云うに云われぬ苦労をしました。大島へ参りましたのも、あなた、船のお知りあいになった津田さんちう方が、東京におられまして、その方の御実家は運送屋さんでございましたけえども、大島云うところが、マラッカの景色によう似とる云いなさるもンで、私もそンなら、そこへ行って、働きたいもンです云ってね、今年の春ここへやって来ましたとですよ。一向に似ちゃアおりませんけえども、それでもここはあなた、あったこうしてねえ、住むには気持ちのよいところでございますもン、当分はあなた、わたしゃここで働くつもりでございますたい。――ほんのこて、軀さえ丈夫でございましたら、人間食べるだけは天道様がおさずけになりますもンねえ。私は主人の事ばっかり考えております、人種は違いましてもあなた、主人とは、私は二十年近く一緒におりましたとでしょうが……マラッカがなつかしゅてしようなかですたい」

紫色の毛せんを敷いたようにおだやかなマラッカの海の景色は、この大島の海のような荒さではない。

「まア、こんなところで、マラッカにいたひとに逢うなンて、なつかしいわね」

私も九州の女であるせいか、何処へでも気軽に出てみたがるのは、九州の女の通有性なのであろうかと思う。多分にコスモポリタンである。女の空想は、案外なところへ、椰子の実のただよう如しで、何処へでもたどりついて根を張る強さがあるのではないだろうか。

「私、急に南米へ行きたくなって、かあっとして大島へ来ちゃったのよ」

自然に、風媒植物のように何処へでも一気に流れて行けない淋しさに私は何となく気がめいってしまった。――私は子供の頃暫く長崎で暮した事があった。港へはいる船を見るたびに、私は何とかしてその船に乗り込んで密航したくて悩んだものだ。海を渡って行けば、日本の外に何処の国があるのだろう……。子供心にも地球は円いと云う事が信じられなくて、私は、海の水のせきとめられている地球の一番はずれをみてみたい気がした。

大島は二日ばかりで、私はまた東京へ戻って来た。コップに塩水をついで飲んだような気が幾分かはした。

この椰子の実はまた浪に突き戻されたのである。

大島の女中さんはお花さんと云った。九ツの時に、両親に連れられて、馬来のゴム園に働きに行って、十六の年に馬来人のユタ氏と結婚したのだそうである。ユタ氏との間は二十年つづいた。四十歳位の彼女が、老け方が激しいので、私には五十歳にはみえた。

一晩、お花さんは私の部屋に遊びに来て、馬来での長い生活を物語ってくれた。私はふっとピエル・ロチのおキクさん〔フランス人作家ロチが日本人女性との恋愛を描いた小説〕を連想したのである。何時かはお花さんの馬来物語を書きたいと思った。

夜明けに船が出る時に、お花さんは宿の子供を抱いて、岩の浜辺まで私を送って来てくれた。白い小さい新造船が、荒い波間に浮んでいる。長い桟橋が突き出ている上を船へ乗る人達がまばらに歩いていた。

アバ・ボレボアット。すべては仕方のない事なのだ。藤村の椰子の実の詩はいまここに思い出すすべもないけれども、人間は哀れな椰子の実である。運命と云う広い海原を、椰子の実はさすらう。……浪のまにまにゆれてさすらうのだ。灰色の海もあれば、紫のや、黄いろい海を越えて、遠くゆっくりと流れて、椰子の実は水の上をさすらう。私の身の上も亦長火鉢の前でたたみいわしで一杯とはゆかない身の上の椰子の実になるかも知れぬ。将来の事は何も判らないのだ。

（「小説界」昭和二三年一二月）

おわりに

柚木麻子

林芙美子の小説というと、男女の機微を描いたものが高い評価を受けているが、私はシスターフッドが感じられる、女と女の物語の方が断然好きだ。男性への内臓をえぐり出すような冷たく鋭い視線が、対女性となると、それがライバルであれ、通りすがりの知らないあの娘《こ》であれ、急にふわっと柔らかく温度を帯びる。それが芙美子という書き手だ。どんな立場の女性であれ、そこに共感やいたわりが感じられる。親友、平林《ひらばやし》たい子の証言によれば、恋愛体質かつトラブルメーカーでとんでもない性格だったらしい芙美子だけど、その平林たい子自身が「コ、コイツ…！」と舌打ちしつつ、最後には彼女こそが誰よりも芙美子を理解していたことを滲《にじ》ませるくらいだから、やっぱり憎めない、同性からの愛情を誘う人物だったのだろうと想像する。

それは田嶋陽子《たじまようこ》の言葉を借りるのなら「母の娘」、つまり芙美子が父親ではなく、まず母親の側に立ってものを考える、当時としては珍しい書き手だったからにほかならない。

それが顕著に表れているのは「母娘」だ。これとよく似たエピソードが『放浪記』にも入っているから、実母キクと芙美子の物語としても問題はないだろう。上京してきた母にさえ冷たい男。そんな関係に惨《みじ》めにすがるよりも、大切な母とともに働いてたくましく生きていこう、と街を歩きながらどんどん殻を脱ぎ捨てていくヒロインに胸が熱くなる、大好きな一篇だ。

シングルマザーとして苦労してきた母への信頼といたわりは、そのまま苦境にたたされた女性へのまなざしに反映される。セックスワーカーの女性が主役の「暗い花」は生活するためだけにただ淡々と売春する日常が、高みの立場から彼女を悲劇のヒロイン化することも神聖化することもなく、一人の労働者として、その手触りや疲労にただ寄り添っている。同業の女性たちと銭湯でたわいもない話をする場面が彼女にとって大切なオンオフの切り替えになっている点がとてもいい。「フローベルの恋」では、失恋して道の真ん中でパニックになっている通りすがりの女性について何日も考え、その幸せを遠くから願うところに、ほろりとする。「退屈な霜」の有名女性作家のもとに押しかけてきた、読者でもファンでもない家出女性とのかみあわない応酬と一晩かぎりのささやかな冒険では、わかりあえない二人の一瞬の心のふれあいがコミカルに肯定されている。

身辺雑記風の「椰子《やし》の実」では亡き作家仲間、織田作之助の内縁の妻である、昭子《あきこ》さんとの関係がつづられる。夫の死後、なにもかも失い、バーに働きに出るも、どこかのんきで悲壮感がない昭子さん。この時の芙美子の彼女への視線は、有名作家の元内縁の妻という、ともするとかっこうの小説の材料を、貪欲《どんよく》に捕食する書き手のそれではない。同情が感じられ、なにしろ、自分によく似た人間として共感を寄せている。「うつり気なところが似ている」という昭子さんにつられるようにして旅行に出る芙美子は、自分の行く末も彼女と同じく、まったくわからないのだ、としんみり想いを馳せている。でも現実には、昭子さんと同居して、経済的バックアップをしていたのだから、やはり信頼できる作家だ。

女同士の関係性というと「市立女学校」は欠かせない。どうやら、芙美子はまったく気に入っていない作品らしいのだが、卒業までの数日、女子校で起きる憧れや幻滅やいさかいをマルチプロット的につづるスピード感といい、生命力で爆発しそうな結びといい、初期の芙美子の健やかなパワーがほとばしる名編で、私のお気に入りだ。

女子校といえば、「寿司」では、学生時代はわかりあえたのに、卒業後はまったく異なる立場に隔てられた女性二人の友情がつづられる。婚約者を待ち続け、焦りを募らせるすず子と、父親くらいの年齢の男の愛人となる笛子。しかし、彼女たちは家父長制による分断を思いがけぬ方法で飛び越える。すず子が自分より経済的優位にある笛子に寿司をおごり、立派な服を着た笛子のところにきた勘定書を取るところで、二人は鮮やかに社会に勝利するのだ。お品書きだけなのにお寿司の描写がいきいきと美味《おい》しそうだ。

ところで、芙美子の全作品のベースにあるのがこの「食」と「経済」である。

例えば、代表作『浮雲』のベースになっているのではないか、と思われる「浮き沈み」では、ひらめのバタ煮の残り汁にご飯をいれた、こってりしたリゾットが食欲をそそるだけではなく、過去に拘泥する男を退け、現在を生きる女性を肯定する、強烈な武器になっている。あまりこの時代の作品を読んで「美味しそう」と思うことはないが、芙美子の描く食はみんな香り高く、こちらの五感をくすぐってくる。

「椰子の実」で芙美子自身も認めるように、彼女にとって、相手から食べ物をおごってもらうことが恋愛のきっかけになりやすい。読めば読むほど、異性とはとりあえず明日を保証してくれる、ご飯をともにする相手、どんな役立たずの相手でも雨風をしのぐ木くらいの役割にはなるし、生活のとっかかりになるのだったら、いた方がまし、という現実的な感覚が伝わってくる。「運命」も「悪闘」も、恋した相手より、傷つきながらも頑張って生きている自分という存在の方に愛しさの比重が傾いている。出征した夫を待つ妻が主役の切れ味抜群な「鳩」にいたっては、鳩二羽の大暴れが、夫が帰ってきてからの不穏を暗示している。

ちなみに林芙美子について書く仕事が続き、「ただ読者だというだけで、私なんかが語っていいのか？」と思い、研究家の方に相談した。すると、林芙美子の専門家はまだとても少ないから、そんなに詳しくなくてもおおいに語ってしまって大丈夫、とのことだった。あまりにも大衆に人気がありすぎ、みんながその名を知ってしまったために、意外と文学史の中で語られることがない芙美子。それは生前も同じだったようだ。芙美子の自己評価の低さは、明らかに同業者からくらった侮蔑《ぶべつ》が根底にある。当時の文壇であまり「高見《たかみ》え」しなかった原因が、この「食」と「経済」にあったのかもしれないと私は思う。女子どもの読む、気軽な雑記として、権威から甘く見られたのではないか。しかしながら、この二点をなめていないことで今、爆裂に説得力がある。読者が小説の中にも、生活者としての信頼やあたたかさや社会的弱者へのまなざし、リアリティを求めるようになったからだ。

さらに権威に弱い野心家のはずの芙美子なのに、なんでだか、その意図がなくても権威をコケにしてしまうというか、最後には結局噛み付いてしまうところが面白い。「フローベルの恋」のフローベルや「ボナアルの黄昏《たそがれ》」でのピカソへのとても今日的な批判を読むと、主義やイズムが大嫌いな本人は顔をしかめそうだが、素晴らしいフェミニストだと私は思う。

私が死んだら私の本なんて読まれていないはず、むしろ読まないでくれ、と何度も何度も書いている芙美子。でも、一二〇年後から私は声をかけたい。やっと時代が追いついたのだと。あなたの作品が愛されるようになるのは、むしろこれからが本番だ、と。

解説　林芙美子の生涯

今川英子

林芙美子は、一九〇三（明治三十六）年十二月三十一日、旧門司《もじ》市（現・北九州市門司区）大字《おおあざ》小森江《こもりえ》で林キクの婚外子として生まれた。

実父宮田麻太郎《みやたあさたろう》は愛媛県吉岡村《よしおかむら》（現・西条市《さいじょうし》）出身の行商人でキクより十四歳下。キクは鹿児島市の商家の娘であったが、当時、弟が経営する桜島古里《ふるさと》温泉の温泉宿を手伝っていた。ここで結ばれた二人は行商をしながら北上し、芙美子出生時は旧門司市にいた。このころの門司は特別輸出港として発展著しく、筑豊《ちくほう》炭田の石炭を背景に一九〇一年には旧八幡《やはた》市（現・北九州市八幡東区）に官営八幡製鐵所《やはたせいてつしょ》が開業、「鉄は国家なり」といわれた時代で、周辺からは多くの労働者が集まり、北九州は日本の近代を牽引《けんいん》する重工業都市としての発展の黎明期であった。

商才にたけた宮田は、下関に日露戦争に因《ちな》んで質物店「軍人屋」を開き成功、本店を石炭の積出港として賑わう旧若松市（現・北九州市若松区）本町《ほんまち》に移した。芙美子はこの父のもとで裕福に暮らしたが、宮田が芸者を家に入れたため、キクは六歳の芙美子を連れ、二十歳下の店員沢井喜三郎《さわいきさぶろう》とともに家を出た。行商人の子どもとして転々とするのはこの時からである。一九一〇年、小学校一年生の時、長崎、佐世保、下関《しものせき》に転校。下関では店を構えるが五年生の時に倒産。芙美子は鹿児島の祖母に預けられ、小学校を転校するがほとんど通っていない。それまでは、学籍簿によると欠席は少なく成績は中程度であった。

その後、一九一六（大正五）年六月、尾道《おのみち》市の小学校五年生に二年遅れで編入するまでの足跡は不明。おそらく『放浪記』第一部「放浪記以前」で描かれる筑豊の炭鉱住宅街での行商と木賃宿の生活はこのころのことであり、「私は宿命的に放浪者である」と繰り返す芙美子の文学の原点は、この時期の地を這うような生活にあったと思われる。貸間や木賃宿の生活で、山師的な仕事を繰り返す若い養父、それは当時の封建的な家父長制から遠い家庭環境ではあったが、健気《けなげ》に行商を手伝い、子ども心に「女成金になりたいと思った」と述懐している。友だちはできず、木賃宿の同じような境遇のおとなたちから可愛がられ、雨の日は貸本屋の本をむさぼり読んだ。

一九一八（大正七）年四月、芙美子の才能を惜しんだ小学校教師の補習もあり、尾道市立高等女学校に五番で合格。当時の高等女学校の進学率は約九パーセントだった。生徒は経済的に恵まれた家庭の子女が多く、芙美子は隠れて帆布工場でアルバイトをするなどして通った。テニスのラケットを抱えた袴姿《はかますがた》の写真が残っており、一説には実父の経済的援助があったともいわれるが、この間、貸間の住所は七回以上替わっており、ほとんどを暗い図書館で過ごしたと書いている。ここで出会った恩師は物心ともに芙美子を生涯にわたって支えることになる。

一九二二（大正十一）年卒業。大学に進学した恋人を追って上京し卒業を待つが、翌年、彼は婚約を破棄して帰郷してしまう。関東大震災に遭遇。第一次大戦後、産業の近代化によって女性の職業は大幅に増えるが、世界的不況のために高等女学校卒の学歴があっても事務職には就けなかった。芙美子は職を転々としながら『放浪記』の原型となる「歌日記」を綴る。「書いている時が、私の賑やかな時間であった。男にすてられたことも忘れたし、金のない事も、飢えている事も忘れた」と、手っ取り早くカフェの女給になり、客のいない間の店の隅で、下宿のささくれだった畳の上で、文字を連ねた。それは書くことによってかろうじてそこに踏みとどまっている女のぎりぎりの叫びでもあった。

俳優で詩人の田辺若男《たなべわかお》と同棲、アナーキスト詩人の萩原恭次郎《はぎわらきょうじろう》や高橋新吉《たかはししんきち》、辻潤《つじじゅん》らと知り合い、詩を書き雑誌に発表した。その後、詩人の野村吉哉《のむらよしや》と世田谷太子堂で同棲。この頃のことは短編「母娘」や「放浪記　第三部」に詳しく書かれている。隣には壺井《つぼい》繁《しげ》治《はる》・栄《さかえ》夫妻が住み、近所に居た平林《ひらばやし》たい子とはともにカフェの女給をしながら詩や童話の原稿を出版社に売り歩いた。芙美子と実母キクとの関係を、平林が「シャム双生児」と称したように、どのような状況にあってもこの母娘は心身ともに一体となって生きた。

一九二六（大正十五）年十二月、画学生手塚緑敏《てづかりょくびん》と同棲。穏やかな生活とともに「放浪記」の時代はここで終わり、文運もこのころから開けてくる。

一九三〇（昭和五）年、雑誌「女人芸術」に連載した「放浪記」が好評を得て、改造社から単行本として刊行されるやたちまちベストセラーとなった。プロレタリア文学陣営からは、思想がない「ルンペン文学」といわれたが、都会での貧しいどん底の生活を描きながら天真爛漫《てんしんらんまん》な向日性、明るさ、おおらかさとその底にある強靭《きょうじん》な自恃が若い男女の心を捉えた。その印税で一九三一年、満州事変が起きたばかりの満州鉄道、シベリア鉄道を経由して、たった一人で欧州に向かった。途中、モスクワで下車した時の印象を、「モスコーは貧弱極まる街で、革命後の国民はみんなこじきみたいになって、レーニンを少しばかり軽蔑《けいべつ》しましたよ」「ひょっとすると、もう一度、革命がありはしないかと思われる」と記している。パリ、ロンドンに半年滞在、世界の最先端の芸術に接し、考古学者の森本《もりもと》六爾《ろくじ》や仏文学者の渡辺一夫《わたなべかずお》など若き留学生や新聞社の特派員たちとの交友は、芙美子に作家として新しい境地への扉を開いた。後にカリスマ的な建築家となる白井晟一《しらいせいいち》には、その貴族的な風貌や深い知性に魅了されたが、日本で帰国を待つ貧しい家族を扶養するために恋心を断ち切り帰国した。

帰国後は、着実に小説の腕を磨き、「牡蠣《かき》」（「中央公論」一九三五年九月号）で、抒情性を抑え、斬新な写実性に富んだ小説として高い評価を得た。「母娘」「市立女学校」などを発表したのはこの時期で、後者の「さわ」のモデルは自身と語っている。本格的作家として立とうとした矢先、時代は日中戦争が膠着状態に陥り、戦時色が濃くなっていった。一九三八（昭和十三）年、内閣情報府は作家による戦地でのルポルタージュで戦意高揚をはかろうと「ペン部隊」を組織した。芙美子はその一員として、「わたしは国民の目になる。耳にも鼻にもなってみせる。今のわたしは国民そのもの」と戦地に赴き、報道に携わる。それは庶民出身の、庶民を描く作家として、どこまでも兵隊や銃後の女たちに寄り添う姿でもあった。この体験は『戦線』『北岸舞台』に著される。この頃、「悪闘」「寿司」「運命」などが発表され、「寿司」については、「平凡な人間」「平凡な家庭」を書きたかったと述べている。

一九四一（昭和一六）年一二月八日、太平洋戦争突入。芙美子は一〇月から翌年五月まで、陸軍報道部の徴用に応じて「南方視察」に赴き、シンガポール、ジャワ、ボルネオなどに滞在した。臨場感溢れる紀行文を得意とした芙美子だが、この間のまとまった文章は少ない。「此雄大な東洋諸国の新しい快復期は、何と云っても、日本の国が先に立って（略）」と空疎な大東亜細亜共栄圏構想そのままの文章よりも、ボルネオでのフランス政府植民地施策による開拓の詳細な説明や、「私はここにくるまでジャワの農村がこれ程に真の意味で美しいとは想はなかつた」と、静謐な村の様子や村民の豊かな人間性を伝えることに力点が置かれたりもしている。その根底には、四度の満州の旅で感じた「満州の自然風物の歴史を研究しないで、隣の馬にでも乗り移るやうな気楽さでは大変な眼にあふのではないだろうか」という疑問や不安があったともいえよう。

八カ月ぶりに帰国した芙美子は四十歳になろうとしていた。生まれたばかりの男児を養子とし、緑敏を入籍した。このころ戦争も激化の一途をたどり文筆活動は不可能、物資も困窮し、一家は信州に疎開。政府の検閲を怖れ、戦争に怯えながら逼迫した日々を送った。

一九四五（昭和二〇）年八月一五日、敗戦。戦後を軍国主義からの〈解放〉ではなく、まさに〈敗戦〉として受けとめた芙美子は、庶民的感情から結果的に戦争協力者となってしまった過去への呵責と自責の念に打ちのめされ、作家としての己《おの》れの存在に自信がもてなくなっていた。しかし「戦場の墓標と化した若い生命に対して、私はその人々の息を私の筆で吐き出したい」との覚悟が、時代の証言として再びペンを走らせる。その眼差しは、ひたすら戦争の犠牲となった人々の不幸や悲しみに向けられた。「吹雪」「雨」「河沙魚《かわはぜ》」「骨」「晩菊《ばんぎく》」を次々に発表、「退屈な霜」「椰子《やし》の実」などもこの時期に書かれた。これらの作品は戦争ゆえのやりきれない哀しみに満ち、解決のない結末が放り出されるが、それでも悲惨な現実を営々と生き抜く底辺の女たちの逞《たくま》しさを感じさせる。「心を噴きあげるようないい作品を書きたい」と願う芙美子の小説は、抗いようのない人間の過酷な運命を非情なリアリズムで描きながらも、生の深みに想いを潜《ひそ》め、しみじみと味わい深いものとなっていった。「椰子の実」の「昭子」は、織田作之助の最期を看取った内縁関係の女性で、芙美子は一九四七年二月から翌年一〇月まで同居させ面倒をみた。

芙美子の小説には、市井ものといわれる家庭小説も多く、戦後の女たちの生き方が問われた。戦後の新憲法によって男女平等は保障されたが、女たちの日常は封建的に抑圧された戦前と変わりなく、「妻は良人の私有物であり、快楽の道具であり、妻は良人を世話するものであり、その跡継ぎを生み育てる奴隷である」(「クロイツェル・ソナタ」)「結婚とは何でしょう」(「あはれ人妻」)と、閉塞した妻たちの満たされぬ思いを代弁した。妻や女たちの新しい生き方の課題が「めし」で描かれるはずであったが絶筆となる。

「悔いなく、自分の力を尽くした」『浮雲』を一九五一(昭和二六)年四月刊行。その約三カ月後、六月二七日夜、雑誌の食べ歩きの取材を終えて帰宅、就寝後間もなく苦悶、午前一時頃、力尽きたように心臓麻痺で急逝した。告別式には普段着姿の老若男女が一般焼香者として長蛇の列をなし、芙美子の冥福を祈った。それは昭和の激動期を孤立無援でひた走った、けれども市井の人々への共感に満ちた眼差しを生涯失わなかった作家・林芙美子を見送る、もっともふさわしい光景であった。

（いまがわ・ひでこ　北九州市立文学館館長）

底本

『林芙美子全集』全二三巻（昭和二六〜二八年　新潮社刊）

編集付記

一、読みやすさを配慮し、新漢字を使用し、新仮名づかいにあらためた。明らかな誤植と思われる語は訂正し、難読と思われる語にはルビをふった。〔　〕内に編集部による注を付した。

一、本文中には今日の人権意識に照らして不適切と思われる表現が見受けられるが、著者がすでに故人であること、執筆当時の時代的背景と作品の文化的価値に鑑みて、底本のままとした。

中公文庫

掌《てのひら》の読書会《どくしょかい》
柚木麻子《ゆずきあさこ》と読《よ》む 林芙美子《はやしふみこ》

2023年5月25日　初版発行

著　者　林《はやし》 芙《ふ》美《み》子《こ》
編　者　柚《ゆず》木《き》 麻《あさ》子《こ》

発行者　安部 順一

発行所　中央公論新社
〒100-8152　東京都千代田区大手町1-7-1
電話　販売 03-5299-1730　編集 03-5299-1890
URL https://www.chuko.co.jp/

ＤＴＰ　嵐下英治
印　刷　三晃印刷
製　本　小泉製本

Published by CHUOKORON-SHINSHA, INC.
Printed in Japan　ISBN978-4-12-207367-8 C1193

中公文庫既刊より

各書目の下段の数字はISBNコードです。978－4－12が省略してあります。

は-54-4
愉快なる地図 台湾・樺太・パリへ
林 芙美子
旅だけがたましいのいこいの場所——台湾、満洲、欧州など、肩の張らない三等列車一人旅を最上とする著者の若き日の旅。文庫オリジナル。〈解説〉川本三郎
207200-8

あ-84-1
女体について 晩菊
安野モヨコ選・画
太宰治／岡本かの子／森茉莉他
はたかれる頬、蚤が戯れる乳房、老人を踏む足、不老の童女……文豪たちが「女体」を讃える珠玉の短篇に、安野モヨコが挿画で命を吹きこんだ贅沢な一冊。
206243-6

く-20-2
犬
クラフト・エヴィング商會
川端康成／幸田文他
ときに人に寄り添い、あるときは深い印象を残して通り過ぎていった名犬、番犬、野良犬たち。彼らと出会い、心動かされた作家たちの幻の随筆集。
205244-4

ち-8-2
教科書名短篇 少年時代
中央公論新社編
ヘッセ、永井龍男から山川方夫、三浦哲郎まで。少年期の苦く切ない記憶、淡い恋情を描いた佳篇を中学教科書から精選。珠玉の12篇。文庫オリジナル。
206247-4

ち-8-11
開化の殺人 大正文豪ミステリ事始
中央公論新社編
佐藤、芥川、里見に久米。乱歩が耽読した幻のミステリ特集が、一〇四年の時を超えて甦る！「犯罪と怪奇への情熱」に彩られた全九篇。〈解説〉北村 薫
207191-9

ち-8-12
給仕の室《へや》 日本近代プレBL短篇選
中央公論新社編
日本近代文学において「男性間の愛と絆」はどのように描かれてきたのか。国木田独歩から山本周五郎まで十五篇を精選。文庫オリジナル。〈解説〉佐伯順子
207247-3

ち-8-14
世界カフェ紀行 5分で巡る50の想い出
中央公論新社編
珈琲、紅茶、ぽかぽかココアにご褒美ビール。世界中どこでも、カフェには誰かの特別な想い出がある——。各界著名人による珠玉のカフェ・エッセイ全50篇。
207324-1